粉墙黛瓦忆徽州

乡音·回响
乡情·瞻望
乡愁·叙事
乡约·希望

胡建斌 主编

全国百佳图书出版单位
时代出版传媒股份有限公司
黄山书社

图书在版编目(CIP)数据

粉墙黛瓦忆徽州 / 胡建斌主编.
—合肥 : 黄山书社, 2020.9
ISBN 978-7-5461-9291-8/01

Ⅰ.①粉… Ⅱ.①黄… ②胡… Ⅲ.①散文集 – 中国 – 当代 Ⅳ.①I267

中国版本图书馆CIP数据核字(2020)第183055号

粉墙黛瓦忆徽州 胡建斌 主编

出 品 人 葛永波
责任编辑 向 焱 周挺启
装帧设计 程勇军
出版发行 时代出版传媒股份有限公司(http://www.press-mart.com)
黄山书社(http://www.hspress.cn)
地址邮编 安徽省合肥市蜀山区翡翠路1118号出版传媒广场7层 230071
印 刷 三河市同力彩印有限公司
版 次 2020年12月第1版
印 次 2023年6月第2次印刷
开 本 787mm×1010mm 1/16
字 数 160千字
印 张 14.75
印 数 1000册
书 号 ISBN 978-7-5461-9291-8/01
定 价 68.00元

服务热线 0551-63533706
销售热线 0551-63533768
官方直营书店(https://hsss.tmall.com)

主编:胡建斌

编委:侯中良　胡荣孙　徐涌驷

韦　俊　高莉莉

乡音·回响

乡情·瞻望

乡愁·叙事

乡约·希望

徽州文化历史悠久，博大精深，是中华优秀传统文化的重要组成部分。习近平总书记在十九大报告中指出："没有高度的文化自信，没有文化的繁荣兴盛，就没有中华民族伟大复兴。要坚持中国特色社会主义文化发展道路，激发全民族文化创新创造活力，建设社会主义文化强国。"作为一名宣传文化工作者，在新时代，如何以文化自觉的责任担当，以文化自信的坚定态度，进一步传承、传播好徽州文化？我们任重道远，责无旁贷。在这进程中，哲学和文学艺术等人文科学无疑发挥着不可替代的重要作用。

建筑被称为凝固的艺术。读者朋友，当你徜徉在徽州山水之间，浓郁的徽文化气息扑面而来，徽州古建筑让你目不暇接，一幢幢粉墙黛瓦古民居，镶嵌在绿水青山间，仿佛一幅天然水墨画卷。这些凝聚着徽州先人无限智慧和徽州工匠辛勤汗水的古建筑，鬼斧神工，技艺精湛，让今人惊叹不已，思绪万千，勾起你心底浓浓乡愁，永远挥之不去，让你充分感受到"天人合一"，人与自然和谐相处的理念。

一座座高耸的古牌坊，直冲云霄，诉说着"忠孝节义"的悲壮故事。一幢幢庄严古祠堂，展示着"礼仪徽州"祠堂文化。一条条留着先人脚印的古道，见证着徽州沧桑历史。古水口溪水潺潺，仿佛徽州历史长河中的滴滴水珠。

2009年始，历时五年，黄山市委、市政府在全市实施"百村千幢"保护工程，取得初步成效。2014年始，打造"百村千幢"保护工程升级版，大力实施徽州古建筑保护利用工程。2017年12月，经安徽省人大常委会审议通过并颁布了《黄山市徽州古建筑保护条例》。央视新闻联播第一时间报道，《人民日报》等媒体进行深度报道，这是一项功在当代，造福子孙的文化遗产保护工程。

为宣传好徽州古建筑保护利用工程，增强全社会保护意识，我们做了大量工作。出版这本书，缘于几年前黄山市文化委策划的一次徽州古建筑征文活动。当时，经李平易先生介绍，我们连夜赶往黟县，我与安徽省作家协会副主席潘小平诸君商谈联合举办征文活动事宜，他们觉得活动很有意义，欣然答应。我们商定的方向是：用文学的笔触，写走心的文章，以徽州古村落、古民居、古祠堂、古戏台等为切入点，述说发生在你身上和徽州古建筑之间的故事。之后，便有了本书的征文与编撰……

众所周知，徽州古建筑直观体现了徽州文化的繁荣兴衰。历史上无数典籍记载，民间口口相传的故事，让我们看到一代代徽商"盛馆舍以广招宾客，扩祠宇以敬宗睦族，立牌坊以传世显荣"，这一切，成就了徽州建筑的精致与丰富。行走在徽州古建筑之间，流连于古村落，发思古之幽情，抒文化之情怀。本书收录的文章，以文学的形式，引领读者走进徽州昨天，了解文化传承的今天，展望美好明天。

一位位作者凭借对徽州这片沃土的热爱，依据真实丰富的第一手资料，凭借个体独特视角，以散文、随笔等形式，书写徽州大地的地域文化、人文伦理、民间传说、风土人情、非物质文化遗产等，或以物咏怀，意蕴深邃，或放歌山水，一咏三叹，回味悠长，抒发出浓烈而美丽的"乡愁"与家园情怀。这些作品内涵丰富，视野广阔，有深度、有广度、有温度、有筋骨、接地气，观照现实，亦有思考，也写出了诗与远方的浪漫。文章结集出版，既是一次文学总结，也为徽州文化传承传播献上一份礼物。这，当然也是我们编印出版这本书的本意和初衷。

是为序。

胡建斌

2020年元月

（作者为中国戏剧家协会会员、安徽省作家协会会员、中共黄山市委宣传部常务副部长）

乡音·回响

潘小平

说到徽州民居，人们常常以“有堂皆设井，无宅不飞花”来形容。中国传统民居最主要的形式是木架构庭院式建筑，而徽州“四水归堂”式的住宅，是其中一种重要的类型。“堂”指阶前，所谓“四水归堂”，即是将住宅屋面的雨水，聚集于天井之中。这当然首先是古代“干阑式”建筑的遗制，《旧唐书·南蛮传》载：“山有毒草及沙虱、蝮蛇，人并楼居，登梯而上，号为‘干栏’。”秦汉以后，中原士族大量南迁，带去了北方的建筑文化，四合院式建筑与当地原有的干阑式建筑不断融合，逐渐形成一种新的地方民居样式，这就是“四水归堂”式的徽派建筑。除了这些，“四水归堂”还表达了一种“暗室生财”的风水观念。从风水学的角度说，徽州四面皆山，如环如卫，如拱如揖，状类盆地，天井是仿照徽州山川形式而设计，取“可见天日”之意。而经商之道，讲究以聚财为本，造设天井，使天降雨露与财气，不至于流向他人他处——四方之财如同天上之水，源源不断地流入自己的家中。

徽州人常说，家有天井一方，子子孙孙兴旺，从这句话里，可以看出“四水归堂”与人丁兴旺之间的关系。在漫长的中国封建社会中，“人丁”一直是一个重要的家族概念，与之相关的表述，渗透到生活的各个方面。而我从审美的角度，则以为天井的设置把天宇与人心连接起来，此即中国古代生命观所谓的“天人合一”的具体体现。天井把大自然融入了院落，人们足不出户，即可将日月星辰尽收于眼底和心中。

曾经有一天，我站在了西递著名的“敬爱堂”天井前。是个下雨的日子，那雨淅淅沥沥淅淅沥沥，一刻也不停，后来不久，就出现了传说中“四水归堂”的情景。“敬爱堂”原是壬派胡氏十四世祖仕亨公的宅子，因子孙繁衍，日趋昌盛，遂为族祠。这是一座面积为1800平方米的建筑，天井十分阔大。程庭在他的《春帆纪程》里，用陌生而讶异的眼光所描绘的徽派建筑所独有的鳞鳞鸳瓦，在雨中渐渐变得墨黑，那一刻我想，李约瑟于他的皇皇巨著《中国科技史》中所赞美的中国旧宅的雨，就是从这样的屋檐下滴落的吧？

然而在徽州，“敬爱堂”还不算什么，据说建于清嘉庆初年的棠樾“保爱堂”，初建成时有36个天井，108间房屋，那该是怎样巨大的宅院啊！

徽州的建筑，多是以天井为中心的内向封闭式组合，四面高墙围护，唯以天井通风与采光，和外界相通连。记得一次，陪上海一位年轻而著名的评论家一同参观徽州民居，众人正在慨叹，他却以否定的语气说，压抑，压抑，太压抑了！他是从人性的角度，理性的角度，文化批判的角度，一般人可没有这样的感受，一般人只是欣赏。许多人走上楼去，坐上它的“美人靠”，抚摩着上面的雕花说，住在这样的屋子里，该有多奢侈啊！这是指天井一圈的栏板上的雕花，而在栏板之下，是一袭鹅颈扶手式长椅，俗称“美人靠”，精巧极了，玲珑极了。这使得整个天井成为一个花篮，真是花团锦簇，枝蔓纷纷啊，所以徽州人又称楼厅为“花篮厅”。可以想象进入这样的厅堂后所获得的华美感受，还有一点复杂而寥落的情绪。徽州的房屋很少向外开窗，即便开窗，也是在层楼高处开一个一尺见方的小孔，在出太阳的日子，透进一束强光。这主要是出于防盗的考虑，古徽州男人多外出经商，留守家园的多是妇人、老人和孩子，安全成为第一需要。这是一个封闭而自足的建筑体系，山区的夜，尤其是冬夜，住在这样高墙深院里的妇人和孩子，一定会感到夜很长，很黑，无依无靠。

从外面看，这些高大住宅方方正正的素白粉墙上，有一些雕花的门罩和窗楣，这大约就是多年以前，平原的人们所传说的花墙了。它们其实并不花，相反，它们大多只有黑白两种颜色；却又并不单调，特别给人以轮廓鲜明、简净朴素的美感，和平原一带乡村的五色彩绘，从审美上说，表现了不同的民俗趣味。这些雕在砖上或是石上的花纹和图案，尽管历经了数百年风雨，素白粉墙早已黯淡成了古旧的老黄，青蝶小瓦也呈现出复杂的灰色，然而正是这样一种复杂沉重的色调，给这些徽州老房子，增添了几分历史的沧桑感，同时，也有一种奢侈的感觉。

作为民宅，它实在是太过华美了。

明代著名戏曲家汪道昆曾说：“新安多世家强盛，其居室大抵务壮丽。” 汪道昆是与明朝抗倭名将戚继光有诗剑之谊的歙县人，嘉靖四十一年(1562)，倭寇侵占我横屿岛，企图以此为跳板，攻陷我沿海城堡，整个福建都受到很大威胁。汪道昆与戚继光一起招募“义乌兵”，编练新军，大败入侵倭寇，为解除东南倭患作出了重大贡献。不仅如此，嘉靖、隆庆年间，汪道昆还以诗词古文和戏曲创作闻名于世，因与当时著名的文学家王世贞为同科进士，又都在兵部任职，时人称之为“南北两司马”。他的诗“尽刷铅华，独在天骨，雄深浑朴，壁立嘉隆(嘉靖、隆庆)诸子间，自成一家”。这是胡应麟在他的诗学著作《诗薮》中所作的评价。他后来受他的另一位同年、嘉靖朝名相张居正的排挤，49岁辞官，隐居于黄山脚下。我常常想，汪道昆的归田，对于徽州文化的发展来说，是一件多么值得庆幸的事情啊。

现在我就站在汪道昆所说世家居室多务壮丽的西递“履福堂”前，欣赏它门上的砖雕。“履福堂”是清道光年间著名收藏家胡积堂的旧居，一走进去，就能看见它高大宽敞的厅堂里，挂着一副木制泥金楹联：

世事让三分天宽地阔；

心田存一点子种孙耕。

这些古训，很能体现徽州人的处世哲学。太师壁前的长条案上，也是按照徽州世代相延的习俗，东面一尊古瓶，西面一方古镜，俗称 “东瓶西镜”，取“平静”的吉言，是徽商人家必不可少的陈设。

也不知当年商海的惊涛骇浪，淹没了多少徽州家庭？

“履福堂”天井两旁的十二扇木门上，雕满了鲜花香草、飞禽走兽，在这些繁花锦雕之间，各雕一则孝义故事，合起来，恰是一幅完整的“二十四孝图”。

在西递，这样高大精美的住宅比比皆是，令人有目不暇接之感。在历史的沧桑巨变中，西递完好地保存下了这一大片明清时代的古民居，被认为是一大奇迹。它们是如何躲过“文化大革命”的暴风骤雨的呢？今天我们已经不知道了。这些由木雕、砖雕和石雕艺术所渲染出的华美风格，使它们看起来不像民居，它们几乎和宫殿一样富丽堂皇了。这让我想起平原上那些低矮简陋的乡村老屋，感到一种巨大的文化差异和经济的悬殊。

很想和屋子的主人聊聊，于是我随便走进一户人家。正应着那句“千年屋，百家主”的老话，居住在这些富丽老屋里的，已经不再是那些富商大贾的后代，他们所操的，也不再是背井离乡求利于天下的商业，而是和中国所有的农民一样，在村子外面的土地上耕作。虽然因为近年来旅游业的兴起，这里成为徽州一带旅游的中心，西递直横两街上的男人们，差不多人人都在自家门前摆起了古董摊子，做外地游客的生意，但他们看上去明显的唯利是图，缺少先辈们“儒商”的风度。一街的古董，看上去琳琅满目，古色古香，其实可能没有一件是从祖宗手里传下来的真东西，都是一些工业化生产的假货，经过复杂的“做旧”工艺，向游客们兜售。

他们看上去十分精明，已经完全不像农民了。

听说周边村子里的小青年，有主动来做倒插门女婿的，因为西递的旅游经济，姑娘们已经不愿意嫁出去了。

所以我们现在看到的西递徽商的后代，不用跋山涉水，就坐在自家的雕花门楼下经商，不远处，大片大片的油菜花怒放，开得灿烂而夺目。

徽州民居的各个部分——主要是门楼、门罩、柱础、梁架、窗棂、栏杆等部位，都饰以各类雕刻，是中国民间手工艺人的杰作。所谓“徽州三雕”艺术，就集中体现于这些地方。徽州所特有的八字门楼，多以浑厚、坚固的青石为门坊，门坊两侧砌以水磨青砖墙。门楼上层是砖砌瓦覆的雨檐， 层层挑出，两角翘起，顶端则为特制的雕花瓦当和滴水，形成一排整齐的雁齿。门楼是砖雕大显身手的地方，一般都雕刻有各式山水花卉、鸟兽人物、戏文传说的图案，总体上以民俗和戏文为主。门楼分“罩”和“楼”两部分，三层五层不等。曾在徽州很多人家的门楼砖雕上，看到过渔樵耕读

图、游春行乐图、三国故事图等，一般都有七八个层次，最多高达九层，就非常的华美繁复了。

徽州的大门是漆黑的颜色，饰以铁制门环或铜兽头。

如果说，砖雕大多用来装饰门罩、门楼、照壁、门额和八字门墙，石雕就多是用于装饰望柱、栏板、华板或柱础，而木雕呢，则主要是在梁架、窗户、楼梯等处大显身手。三雕艺术有别于绘画艺术的地方，在于以“刀”代笔，立足于一个“雕”字。因此工匠在立意构思时，要求对造型构图的方法、技巧以及视觉效果等等，有一个全盘考虑。徽雕艺人不仅要具有深厚的传统技艺功底，而且要具有一定的“模式化”造型能力，对呼应、对称、疏密、虚实、明暗、刚柔以及立体感、空间感、节奏感、韵律感等技巧和形式美规律，都要有所权衡，然后才能分层次奏刀。所以从雕刻手法上看，三雕都有浅浮雕、高浮雕、透雕、圆雕以及镂空雕等等复杂的类型。由于徽商的财力越来越雄厚，他们在本土的生活也不免日趋浮靡，加上新安画派和徽派版画艺术旨趣的浸染，徽州民居的建造最终成为徽商资本消耗的一个重要途径。越到后来，徽州民居的雕刻艺术越注重情节和构图，追求细腻和繁复，透雕艺术就是在这样一种情况下产生的。比如汪定贵“承志堂”的四根立柱上，就雕有渔、樵、耕、读四幅画面，而在四块斗拱上，雕的则是“三国演义”的戏文，都富有情节性、故事性、趣味性。更让人吃惊的，是中门上方的一幅“百子闹元宵”，极为繁复精致，雕的是一百个天真烂漫的孩子，个个在耍花灯、玩狮子、踩旱船、放鞭炮。历经岁月的淘洗，这幅大型木雕连同下面的板壁，都染上沉重的古铜色，看上去十分瑰丽。“承志堂”的木雕，无不手法洗练、成熟，比如那幅“唐肃宗宴官图”，高一尺，宽六尺，在五六十公分的厚度上，雕出了七八个层次。其间的人物，各依琴、棋、书、画而构成画面，人物神情清雅萧闲，是木雕中的神品。堪与“承志堂”木雕相媲美的，是歙县北岸吴氏宗祠天井壁上，那幅大理石长卷浮雕“百鹿图”。整幅画卷雕刻在七块并连的大理石上，奇松苍翠，怪石峥嵘，芳草萋萋，更兼山泉淙淙，烟云浮动，上百只大小不一的野鹿，奔跑跳跃其间，形态各异，妙趣横生。以密集型劳动为代价的三雕艺术，不仅展现了新安画派和徽州版画深厚的艺术根基，也展示了徽商在当时中国无与伦比的财力和物力。据说，当年一些富商巨贾在建造住宅时，常常把一些远近闻名的工匠，长时期圈雇在家中，让他们终年为自己工作。一些房屋从开工到落成，往往需要十数年的时间，仅那些石雕、木雕和砖雕，就需要工匠们经年的心血和劳作。

三雕工艺是一种集体性工作，当年徽商在营建住宅时，为了获得最好的雕刻装饰，往往举行声势浩大的擂台赛，前来参加的工匠络绎不绝，有时甚至上演“百工竞技”的场面。据歙县《虬川黄氏宗谱》记载，歙县虬村黄氏、张氏，皆以雕刻著名，自明至清，代守其业，在家族内部，将三雕技艺发展到了很高的水平，也形成了鲜明的家族风格。

站在汪定贵于1855年前后建造起的私家住宅“承志堂”前，心情很复杂。黟县境内现存明清两代古民居近4000余幢，从规模宏大、布局合理、结构完美、设施齐全、制作精良等等方面综合考评，首推“承志堂”。这座私宅占地2100平方米，建筑面积3000多平方米，内有7处层楼，9间天井，60余间厅堂，136根立柱。而它最让今天的人们叹为观止的，是拥有数量众多精美绝伦的木雕。进入“承志堂”庭院以后，目光所触，尽是镂空的雕花门窗。而步入厅堂，举目环顾，上下左右，也尽是木雕。虽已经百多年光阴，“承志堂”的木雕却依然金碧辉煌。据村人们传说，汪定贵在建造此屋时，仅用于木雕表层的饰彩，就是黄金百两。

真是豪奢啊。按照明初定制，庶民庐舍，不过三间五架，而且不许用斗拱，饰彩色。但是到了汪定贵时候，早已礼制崩坏，徽州商人“盛宫室、美衣服、侈饮食、拥赵女”，奢靡得一塌糊涂了。汪定贵在经商发财后，曾花钱捐了一个“五品同知”的官衔，虽然不是一个实缺，但他觉得自己已经跳出了原先所属的那个“商人”阶层，与他们有了本质的区别了。于是就在前厅大门的后面，增设了一道中门，作为“官家威仪”的象征。中门又称仪门，原为官府所设，但后来，一些官员将这种设置移于自家的私邸建设，在重大喜庆之日，或是贵客光临之时，开启中门，显示一种气派或规格。汪定贵特为在正对中门的前厅横梁上，雕了一幅“宴官图”，描绘一群京城的高官显贵，在花园里诗酒燕乐的情景。画面上的人物，无不趾高气扬，盛气凌人。从中门步如大厅，抬头即见这幅“宴官图”，这一定程度地满足了汪定贵的虚荣心。但尽管发了财，也捐了官，汪定贵仍然感到愤愤不平，因为经商在封建社会是“贱业”，被划归九流之外，为此他别出心裁，在中门两边的边门上方，雕刻了两个极大的“商”字图案，这使得任何从边门出入的人，都必须从“商”字下面经过，暗喻“低商人一等”。此举有点恶作剧的味道，也透露了他内心深处的极度自卑和不自信。

像许多游人一样，我们一行，也从这个巨大的木雕“商”字下面走过，不过今天走来，已经没有了任何感觉。

徽州的木雕，集中地体现了徽州人的生活理念。除了“承志堂”这样大型豪华的雕刻外，从很多普通人家的木雕上，我们都可以看出，“经商”的理念已经渗透到徽州生活的方方面面。比如在徽州，最常见的雕花图案是“和合二仙”。“和合二仙”是两个小男孩，面带嬉笑，团团和气，一般是刻在门扇上。商人重“和”，和气才能生财。最早的时候，“和合”是一个人，左手执鼓，右手挚棒，祷祝万里之遥的亲人返回，是和“经商”有关的愿望。中国农民安土重迁，如何能到万里之外？后来，“和合”在民间逐渐演化为两人，一人手挚荷花，一人手捧圆盒，取和（荷）谐和（盒）好之意，为张贴在新人洞房门楣上的剪纸。苏州寒山寺的“和合二仙”木雕，推其渊源，也在徽州，为

卜居淮扬一带的盐商，在经商活动中将自身理念渗入佛门的体现。

在徽州，道教人物八仙，也是民间木雕最为常见的题材，而它对应的也是一种经商理念。所谓“八仙过海，各显神通”，说的其实是一种生意经，一种商业崇拜。这就是为什么徽州木雕，八仙最多，而且除“明八仙”外，还有所谓的“暗八仙”。“暗八仙”是指八仙所用的物事，比如铁拐李的葫芦，张果老的鱼鼓，汉钟离的阴阳宝扇，吕洞宾的剑，曹国舅的檀板，韩湘子的竹箫，何仙姑的荷花，蓝采和的花篮。它们多是刻在平常人家的门扇和桌围上，商人求利，足迹遍于天下，这和八仙颇为相似，所以八仙在徽州民间，受到特别的重视和崇拜。

当然，这是民间采用的图案，表现了流行的大众的趣味，多为小民百姓所热衷；仕宦人家或商贾之家的雕刻，则要更加个性化，不仅要显示主人的身份，也要体现主人的趣味和观念。比如书香门第，多刻“岁寒三友”，也就是松、梅、竹，取它的清雅高洁；或是颜子侍读、孟母择邻等等和读书相关的主题。曾在胡适和江冬秀结婚的新房里，看到十二扇落地隔扇，上面雕满了阴刻的兰草，气韵生动，格调清雅，据说是徽州墨模高手胡国宾的作品。

后来，胡适对这些兰草的歌唱，曾风靡台湾的校园。

那是一座砖木结构的院落，二进三间两厢，“回”形通转楼，占地200多平方米。这是在胡适母亲手里起的屋，建于清光绪二十三年，公元1897年。胡母23岁守寡，是一个刚烈的女人，胡适却性情温和，雍容大度，有君子之风。兰为花中君子，不知胡适性格的形成，是不是与这满室的兰草有关？除强烈地显示主人的个性和意趣之外，官宦或商贾人家的雕刻，一般还追求情节性；若是“百鹿图”“百马图”等等没有情节的图案，则追求繁复和奢华，如我们在“承志堂”所见。“承志堂”是中国古代民居建筑中的精华与瑰宝，尤其是它的木雕，集中体现了当时徽州木雕所达到的最高水平。然而，透过它的恢弘与华美，我们也看到一个令人不愿触及的历史事实，那就是曾经为中国近代经济繁荣作出过重大贡献的徽商，因为受封建制度的制约和传统观念的束缚，极少把辛苦积累的资本，投入到扩大再生产的经营之中，而是消耗在这种追求自身享乐的私宅建造上，极尽奢靡之能事。所以放到19世纪世界性的资本主义经济大背景中去看，它后来的衰亡几乎是不可避免。

曾在一份资料上看到，让无数中外游客和业内专家叹为观止的曲阜孔庙大成殿28根雕龙石柱，也是明弘治十三年（1500）敕调徽州石雕工匠所刻制，多年以后，郭沫若为之感叹道：“石柱盘龙二十株，大成一殿此尤殊。”

可见当时的徽州石雕艺术，已经知名全国。我们今天看到的扬州瘦西湖的诸多“三雕”作品，不仅为当时淮扬的徽商所出资创制，而且据说连雕刻艺人，也是从徽州本土带过去。

同样，因为徽州“三雕”艺人足迹遍于天下，将全国各地好的工艺，也带回了徽州。明代的文化成就，在工艺和文学两个方面，最为灿烂，而工艺中的相当一部分，

体现在徽州的建筑工艺中。

由歙县去黄山，途经绵延百里的黄山山脉入口处，能看见松林茂密，景色清幽的紫霞峰麓，矗立着一片粉墙黛瓦错落有致的古建筑。这就是后来复建的明代村庄，名为“潜口民宅”。它是按照“原拆原建”和“修旧如旧”的原则，从歙县各地的近百座明代建筑中精选拆迁而来。山庄占地面积26亩，庄内集中了歙县十座典型的明代建筑，其中有石牌坊一座，石拱桥一座，路亭一座，祠堂三座，不同类型的民宅四座，在格局、结构、装饰上，各具特色，各有千秋。

如此众多的明代建筑，集中出现在一个地方，看上去让人有些惊骇。

这也只能是在徽州。

因此有人认为这种“原拆原建”，在保存古建筑上有着开创性意义，但也有人持不同意见。我曾几次去那里参观，整体感觉是，这些被移动了的古建筑，精气神没了。那些老房子是有灵魂灵气的，那就是它的历史，由岁月和生活于其间的人们，所共同创造和积淀，而任何移动，都会一不小心，将它的历史弄丢了。

真正活着的明代古建筑，是如屏山村古祠堂“舒庆馀堂”那样的老屋，它是目前国内极为少见的明代祠堂建筑，建筑面积500多平方米。建筑这东西，有时候确是越古老越具有美感，比如元代的冬瓜梁，到了明代就不复再见，它的盛元气度，后来明代建筑中的梁柱，就是无法比拟。“舒庆馀堂”也是这样，一走进去你就会发现，它的梁柱雄伟，步架规矩，和清代建筑在风格上有很大的不同。它不仅具有很好的建筑史研究价值，而且看上去，也比繁复精致的清代建筑，要浑厚古朴得多。

这里面，不能忽略的，是岁月。

多年前的一天，是个春日融融的下午，我随纪录片摄制组从大山深处的宏潭回来，路过一个不知名的小村子，看见路边的草丛中，随意地堆放着很多很多木雕。主人正大兴土木，建造现代材质的钢筋水泥楼，这些衰迈而破旧的东西，没用了。看见我们过来，他就上前搭讪，希望能够把这一堂家伙一把卖掉。他开价4000元，在当时是一笔大数目。那些隔扇、门楣、窗棂上的雕刻无不精美异常，巨大的雀替有半人多高。光那一对雀替，就远不止4000块。雀替是我国传统建筑中枋与柱相交处的托座，有着加固构架和装饰作用，而徽州老屋的雀替，更是精美得无法描述。但这样的山重水复，如何运得出去呢？我们犹豫了很久，还是放弃了。后来，在屯溪的老街上，我们又无数次地遭遇无数雕刻精美的木雕，它们都来自那些民间的老房子，而那些老房子，如今都已经倒塌了。

所以徽州的街市上，才会出现这么多的木雕。

在徽州，每天每天，都有许多许多这样的老房子，于我们不知道的荒村僻野倒塌，同时倒下的，还有那些华丽繁复的木雕。

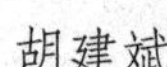

胡建斌

一个细雨绵绵的日子，我在淅淅沥沥雨滴的陪伴下，悄悄走进了一座徽州古戏台。用悄悄这个词，是我不想惊扰这位散发着百年历史气息的“徽州老人”。

徽州，是徽文化的发祥地，是徽商故里，是徽剧之乡。一个个古村落，一幢幢古民居，一座座古戏台，见证了徽州沧桑巨变。徜徉在徽州大地，徽腔徽韵迎面而来，徽菜、徽墨之香持久弥漫。我仿佛看见，田野上寻香而归的牧童，一幅幅春色满园画卷。书香徽州，让你深深地吸吮着，吸吮着……

说起徽州古戏台，我的脑海里浮现出上场门的“出将”，下场门的“入相”，某某徽班在此坐场的画面。我耳畔仿佛听见了美妙的徽池雅调和铿锵锣鼓，一个个栩栩如生的戏曲人物相继登场，徽戏《水淹七军》的关羽在关平、周仓的护卫下，手持青龙偃月刀大战庞德；《百花赠剑》的百花公主与海俊花前月下，舞动宝剑，海誓山盟；《快活林》的武松手握酒坛,醉打蒋门神……

我仿佛看见手拿大纛，写着“三庆”“四喜”“和春”“春台”四大徽班进京的盛况。那一年，是1790年，乾隆八十大寿。四大徽班演艺精湛，各有千秋，三庆的轴子，四喜的曲子，春台的孩子，和春的把子，轰动京城，见证了徽商和徽戏的辉煌。此时，我脑海里再次浮现出“布衣上交天子”和一夜之间用盐堆出一座白塔的大徽商江春，他为徽班提供了雄厚资金，铺平了进京献艺的道路。

说起徽班进京，我想到近期刚去过的故宫畅音阁，即宁寿宫畅音阁大戏楼，它位于故宫博物院内养性殿东侧，为紫禁城中最大的一座戏台，与京西颐和园内的德和园大戏楼（为仿畅音阁规制建造）、承德避暑山庄的清音阁大戏楼并称清代三大戏楼。这可不是一般的戏台，是皇家的戏台。据史料记载，乾隆三十七年（1772）始建，乾隆四十一年建成。嘉庆七年（1802）曾维修，二十二年于阁后（南）接盖卷棚顶扮戏楼。这是一座三重檐大戏台，楼分上中下三层，上层叫“福台”，中层叫“禄台”，下层叫“寿台”，根据剧情分别在不同的舞台进行表演。上中下三层檐下分别悬挂着黑底金字的“畅音阁”“导和怡泰”“壶天宣豫”三块匾额，两边的楹联是“动静叶清音，知水仁山随所会；春秋富佳日，凤歌鸾舞适其机”。取自左思《招隐诗》“何必丝与竹，山水有清音”，另外，陶渊明《移居》中也有“春秋多佳日，登高赋新诗”。有感而发，我曾经写下了具有徽风徽韵的《大徽班》这首歌词：乾隆八十大寿年，徽班进京祝寿宴；三庆四喜和春班，春台童伶人喜欢。亮一身段惊四座，（喊：叭达仓）喊一嗓子叫醒了天，（喊：来也）翻一跟头云中跃，掌声雷动，叫好声一片。（在掌声中喊：好哦）徽商为啥蓄家班，乡音乡愁记心间；你方唱罢我登场，喜怒哀乐似梨园。徽池雅调艺精湛，（喊：关平、周将）生旦净丑赛八仙，（喊：匡才匡才匡才）锣鼓一响痒脚板，急如周仓？看我大徽班。（喊：哇呀呀）人生如戏看百态世间，戏如人生演古往今来，孕育京剧合流徽汉，中华文化代代相传。

徽汉合流，皮黄交融，博采众长，孕育了“国粹”京剧。何谓徽班？当是徽人之戏班，即徽人主班、徽调主艺、徽伶主演。据记载，最早提到徽班之名的，是在四百年前的明万历三十三年（1605），浙江文人冯梦祯提到：春日来徽州，已见徽州班。应该说徽商、徽调、徽班、徽伶功不可没。

提起古戏台不得不提歙县曾经的演出盛况：明崇祯歙县县令傅岩《歙纪》云：“徽俗最喜搭台观戏。”徽人这一喜好，在故事里得到了有力的佐证。明万历二十八年（1600）春，在戏剧家潘之恒的组织下，在府城东郊搭起了迎春赛会，搭戏台三十六座，天下名优萃聚竞技。歙县名叫张荼荼的名角，艺名“舞媚娘”，她在《蟾宫折桂》中扮演美丽的嫦娥，她扮相俊美，演唱绝佳，时而舞动水袖，时而对月思乡，时而月下吟唱，“腰纤姿媚多娇艳，字正腔圆声遏云”。潘之恒赞到：“春色腔妍，颜色与之焕发，光彩灌注，一郡见者，惊若天人。”“舞媚娘，初日光，贻清扬，情所当。”让潘之恒以物相赠，赞叹不已。在一次酒宴上，酒过三巡，文人雅士行酒令，有人出了谜面：“待月西厢寺半空，张生普救去求兵，崔莺失却佳期会，只恨红娘不用功。”结果，被舞媚娘猜出谜底，是徽州的徽字。徽州人的智慧略窥一斑。

这样的演出，让我不仅想起了曾经翻山越岭演出过的一座座舞台，尤其是1987年，父亲带我一起赴浙江温州演出的情景。父亲、琴师章伟和我一行三人，应邀到温州演出。在市区的剧场，建在防空洞里，我成功演出了京剧《周瑜归天》。之后，我们去温州农村演出，总算见识了外台演出，真正的对台戏。许多座露天舞台，全国各地来的演员使出浑身解数，唱起了擂台戏。这种演出，我也是大姑娘上轿头一次，从没见过，感到既新鲜又紧张。因为这种擂台戏，你学的戏不多简直没法演。好比现在的脑筋急转弯。还是来一次情景再现吧！我们在东边的舞台上演出京剧《闹天宫》，演出正酣,西边的舞台也唱起了对台戏《闹龙宫》;南边的舞台唱起了京剧《古城会》,北边的舞台就唱起了《单刀会》;这边厢,身着蓝色大靠的高宠耍着大枪花,勇挑番兵的一辆辆滑车,观众叫好;那边厢,身着白色大靠的赵云,从高台翻下,表演精湛,观众叫绝。那种演出,观众不仅是裁判,还能大饱眼福,哪边演出精彩就看谁,哪边演出不精彩就没有一个观众。那时,年轻的我,倍感自己戏到演时方恨少,需要学习的东西很多很多。

人生如戏,戏如人生。抬头望着徽州古戏台,我想起了央视的一个公益广告,心有多大,舞台就有多大。是的,人生就是一个大舞台,无论舞台多大,每一个人只要在人生的舞台演好每一出,圆满落幕,才能算真正的成功。一个人,无论你在人生的舞台扮演着什么角色,无论是主角,还是配角,无论演着喜剧,还是演着悲剧,每一场需认真对待,因为人生不像戏剧,没有彩排,只有演出。

我仰望徽州古戏台,想起了与莎士比亚同一时代的明代戏剧家汤显祖,汤显祖的主要创作成就在戏曲方面,代表作是《牡丹亭》(又名《还魂记》),它和《邯郸记》《南柯记》《紫钗记》合称"玉茗堂四梦",又名"临川四梦"。曾写下《亘史》《鸾啸小品》《黄海》的明代戏剧家潘之恒对《牡丹亭》尤其赞赏,他在《曲馀》中写道:《牡丹亭》则生于情而近于"致",即把"情"渲染到极致的境地。巧合的是,在江西,与徽州比邻的汤显祖写下了《游黄山白岳不果序》:"吴序怜予乏绝,劝为黄山白岳之游,不果。"

欲识金银气,多从黄白游。

一生痴绝处,无梦到徽州。

我大胆假设一下,如果这位大文人从比邻的临川如约而至,来到了徽州,他手拿折扇,看见徽州的美景,品着香茗,吃着徽菜,在徽州古戏台看着徽戏、目连戏,抚今追昔,激发艺术灵感,写过临川四梦的他,会不会写下《徽州梦》,给世人多留下一部临川五梦呢?

徽州古戏台的地域特色鲜明,与其他地域戏台有着很大差异。尤其是它独特的建筑风格和艺术特色,让徽州古戏台成为中国古戏台群中一朵奇葩。我想,徽州戏曲、徽州古戏台应该在中国戏曲史和建筑史上留下浓浓一笔。

雨停了,我悄悄地走出了徽州古戏台,我的思绪也从戏曲的长河中慢慢走了出来……

刘菁兰

“抱膝看屏山”出自张恨水的《金粉世家》,填的是“临江仙”的词牌,意思是用手抱着自己的双膝,远看如同屏风一样的山川。

这里要看的,却是因“有山状如屏风”而得名的屏山村。

坐在屏山水口亭上,也闲闲地抱膝远眺。长宁湖畔,清晨的雾气缭绕中,风动荷香,有人悠闲漫步,有人倚栏沉思,有人与荷相偎,亦有人不停地用镜头定格……远处的屏山村,在几座山峰的簇拥下,气定神闲,悠然自在;近处大片的稻田桑园沿着村庄的蔓延,透着生活的朴拙与鲜活。

这样的屏山,让你再也无法静坐,无法置身其外。

走,这就让我们走进屏山。

别长亭,过水口,走步道;走步道,过水口,上桥亭……也许你要看晕了,却真是这样的线路。原来,刚刚走过的是外水口,现在要进入的是近水口。这个近水口很是讲究,北宋中叶时建有石拱桥,桥上建有桥亭,亭内画有观音、财神、雷公电母等神灵图像,古代设有祭坛,为求神仙镇煞镇邪、保村护丁。

有桥,自然有水。发源于吉阳山的吉阳水由北向南穿村而过,众多石桥横跨两岸,临水而建的房子厚重挺拔,真一幅“小桥流水人家”的景致。小桥是用两块长条麻石横向拼搭,简洁又极具美感,溪流每过一段便有向下延伸的石阶供人近水浣洗,可见设计之精巧。

护河的石砌堤岸垒得整整齐齐,经年的岁月中,苔藓覆满绿草欣荣,石缝中每一处都有别样的景致。你看,那缝隙中钻出的几根芭茅草,临水照影,迎风摇曳,一样的活色生香;野月季巴巴地把自己的藤蔓往水边伸展,一路伸展一路花开,星星点点地牵引着你的视线,填满你的镜头。河水一路缓缓向下,走到中途被一个小碣坝拦住，于是漫过碣坝的水流便有了声响，有了气势，也形成一道白瀑，有了飞溅的浪花，给平缓的生活平添了活泼与朝气，轻巧与欢欣。旁边一棵大树靠着碣坝站着，孔武有力笃定威严的样子，仿佛这溪流的定海神针，安定又踏实。

沿河众多的房子与房子之间，许多的小巷，幽幽地通向村子的中心。随便进入一个，两旁高高的马头墙，灰白色的古砖，青石板的小路，一下子仿佛进入时空隧道，回到明清时光。你看那占地500多平方米的舒氏家族总祠堂菩萨厅，门楼四柱三间五分，外加两边八字墙上各有一个楼檐，合称七分楼，300多个砖雕菩萨，高浮雕，五彩色，令人叹为观止。紧邻其后的是当前国内罕见的明代祠堂舒庆馀堂，全长96米，占地480平方米，磅礴大气，恢宏富丽，大门铁皮包封，门环古拙，祠堂内墙裙、柱础等无一不精雕细镂，层层次分明，令人大开眼界。

在村中行走，你可以随意探访那些站立了几百年的老建筑。玉兰庭、敦仁堂、舒绣文故居、屏山拱峙、阴阳两极井、红庙……

几百年光阴，多少面孔来来去去，多少传说飘来飘去，唯有这些建筑，沧桑坚忍，在岁月的风雨中依然伫立。仰望着那些高大的门楣，抚摸着粉墙上斑驳的云纹，倾听着建筑久远的历史，感受着古村深厚的文化，你知道，这就是你心底最美的徽州。

把你从时空里拉回的，是那些休闲、时尚的店招。累了，进去喝杯茶，品咖啡，在文创店里找一些屏山印记，在小吃摊前来一个屏山煎饼，谁说又不是一种享受呢。

就这样，走走停停，当你在一个农家小院里吃完腊肉、干笋、毛豆腐、小河鱼出来，夜幕已经降临。这时的屏山，仿佛一下子掀去了温婉羞涩的面纱，变得热闹起来，经过一整天的沉静，这样的热闹又是你骨子里所期盼、认可又想投入的。

现在，小河边两岸，早已灯光明亮。热闹的排档烧烤，露天的歌厅舞厅，特色的茶馆酒馆，精致的服饰配饰……屏山，在夜色中活泛起来。

那么还等什么，你是不可能抵挡得住夜色屏山的诱惑的。没有矜持，没有束缚，去歌唱，去舞蹈，去大声说笑，去纵情欢乐，这就是你渴望的真实又畅快的生活……

真喜欢这样的屏山，喜欢远眺下村庄那种迷离梦幻，不谙世事；

真喜欢这样的屏山，喜欢近处时村庄那种亲切温婉，熨帖踏实；

真喜欢这样的屏山，喜欢白日里村庄那种宁静悠远，古朴清雅；

真喜欢这样的屏山，喜欢夜幕下村庄那种明丽鲜活，热闹欢欣。

都说西湖浓妆淡抹总相宜，我说屏山喧闹宁静总相宜，一样的让你惊喜，让你留恋，让你沉醉，让你思念……

再一次，水口亭外，抱膝看屏山。

夜深了，屏山再次安静下来，仿佛婴孩般进入深沉的睡眠。月色轻柔，做一次深深的呼吸，把自己融进去、融进去，你就是屏山的一部分……

程亚星

在黄山，有一处景点，在古代很有名，在从事古琴演奏的人们眼里甚至被看成是一处朝圣之地，而在普通游客眼里却常被忽略，这组景点就是位于黄山始信峰顶的琴台、聚音松和“丽田生弹琴处”石刻。

近年，发生了一件与琴台和古琴相关的故事。今年8月上旬，合肥梅庵琴院的王丹给我打来电话，交流中得知今年是我国著名古琴演奏家、音乐理论家和音乐教育家查阜西先生诞辰120周年，同时也是其学生、国家非物质文化遗产项目古琴艺术传承人、中国科学院研究员陈长林先生开展黄山丽田生琴台考12周年。

王丹告诉我，参加“清音·徽风——查阜西先生诞辰120周年暨丽田生琴台考12周年纪念活动”的古琴艺术家一行13人将于8月13—14日来黄山，并且还将到始信峰上现场演奏古琴，以为纪念。这件事情很让我兴奋，我打算在帮他们处理一些具体的服务性工作之外，争取能抽出时间陪同他们一起上山。

遗憾的是，后来接到通知，与他们来黄山时间相冲突的还有另一件事：东盟十国大型媒体采访团一行45人要上黄山，这是我的本职工作，我无法推辞，也就是我说不能陪他们上山了。我帮他们订好房、安排好一些接待细节后，就拜托北海综治组的同事王惠杰帮忙协调山上的各项事宜。

与王丹和陈长林的相识要推溯到12年前，当时我在黄山宣教科工作，有一天，一位英俊的年轻人陪着一位儒雅的老人找到我，想请我们帮个忙，他们想到黄山始信峰上作一次朝圣考察，同时在始信峰顶“丽田生弹琴处”现场演奏古琴并拍摄一组照片，这组照片将放人成背景板，用于不久在香港举办的古琴中报世界非物质文化遗产的演奏会上。这位年轻人就是合肥梅庵琴院的古琴演奏家王丹，而这位老人就是国家级非物质文化遗产项目古琴艺术代表性传承人陈长林。

作为景区的宣传工作者，我觉得这是宣传黄山的一个很好的机会，同时，热爱音乐的我更愿意为他们此行尽一点力。遗憾的是当时黄山始信峰正在封闭轮休,加上当天刮大风,云谷索道停运,我无法协调他们进入到始信峰拍摄。但我答应他们过两天我一定请黄山最优秀的摄影师拍一组照片寄给他们,这样,通过P图也是可以达到他们设想的效果的。没过几天,我正好要到省委宣传部参加一个会议,就把黄山著名摄影家汪根华拍摄的一组始信峰琴台、聚音松及石刻“丽田生弹琴处”的照片给他们送过去了。

这两件事前后相隔12年,我虽心存雅意,想玉成其事,但因为种种原因,最后都存在着一些遗憾和歉疚。

我最早关注“丽田生弹琴处”这一景点是在2002年,当时我被抽调到黄山志办公室,主持第二轮《黄山志》的修编工作,接触了比较多的黄山古籍资料,其中有两段记录一直充满想象、画面感很强地停留在我的脑海中,一段是关于普门大师月下吹箫,另一段是关于江丽田弹琴。

相传,当年普门大师刚到黄山玉屏楼不久,有一只受重伤的幼虎得到了普门大师的救助,从此留在文殊院,成了普门大师的“虎徒弟”,与普门大师终生相伴。每逢月夜,普门大师月下吹箫,虎徒弟就会乖顺地伏在他身旁聆听,这一画面常常萦绕在我的脑海中,让我的内心充满悲悯和温暖。

如果说普门和虎徒弟的故事有一些传说或演绎的色彩,那么关于江丽田在始信峰顶弹奏古琴的故事则更加真实可信,古籍中也有生动的描写。

“丽田生弹琴处”因江嗣珏而得名。江嗣珏,字兼如,号丽田,清雍正至乾隆年间隐士,歙县江村人。有“琴仙”之誉的江丽田一生孤傲自洁,不婚娶、不蓄奴仆、不爱钱财、不逐鹿功名。他放弃继承叔叔的巨额家产,遨游于山水之间,中年云游归来,隐居于黄山,琴书之外,别无长物,安贫乐道。

因丽田生常到始信峰弹琴,他的好友巴廷梅便在峰巅为他垒石为琴台,并手书“丽田生弹琴处”刻于石上。据史书记载:“每风和月霁,抚弦动操,岩谷响答,烟蜚气馥中,如有灵迹往来,在其指顾。山有白猿虪虎,寿千年矣,闻琴声,辄俯身贴耳驯于侧。素蓄一鹍鸡,闻其声,即舞蹈若赴节者。”民间传说,每当丽田生在山巅弹琴,天地都会为之感动,寒风呜咽,松涛和鸣,山谷响应,鸟兽倾听。而位于琴台旁的聚音松则是很有灵性的神树,可以将琴声凝聚起来,然后让它随风播散。在寂静的夜里,人们常常可以听到山巅传来缥缈的琴声,忽隐忽现,有“余音绕松,三日不绝”的效果。

黄山是可以用心聆听的,黄山是需要用心聆听的。虽然明代普门大师和清代丽田大师在时间上没有交集,黄山前山玉屏峰和后山始信峰在地段上也相去甚远,而我却常常把这两个画面叠加在一起——在某年的中秋月夜,白云像薄纱一样缠绵于山间,月亮像镜子一样悬挂在天上,静谧的黄山在流水般的月色中显得格外圣洁。此时,在黄山前后山,琴箫合奏,松涛应和,山风伴奏,鸟雀和鸣,溪流欢唱……这样的美景美事,人间没有,天上没有,只应人间仙境黄山才有。

项丽敏

去永丰是2003年,算起来已隔了整整十二个年头,留在脑海里的画面却依然清晰:盘山而行的乡间公路,路边树林蓊郁,庄稼地、农舍和桑园不时闪出,如文章中的标点,隔一小段就能看见它们。车行在山道上,如同行驶在幽谧海底,阳光穿过树隙扑向车窗,又迅速向后掠去,使人心生恍惚,仿佛置身于通往秘境的隧道。

不知过去多少时间——也许是一百年吧,车子驶出光影斑驳的隧道,眼前豁然开阔,山的臂膀不再合拢着了,而是摊向两边,摊成一个大大的V字。

那些暖黄色块就是此时映入眼帘的,深深浅浅,宁静又热烈,在V字中间铺展、绵延,直到被尽头的村庄拦住。这场景多么古朴,又多么熟悉,像极了凡·高在法国南部创作的油画——《收割中的田园风景》,只不过眼前的田园在中国安徽,长江之南。

和凡·高画笔下的田园有所区别的是,眼前的田园里有不少古木,银杏、乌桕、苦槠、枫香,彼此隔着些距离,单独伫立着,酷似忠于职守的守望者。这些古木在春夏之季皆是绿色,而到了秋天,它们的颜色渐渐就有了区分,银杏金黄,乌桕绛红,枫香金红。只有苦槠依然故我,保持先前的深绿,奉行以不变应万变的哲理。

那次去永丰确切的月份已不记得,凭着印象里的画面推测,应是仲秋后的光景,尤其在进入此行的目的地——岭下苏村后,浮动在空气中的桂花香气,使我对时间的推断有了更为确凿的依据。

桂花的香气是看不见的向导,在村口迎接了这一行因文学而聚首的拜访者,领我们走上青石板路,穿巷道,过老石拱桥,来到一栋门头匾额刻有“海宁学舍”字体的楼下。

楼有两层,中西合璧式,在徽派建筑风格的基础上不着痕迹地植入西方元素,尤其是二层的阳台和窗户，如今看来仍有很强的现代感。

“这就是苏雪林当年读书的地方吧?”同行者中一位年长的老作家问。

“是的，”我答，“苏雪林在她的散文里写到过，她的祖父在浙江当县令时曾寄银两回老家，修建了书屋和私塾，供苏氏后代在此修学。不过苏雪林在这里学习的时间很短，她的出生地不在这里，年少时大多和兄弟姐妹一起，在祖父任职的县衙里生活，直到民国初年，祖父辞官返乡后方才回到太平，那时她差不多已是个二八少女了。”

“不愧为苏雪林的同乡，对她的生平了解得这么详细。”老作家递过一个微笑的表情，赞道。

说来也怪，虽是第一次造访苏雪林的故居，对村里的地貌却毫不陌生，眼前所见皆有似曾相识的感觉，仿佛自己的童年就在这里生活过，在青石板的小巷里奔跑，在穿村而过的河流里凫游，以捕鱼捉虾为乐。

其实在造访永丰岭下之前，我早已通过苏雪林的作品神游过此地，知道这是一处可与武陵桃花源媲美的地方。苏辙后代——也就是苏雪林的先祖离开四川，几度辗转后选择在此定居，就是看中了这里得天独厚的自然条件。徽州自古山多田少，故有“八山半水半分田，一分道路与家园”的说法。但是在大山深处，往往也会藏着宝地，既有山水，又有足够广袤肥沃的土壤。永丰就是这样的所在，与永丰相邻的新丰、新华也是这样的所在，这三处宝地合称“三丰”，历来就是太平人的粮仓。

拥有“良田美池桑竹之属”的永丰是富庶的，维持了苏氏家族几百年来的兴盛，族人中经商做官者颇多，还出了一个号称“苏百万”的大户。富庶是福，有时也是灾祸的根源，尤其在整个国家处于战火频仍的乱世。20世纪初的几十年，永丰就因富名在外而频遭劫匪的袭击。

在苏雪林的自传体小说《棘心》里，就有匪兵入村抢劫的场景描述:“匪到吾村后，分为两股，一股往抢宝善堂，一股则来吾家。各房细软，搜取一空。匪临去时，取出我家所储洋油，声言放火焚屋，母亲苦苦哀求，匪始未下毒手。而彼时宝善堂火光烛天，百余间老屋，数十载精华，皆付之一炬……”

那场劫难使村庄元气大伤，好在损失的不过是房屋钱财。钱财原本就是流动之水，不会停留在一处，只要人在，脚下的土地在，一代代的生命仍旧会延续下去，家园也就不会长久地荒芜。

海宁学舍盘桓片刻后，顺着一位老妪的指点，我们一行又朝着苏氏宗祠的位置寻去。苏氏宗祠在村庄中央，从外观上看，和徽州别处的宗祠没什么区别，正面门厅为五凤楼建筑，两侧八字墙上饰以细腻的砖雕。据说苏氏宗祠建于元末明初，后来又重修过几次。每一次重修前都遭受过人为或自然的损毁，但它始终没有和同时期的建筑一样变成废墟，从村庄里消失，也算是一个奇迹了。

苏雪林的散文里曾写到过这座宗祠:“村中有一座祖宗祠堂,建筑之壮丽为全村之冠,祠中供奉着苏氏历代祖宗的牌位,每年冬至前夕为阖族祭祖之日,牲醴极其丰盛,直到元宵过后祭礼始告完毕。宗祠不唯是宗教中心,也算是政治中心,族中人若犯了罪须送官惩治者,为省事起见,开祠堂裁判,治以家法。在故乡那个乡村里,祖宗的威灵有时似乎还在天老爷、佛菩萨之上,生灾患病祈祷祖宗赐以安宁,求财谋禄恳求祖宗保佑顺利,祖宗的神灵永远在子孙头顶上回翔着,看顾着,保护着。”

如此看来,苏氏宗祠之所以能经历数百年光阴,安然立于村庄中央,也是一种坚固而庄严的宗法力量在维护它吧。

走在村庄巷道里的时候,老作家不时停下脚步,用相机拍摄那些散落在角落的古迹。在一户人家门前老作家还发现了明代的上马石,瓦当和古瓷陶的碎片就更多了,每走一步就能在路边的泥地里看见。“这些就是历史的见证啊,记忆着农耕时代的文明,也记录着一个村庄的兴衰史。”老作家感叹道。

在村庄里行走时我有一个奇怪的感觉,觉得苏雪林也在这里,并且是年少时的形象,在种满花草的院中读诗作画,和她的兄弟姐妹一起捕捉昆虫,或端着瓷碗,大口喝着母亲煮给她的红豆羹。

苏雪林在故乡居住的时间并不多,但她一生最为美好的时光却是在这里度过的。在外求学的那些年里,每逢寒暑假,她都会不辞辛苦,千里迢迢地回到故乡。因为故乡有母亲。母亲像一只盼望雏鸟归巢的老燕那样,每日眼巴巴地望着入村的路口,等着女儿的身影出现,向她飞奔过来。

吴 静

荷花又开了。

那年，在接天莲叶无穷碧的季节，与好友相约去赏荷。都说呈坎的荷花与徽派建筑相映成趣，非常有韵味，因此，我们便将赏荷地选在了呈坎。

呈坎，古名“龙溪”，始建于唐，至今已有1300多年的历史，属徽州区管辖。呈坎历史悠久，整个村落按照八卦建造，是世界迄今保存最古老、最神秘的东汉八卦村。呈坎还是一个人杰地灵、人文荟萃、名人辈出、历史文化沉淀深厚的地方，曾出过许多高官、画家、史学家、制墨家、自然科学家等等，如宋代吏部尚书罗汝楫、安徽省第一部地方《新安志》作者罗愿、制墨大家罗龙文、地理学家罗洪先、扬州八怪之一的罗聘等。呈坎早在宋代就被著名理学家朱熹赞誉为“呈坎双贤里，江南第一村”。现在，村中不仅保存有罗东舒祠、长春社、罗润坤宅等国家和省级文物保护单位，还有那聚集着不同风格的亭、台、楼、阁、桥、井、祠、社及民居的二圳五街九十九巷，特别是它的水口——永心湖，一个集古民居、古桥、古亭等于一体的东汉古水口园林，每年的初夏时节这里便盛开满满的一片荷花，滴翠的荷叶，浓浓淡淡，肥肥瘦瘦，或尖或圆，或半开或绽放，煞是好看。湖畔那错错落落的粉墙、黛瓦、翘檐，如若再配以江南的烟雨，整个永心湖便沉浸在一片朦朦胧胧的烟水间，虚幻、缥缈，那隔世的美恍若仙境让人沉醉。

我们去的那天，天空欲雨又止，迷迷蒙蒙的，是个赏荷的好日子。朋友是个有心之人，说赏荷得有几分古韵，有了古韵才能感受到那莲透出的丝丝禅意，遂准备了旗袍、绢扇及纸伞。一路上幻想着，一个穿着旗袍的女子，那婉约的身影，在杨柳依依的永心湖畔款款而行，在雕花的亭台楼阁间轻轻漫步，那份娉婷，那份妖娆，美丽着夏日的青荷，安静着东汉的水口，优雅着千年的古村……

“到了。”一声轻唤,将我从梦幻中拽回到了现实,抬眼,一座古朴的皖南古村落出现在眼前。下车,顺着纵横交错、蜿蜒斗折的古巷,我们直奔目的地——永心湖而去。

当好友穿着旗袍,手擎着油纸伞,缓缓地从徽州门楼里走出来时,那黑底绣着彩金花纹的旗袍,那小巧的立领里藏着的纤细白润的脖颈,还有那裹在旗袍里的曼妙身材,恍惚间是那结着愁怨般的丁香姑娘袅袅地从古老的徽风皖韵里穿行过来……那一刻,惊艳了所有的眼眸。兴奋的我也迅速挑选了一件旗袍,去感受旗袍与荷花与徽州古建的完美融合。

踏着弯曲的石径,有荷风袭过,很轻、很柔地吻过我的脸、我的发梢。“亭亭玉立出水净,风拂嫩蕊暗香流。”只见一片片圆圆的荷叶,撑起或嫩绿或深绿的伞盖,风过,在墨绿滴翠里摇曳着一湖的雅韵,那又薄又透的粉红嫩白的荷花,袅袅婷婷,摇曳生姿,更添了一份风雅。如幻的荷韵,无尘的碧水,荷香里,处处透着唐风宋韵,无不惬意着。

身着一袭旗袍,手撑一把油纸伞,行走于古石径间,徜徉在古石桥上,望古建,抚垂柳,赏荷花。倚坐在美人靠上,观湖水荡漾,看田田荷叶,嗅莲荷清芳,看蜻蜓飞舞,即行即拍,醉意迷蒙。

远远地,一对小情侣的身影闯进我的眼帘,他们正在用画笔将眼前的这美景收藏进他们的画布,将这份美丽风情定格成永恒。望着他们亲昵的背影,望着这年轻的爱情,不觉遐想起来,千百年前,这个湖畔,可曾有爱情来到?是两小无猜的甜蜜,还是徽州女人泪送郎君出去讨生活的无奈?在花开花落、花落又花开的日子里,那泪送郎君的徽州女人是否在此,与明月对酌,与莲荷静对,寂寞地思念着远方的爱人?在青丝染上了白霜,在红颜衰老的等待中,她的心是否如这荷花般,由嫩蕊结成了莲蓬,再由莲蓬转换成了莲子,最后只剩下莲心呢……

花美水美人更美,在我们于迷宫般的街巷内失去方向时,善良的呈坎人热情地为我们指引着;当我们需要一处更换旗袍的环境时,湖畔人家的大嫂又热情地将我们引进里屋,他们用淳朴向我们诠释这座古村落深厚的人文底蕴,用温情让我们感受到这古老村落的丝丝暖意。静静地浸润在满池的荷韵中,用心去感悟这沉淀了千百年的浓浓底蕴,是啊,呈坎与生活在这里的人都无愧于一个“贤”字,他们质朴、简单、真实、自然,具有莲一样的气韵,像荷一样散发着淡淡的清芬……

落　田

披着古城的霞光，出披云山庄，过太平桥，沿江而下，面朝朝阳，匆匆寻找渔梁坝的背影。穿越刚刚苏醒的歙县古城，感受着古徽州的老气横秋，拐入渔梁街的老巷。练江的晨风扑面而来，凉意顿生，江面氤氲的晨雾冉冉升腾，在阳光普照的暖意中渐渐散去，推向远山。

一路迤逦而行，时而走在空旷的深巷之中，深巷的青石板在阳光的映射下泛着清辉，书写被久远的沧桑步履打磨出的历史行踪，倾听深巷的家长里短，酸甜苦辣。“一生痴绝处，无梦到徽州。”这前世的秋梦寄托着我对渔梁坝的隐隐期许。我匆匆的脚步惊动了深巷久远的沉静，一位老人探出身来张望，我即上前问路，老人闪烁着和善的目光指点迷津。时而走在江畔的泥埂之上，岁近霜降，江畔的草丛沐浴朝晖，露珠晶亮，把野花滋润，散发出泥土的芳香。时而拾阶而上，叩问石梯的迷茫，是否有当年的纤夫缘此跋涉？拉纤的号子在江面粗犷，在远山回响，迎着金红的朝阳。步出阴凉的古巷，只见徽州老宅的粉墙像一面镜子直面江床，与彼岩的远山遥遥相望，相看两不厌，顾影话沧浪。昂首探出的马头墙似在喃喃低语那远古的凄凉，俯瞰大江东去的洪荒。早晨的阳光甜美、明亮，我独自徜徉，脚步轻盈，唯恐惊动江畔的静谧。不经意处，江畔草丛扑棱棱惊起几只宿鸟，让路人平添些许慌张。

行至一处空旷地带，石梯突兀陡峭而上。石阶下一只独木舟反转覆盖在地面。一位老翁凝神端详，甚至吝于抬头看我一眼。手执一支竹签嵌填船底的缝隙（抹腻了），一笔一笔仿佛在描画一件精美的艺术品，勾勒出岁月流年。老人斑斑白发沉浸在朝阳暖暖的色调里，岁月在老人的脸上刻下练江的累累风霜，成就一幅渔梁人与大自然相得益彰的画面，为渔梁坝的沧桑古朴添上一笔重彩，令人肃然起敬。

待我几经辗转，又回到江畔，岸旁一丛修竹，几位晨起的妇女在濯衣、洗刷，几只

渔舟横在水面，俨然《山居秋暝》的画面："竹喧归浣女，莲动下渔舟。"时值深秋，枯水期裸露着河床的曲线蜿蜒曼妙，水面光滑如镜，水流清澈见底，大江亲吻秋的温柔，拥抱秋的明亮。

呵，这就是传说中的渔梁坝了。厚重的青石傲视苍穹，平缓的水面陡然蓄势，一泻千里。断流处，几只白鹭上下翻飞，在湍流中穿行掠食，不时发出几声胜利者的尖叫，俨然一幅"秋水寒白毛，夕阳吊孤影。幽姿闲自媚，逸翮思一骋"(刘长卿语)的动人画面。令我心绪翩翩，想象"行到水穷处，坐看云起时"，遂穿越时空，发思古之幽情。还是看看它的来世今生。

据记载，渔梁坝位于安徽省歙县城南一公里处的练江中，是新安江上游最古老、规模最大的古代拦河坝(有明万历三十三年修坝记事碑可考)。现在的古坝为明代重建。它横截练江，使坝上水势平坦，坝下湍流激越。坝南端傍龙井山，北端与渔梁坝古镇老街相勾连。

渔梁坝可蓄上游之水，缓坝下之流。无论灌溉、行舟、放筏、抗洪，均可各尽其妙。坝长138米，底宽27米，顶宽4米，全部用清一色坚石垒砌筑就，每块石头重达吨余。

我行走在坝上，仔细端详着这个庞然大物。这尊伟岸的巨人在弓背而行，从历史的长河中攀援而上。暖暖的曙光柔柔地洒向大坝的胸膛，为大坝染就一身金装。

抬望眼，明朝的紫阳桥穿越时空、飞架南北，在晨曦弥散中仿佛彩虹幻化，曙光穿透一尊尊桥孔，就像演绎前朝后代的烽火狼烟，风云变幻。龙井山拱手而立，绵延逶迤，与练江结伴东行。

我在坝上信步行走，胸中澎湃着对渔梁坝的敬仰和尊重。我极力平抑这由衷的感动，又见几只舢板浮游江面，鱼鹰伫立船首，蓄势待发，渔翁凝神屏息捕捉猎物，让我也看得入了神儿。我久久盘桓在渔梁坝上，流连忘返。触摸青石的温润，感受石下湍流的奔涌，迎着朝阳目送大江东去，念天地之悠悠，独怆然而泣下。

碧　山

只有以一种宁静如水的心境,你才能真正抵达水做的宏村。

应该感谢古徽州的先民们为宏村选择了这样一处绝妙的环境:她北枕榛树成林的雷岗山,东连翠绿如黛的东山,西临川流不息的浥溪河,南接烟波浩渺的奇墅湖。更为绝妙的是,这些勤劳智慧的先民们,还在村上首的浥溪河中拦河筑坝,顺势开凿了三百七十余丈水圳,把一泓碧水引入村内,穿宅入院,环街绕巷。如果以一篇田园文章来比喻宏村,那么水无疑就是她的文眼。

银亮如练的浥溪河温柔地揽住重楼叠院鳞次栉比的宏村,是破题之笔;拦河筑坝引来的水顺着水圳动脉一样贯穿全村,将宏村人的岁月洗涤得鲜丽明净,是承上启下之笔;村中宛如半轮明月的月塘,将水的灵秀水的妩媚滋润了一村子,是点睛之笔;而村南的南湖,远峰近宅,曲堤高柳,倒影浮光,水天一色,是抒情写意之笔。

水在村中,村在水中,近观山色,俯听泉音,自然与人工的和谐共生,体现着古人追求天人合一的朴素心理。水柔无骨,却穿缀起一个江南古村的悠悠岁月,把沾满人间烟火的村子洗得鲜莹莹水灵灵。再多的沧桑变迁,再多的繁华烟云,再多的幽怨哀婉,都被一支清亮明丽的泉音水乐消融得干干净净。云卷云舒,花开花落,水浸润出了一个江南古村的宁静与淡泊。

当宏村的每一缕呼吸都缠绕着水的歌吟时,一个水做的宏村就如婷婷夏荷般绽放出悠悠岁月的芬芳。水的阴柔,水的明丽,水的幽婉,烟雨一样朦胧在这个千年古村里。

水做的宏村,是采桑的罗敷,浑身散发着醉人的家园气息。

是金秋十月的拂晓,东山上刚露出一片鱼肚白,幽蓝的夜色轻烟一样慢慢逸散,宏村如岛屿般渐显轮廓。雷岗山上层林尽染,巢中醒来的鸟儿们开始兴奋地歌唱。

村中此起彼伏的雄鸡啼声遥遥相应。淡蓝色的炊烟音乐一般袅袅盘旋在村子上空。悠长的古巷传来“哦——白豆腐”的叫卖声。月塘的水被欢叫的鸭儿搅得波光粼粼，妇女们的捶衣声震得水面一漾一漾。而当村中回荡起孩子们潮水般的朗朗书声时，宏村的清晨交响曲也就进入了高潮。

步出村子，十月的天空明净高洁，一如分娩后的产妇圣洁的脸庞。秋阳如水一样清澈，金黄的稻谷以它们的芳香浸染着村庄。空旷的稻田露出黝黑的原色，仿佛汉子们黝黑的皮肤。稻草堆成巨大的蘑菇，它们的队伍在天地之间摆出一盘静中有动的围棋。浥溪河渐渐消瘦，满河滩的鹅卵石懒洋洋地瞌睡，偶有来打水漂的孩子惊醒它们的梦。奇墅湖退出大片大片的草滩，遥遥地传来马儿的嘶鸣，可是对记忆中的草原的怀念？热闹的是这儿一株、那儿一丛的乌桕树，火红的色彩是这个秋季最为明艳的风景。它们仿佛是在宏村之秋的画卷里钤上的一方朱印，整个画面顿时灵动鲜活起来。

秋在宏村，你的心会如南湖中的莲花，静静绽放。

水做的宏村，是在水一方的伊人，神秘的笑容，诱惑着你涉过那条清浅的河向她走近。

最宜烟雨三月，南湖的柳树隐在一层鹅黄色的轻烟之中，春风徐来，那抹柳烟似乎要轻扬开去。这时，湖面上洗出的一片片粉墙黑瓦都迷离恍惚起来，梦一样荡漾在你的心头。仿佛随手翻开一页书，随意间你就走进一条巷子。扑面而来的是和着春风春雨的书馨墨香，那些黑灰色的古民居像一锭锭硕大的徽墨，在雨中浸润出历史的气息。脚旁的水圳跳动着的溪水传递了大山深处复苏的消息。两侧高高的马头墙将乌蒙蒙的天空遮成浑远的一线，斑驳的墙体不知杂染了哪个世纪的尘痕。浴过明的风清的雨，那高高的门楼依然如翅翼扬起。黑漆漆的大门沉默无语，门罩窗棂上精镂细琢的石刻木雕渲染着一缕清冷的繁华旧梦。你可以敲开那扇门，但你却无法走进那段尘封的往事。青藤牵连的院墙上探出一枝灼灼的桃花，那首哀婉的古诗在你的心头春雨一样潺潺。桃花仅仅是在笑春风么？你淡淡一笑。

七曲八拐不知不觉间就到了月塘。伫立塘边，空荡无人。陈凯歌的《风月》，黄蜀芹的《画魂》，如今都被一塘春水静静沉淀。尽管还会有故事上演，但真正风月无边的只有这烟雨迷蒙中的一塘春水。静静的，听雨。静静的，听雨的你也成了雨中的一滴。

像一朵花般的美好宁静，像一湖水般的幽深安谧，这就是我的水做的宏村。

水做的宏村，明丽可人；

水做的宏村，幽婉动人；

水做的宏村，我的爱人。

朱来平

被列为世界文化遗产的黟县西递、宏村两座古村落，作为众多皖南古村落的典型代表，各有特色。“西递石为眼，宏村水作魂。”宏村那汩汩流淌于家家户户门前的古老水圳，几百年来默无声息地滋润着宏村的肌体，至今让村民受益让游客惊叹。独一无二的古村落水系，是宏村与众不同所在。而西递呢，建造历史悠久、建筑技艺精湛的牌坊，因其矗立于村口的特定位置，犹如西递村的眉目，自然成为游客眼中的第一道风景。因而把西递牌坊看作西递的标志，便在情理之中。

400多年以前建起的这座牌坊，让封建朝廷威严的皇恩如一股强劲的潮水涌入了介于崇山峻岭之间的小山村——西递。它连接着遥远的京城和偏僻的乡野，承载着西递人无限的荣耀，因为它的主人是西递的儿子胡文光。胡文光生活在明朝，先辗转各地为官，后得当朝皇帝的叔父长沙王的赏识，于是有更多机会直接亲近皇帝大人。或许做官政绩不俗，或许为人精明干练，胡文光竟然赢得皇帝特别的嘉奖，恩准他家乡建造一座牌坊。

牌坊经历了几百年的风风雨雨，至今仍存，颇为幸运之事。其间，多少次劫难，或是无法抗拒的天灾，或是有心为之的人祸，都让这座牌坊有惊无险。旧时在西递村口有牌坊十三座，其余的都已被毁、倾圮倒塌，没有了痕迹，唯独这座牌坊完好保留了下来。

如今，浩荡的皇恩已在历史的烟云中模糊消逝，西递人的荣耀在时间的长河中依稀可见，胡文光名显乡里光宗耀祖的那份自得和满足也随着他自己沉入了历史的深处。而所有的这些，后人已经感到陌生和陈旧，再也无暇去想象体会了。后人更关心的是这座建筑本身。我就有过这样的好奇和思索：一块一块的冰冷、沉重的石头的组合，何以也有了不朽的生命和连城的价值？

牌坊全是由质地上乘、适于雕刻的黟县青石建成,那方整坚固的石坊和呈现于其上面的精美图案,无一不浸透了建造者的汗水、泪水甚至血水。要知道,从石料的开采、运输、打磨,到牌坊的设计、雕刻,到最终完整地竖立起来,这是多么繁重而复杂的劳动。即使是今天,借助现代化的高科技手段,再造一座这样的牌坊,也绝不是一件轻松的事!这不但需要体力,需要脑力,更需要团结与协作。正是劳动者的汗水和智慧,凝聚成了古徽州建筑技艺的瑰宝,供游人凭吊、欣赏。然而,这些赋予牌坊以不朽的生命和连城的价值的建造者们,他们的名字却湮没在人类历史的长河里,早已无人能知晓。

面对巍峨无语的牌坊,我想,无论是至高无上、尊贵一时的帝王,还是位高权重、显赫通达的官宦,抑或辛勤质朴、默默无闻的普通百姓,在如梭的光阴面前,其实并没有什么区别。如果要说有区别的话,只能是普普通通的劳动者建起的牌坊让牌坊主人的名字流传了下来。

与时间相比,西递牌坊是永恒的。她可以跨越时间,静静矗立于青山绿水之间,向一代又一代后来的人表达着建造者的智慧,演奏着一曲凝固的无声乐曲。西递牌坊,在诉说着另一种历史……

胡　芸

辗转抵达阳产山脚停车场，联防队员和交警在维持秩序，去阳产村只有一条机耕路，不方便错车，只能单向放行。曾经有人开车上去之后不敢开下来。

我决定步行上山，当踏上阳产古道时，心头一阵酸楚：父亲曾在这条山道上无数次往返。我遗憾没能多体会他的艰辛和不易。父亲“文革”时戴着当权派“高帽”，去阳产小学待了4年，那个年代阳产交通不便，物资匮乏。大雨时穿村而过的溪水从山顶飞泻而下，非常吓人，村里人一到大雨天就会担惊受怕。几年待下来父亲瘦得嘴包不住牙。

山道由小块石头铺成，宽约80厘米，在郁郁葱葱的山林间蜿蜒崎岖向上延伸，悬崖下参天大树估计树龄有百余年，山道边溪水潺潺，清澈的溪水顺着山势流淌。环顾山野，随处可见的大多是板栗树，难怪阳产人家有套保存板栗的土法子呢。那时父亲用布袋子装了板栗，挂在家中走路能够碰到的地方，经常碰撞板栗就不会坏。这法子父亲从阳产人家学来的。

回望被山林遮蔽的山道，我徒手行走都汗流浃背、气喘吁吁，以前阳产人家的生产生活资料都要从这里肩挑背驮，辛苦劳累不言而喻。阳产村到了，一幢幢一排排的楼房，依山而建参差错落。其中以土楼居多，少数粉墙黛瓦点缀其间，在周边绿树掩映下，看起来别具风格，无论是单独一幢，还是整个土楼群，都让人震撼于它的乡土美和古朴美。

土楼依地势建造，因地势高低，用石头砌筑石塝，每幢土楼之间布局合理互不影响采光，且留有可以行走的小路，有的拐角特地用石条镶嵌。有的根据风水把大门做偏。听老辈人说，建土楼就是在山上取黄泥，黄泥里面夹杂竹篾和稻草，用上下空的木板盒子围住一层层捶结实，用木框留出门窗，根据需要的高度架上檩和椽子，盖上瓦一幢土楼就建成了。格局都是楼下一个堂前,根据宽度和深度两边各有一个房间,也有两个房间的,还有的楼下只做堂前,楼上搭上地板,根据面积对应楼下隔出房间,以便于堆放粮食和杂物。土墙具有防水防火隔热的特点,因而土楼冬暖夏凉四季如春。

青石板铺就的小路旁,只见农家乐的平台上或堂前都坐满了游人,路边晾晒的玉米、黄豆、红豆也吸引着眼球。置身村中我感觉在阳产走村串巷不用担心走错路,每条小路都能通往入村的大路。一个村民告诉我,村里人都姓郑,许多人家已经到市里、县里、镇上买了房子,平时常住的人口不多,但过年时在外工作的都回来了,非常热闹。到镇上买东西可乘坐面包车,一个人来回只要10元,包车40元,很是方便。我本想问问他认不认识我父亲,转念一想,事隔经年,早已物是人非。现在阳产小学已被撤并,三年级以下孩子到定潭或深渡就读,其他年级全到深渡就读。目前阳产的交通、经济已然今非昔比。土楼群炊烟袅袅,农家乐游人满满。阳产人哪里会想到,因交通不便、物资匮乏就地取材而建的土楼,竟会有今天游人如织的场面。我为父亲曾在这一方水土教书育人深感自豪。

潘南峰

你知道“宰相故里”雄村不远处的岑山渡吗?那是令我无数次魂牵梦萦的家乡,其得名缘于江上屹立着一座宛若一头神牛的山,旧称岑山(谐称神山),后来被称为“小南海”。岑山渡三面环山,一面临水,村前一条玉带似的渐江环绕小南海东流注入新安江。

岑山渡村原居民以程氏为主,承篁墩程氏统宗祠,以新安太守程元谭为始祖,从歙县槐塘迁移而来,迄今已有1200年历史。清代康熙年间,徽商程大典率五子赴扬州经商后,便捐资建造了鳞次栉比的粉墙黛瓦马头墙式的大房子,且户户相连、家家相通,还修葺了新安江百米护村石坝石栏杆,它们如同一个个忠诚的卫士守护着岑山渡的门户,抵御着洪水的侵袭,使岑山渡人世代安然生息。

伫立在护村石栏旁,抚摸着上面的斑斑古迹,凝视那宽阔碧绿的江水,感受着古民居的宁馨,追逐着岁月的脚步,也体会着人与水的依恋……向南望是一片小平原,是村民农作物主要耕作地,俗称“榨园”;向北望是名声显赫的曹氏航埠头及闻名遐迩的“小南海”,康熙御笔赐额的“星岩寺”大殿中曾有尊粉金的肉身菩萨,可谓稀世珍宝。西望依靠大山,东望是新安江对岸的柘林村,再远望就是著名的皖浙交界的天目山了。村里曾有人绘制《岑川八景图》,然而随着时代的变迁,如风的往事早已穿越时空,成为永远的梦。

因山多地少,自岑山渡程氏九世祖程大典迁居扬州经营盐业始,岑山渡村的徽商足迹遍及沪、苏、浙等地,江苏扬州程姓为岑山渡村盐商后裔,现程姓为扬州大姓之一。以前水运十分发达,岑山渡成为新安江水道的重要枢纽,大量的徽州人由此乘着大大小小的船直通浙江杭州,走向全国各地。“新安江上水,可以濯我缨。”在碧波荡漾的新安江面上,徽商源源不断地把茶叶、木材等输送到外地。如今,岑山渡村也正好处T字形的公路网络之中，向南有公路直通屯溪，向北直达歙县，向西通往徽州区，各色各样的车辆川流不息。

“十户之村，不废诵读。”岑山渡村人历来重视读书，村中央有条小巷叫“中书巷”，以一个名叫程晋芳的官衔而得名，因他曾任清代内阁中书。据《徽州人物志》记载，明、清两代出自岑山渡的历史名人就有十多位。听村里老人讲过，程氏宗祠内原有十余块匾额，诸如“四世一品”“四世进士”“兄弟进士”“同胞进士”等，这些显赫的声誉，见证了岑山渡村人的寒窗苦读，也凝结了岑山渡人植根于内心的文化基因。

以前，岑山渡小学就在程氏宗祠里，陪伴我度过小学时光的就是宗祠里的36根高大石柱和一对栩栩如生的青石狮子。这里古朴典雅的校园环境让朗朗书声凝固在弥漫着芳香的空气中。岑山渡村尊师重教的传统历久弥新，当时农村小学老师都是轮流到各学生家吃饭的，农民都把醇香味美的腊肉给老师吃，当地称为“尊先生”。后来老百姓生活水平提高了，纷纷把小孩送去县城学校接受教育，每年高考，都会有不少孩子考取大学，有些甚至还是名牌大学。

千百年来，在那农忙季节里，岑山渡村人伸出黝黑的双臂，擦亮晶莹的露水，把深沉的种子放在田间地头、身前身后。“有女不嫁岑山渡，担茶送饭五里路”。原先村民们要靠泥腿子每次跑五里地去劳动，劳动的强度可想而知，何况刮风下雨、天寒地冻。一年四季的期盼围绕雨水的穿梭触摸跳动的脉搏，要说锄头上的泥土仍旧挂了雨后的彩虹，那么黝黑的皮肤就是智慧的结晶。改革开放以来，村里许多的青壮年农民也跟全国的农民一样，加入打工的大潮，每年像那候鸟一样来回迁徙于农村和城市之间，有些人发家致富了，在城里买房买车，日子过得一点不输城里人，岑山渡村发生着日新月异的变化。

我是岑山渡的儿子，在弯弯曲曲的人生路上，延伸着对家乡无尽的思念，不会忘记冒着香气的饭食，不会忘记骑着单车的颠簸，不会忘记父母的叮咛。从新安江畔的岑山渡出发，从农村到城市，每一次昼夜交替，都会想起生于斯长于斯的新安江水。也许我已习惯一个人走在热闹都市，脚踩坚硬的马路，四处张望，轻轻地屏住呼吸，慢慢地打开心扉，原来记忆里的家乡如此与众不同，让我在生命旅途中走得坚强且诗意、淡定且从容。

刘菁兰

北纬30°。黄山南麓。秦置古黟。一片神奇的土地！

《新安志》载："黄山旧名黟山，秦置黟县，取义于此。"

古时黟地商周属扬州，春秋属吴；吴亡属越，战国属楚；秦始皇二十六年（公元前221年）置黟县，属鄣郡，故而有"古黟"之称，是古徽州文化的重要传承地和核心地区。

多少次，那些静谧的黄昏，金色的夕阳下，我徜徉在古黟城中触摸她的脉搏，感受她的心跳。也许，那象征"天圆地方"的圆形城墙已不复存在；也许，那城墙上东门"吉阳"、西门"望仙"、南门"通闾"、北门"永宁"、东南门"桃源"、近县治门"景星"都已无从找寻。但，那东街、南街、西街、北街、泮邻街、麻田街还在的，一条条光洁的青石板路连着幽深的小巷蜿蜒，古城内部格局和肌理如此清晰；那程氏宅、环山楼、怀德堂、程梦馀宅、周氏祠堂还在的，一幢幢徽派民居祠堂肃然站立在小城深处，古城建筑的历史风貌保存这样完好；那通济桥、九洞桥、槐渠、三元井还在的，穿城而过的溪水与河流从远处的光阴中走来，古城沸腾的血脉依然流淌得这样灵动欢跃……

这就是我一直生活和工作的小城。

最初的时候，我生活在小城的乡下，对县城充满了敬畏和渴望。第一次来县城，我就遇见了那座此生见过的最美的桥。一个夏天的清晨，我怀揣着忐忑和兴奋紧紧拉着父亲的衣襟，坐在那辆破旧的永久牌自行车后面。快要进城时，漳河从一个河湾处拐到路边迎接了我们，沿河行，忽然一个抬头，我就看见了绿柳婆娑中横跨漳河的这座桥。一倾碧波之上，通济桥稳稳地伫立，喑哑暗黑的青石色调显得古朴厚重；三个孔洞倒映在水中，形成一个个漂亮的圆；黟县青砌成的桥墩的缝隙里，几棵狗尾巴草迎风摇曳，仿佛跟我亲切地打着招呼……我再也不肯向前了，执意要到桥上走走。通济桥桥身用花岗岩垒砌，桥面铺条石，桥短柱密，显得结构严谨，端庄古朴；墩向上游延伸超出桥体，墩头成削尖状，以利分水，可见设计之精巧。父亲告诉我，通济桥始建于南宋，是黄山市境内始建年代最为久远的古桥，也曾是古黟通往北方各省的重要驿道。我在桥上站着，时而临风看看柔婉灵动的漳河，时而翘首眺望远处的小城以及近处的麻田街，偶有过桥的爷爷奶奶对在桥上蹦蹦跳跳的我报以善意的微笑，那么温暖，那么亲切。

那一刻，我知道自己爱上了这座桥，爱上了这座城。

之后仍跟着父亲向前，我不再那么拘谨，而是好奇地东张西望。这时我就看见了它，这座庄严肃穆的县衙正堂。我此前从没看过这样的建筑，如此阔大，如此敦实，如此庄重。房子不高但房檐低沉，整个房子是歇山式方形建筑，飞檐翘角，正脊两端微微上翘，结构简朴，庄重大方；县衙外的横梁、木柱以及栅栏以朱红漆上色，因年代久远色彩已然剥落；衙门两边悬挂“三年耕，九年食，百姓永足；五日风，十日雨，一邑丰穰”楹联，正中的梁柱上悬挂“正堂”匾额，依然透着威严。多年后，我才知道这县衙正堂始建于宋徽宗宣和年间，是古徽州地区县衙建筑的唯一地面遗存。当时，我绕着它，来来回回好几遍，完全被它的气势镇住了。

此后，我多次来到小城。也曾在修建于梁朝、作为黄山市最早水利工程之一的槐渠边嬉戏；也曾在北街口唐代的薛公井边好奇张望；也曾在那棵逾千年历史的宋柏下漫步徜徉，也曾在明代始建的碧阳书院里凝神沉思……古黟城，仿佛穿越重重岁月向我走来，向我展示它历经风雨的沧桑坚韧，也向我述说往昔的荣光、未来的遐想。

今天，我终于一头扎进了它的怀抱。也许是冥冥中的缘分，我最初认识的通济桥和县衙，居然后来就成为我生活和工作的地方。我现在与漳河为伴，临水而居，每个夜晚，都枕着一湾漳河水安然入梦，每个清晨都走上通济桥迎着阳光而行；过北街，走西街，沿一条小路到达县衙正堂边……

每一次遇见，都是久别后的重逢，也许这就是我们的机缘。

现在，我有更多的时间，阅读这座古城，仿佛翻阅书架上一本厚厚的线装书。我为它拥有如此多的历史文化资源而惊叹：2处世界文化遗产，6处国家级历史文化名村，31个中国传统村落，71处文保单位和众多的历史建筑；为它传承了大批具有徽文化精髓的非物质文化遗产而欣喜：列入省级非遗项目有8项，市级33项，县级28项；为它涌现出众多仁人志士而自豪：南宋学士汪勃、清太守黄元治、清代著名学者俞正燮、“徽州篆刻黟山派”创始人黄士陵、现代表演艺术家舒绣文以及诞生了汪希直、舒先庚、韩锦侯等诸多革命烈士，为黟县留下了珍贵的精神财富，构成了黟县文化的独特内涵。

黟县，“自郡县肇封二千余年来”，“农朴而士秀，井里桑麻间，弦诵之声相闻”。

黟县，一方朴拙灵秀的山水，一段厚重辉煌的历史，一座古韵犹存的名城。

这就是徽韵悠长的古黟城！

这就是我深深眷恋的古黟城！

汪红兴

时光悠悠，20多年前的那个清晨，在记忆的天空里，总也挥之不去。

一觉醒来，睡眼惺忪，来到门外，忽觉眼前一亮，豁然开朗。只见乳白色的云雾，好似朵朵棉花，又像是扯天扯地的大被条，就在门前的晒台上，忽上忽下，翻滚旋转，似乎伸手可揽。

从小生活小镇上，哪见过这么气势非凡的云海呢？震撼不已。

飞跑至村子对面山上眺望，只见峡谷间百里云海就像是那奔腾不息的长江，时而静默，浅吟低唱；时而澎湃，风起云涌，激荡在千峰万壑间。眼前这座小小的徽派山村的三面，完全被云海包裹着，时沉时浮，千变万化，若隐若现，宛如海市蜃楼。尤其是金黄色的旭日刚刚照到那粉墙黛瓦的老房子上，黑白分明，层次凸显，炊烟袅袅，令人惊叹不已，“此景只应天上有”。我从村头跑到村尾，从村尾跑到村头，一路狂喊，喜形于色。

这是云上古村木梨硔村，带给我最初的惊喜。

它孑然一身处于海拔600多米的山梁中，静静地漂在云海之上，立在湛蓝的天宇之下。

它就像一台架设在天地之间的钢琴，以山为琴键，以风为操手，弹唱着新安源头的高山流水，昼夜不舍。

400多个春秋，它藏在茫茫大山中，独守深闺无人识，似乎早已被世人遗忘。如今，小山村就像一坛窖藏百年的老酒，一经开启，就香飘万里，跻身为中国传统村落、黄山市百佳摄影点。

进得村中，你会发现山村独具特色。它坐落在高高的山尖上，坐北朝南，三面悬空，南临霄冲峡，北悬言公坑，东倚海拔近千米的苦竹尖。山涧中不时传来阵阵飞瀑流水声，咚咚咚，好似千军万马埋伏在沟壑里擂鼓。

村内的民宅，古老而简陋，规模不大，占地一般只有四五十个平方，墙体老旧，布满沧桑之色。房屋依山而建，层层叠叠，鳞次栉比，呈阶梯状延伸，错落有致，形成一条小天街。红色标语还印在斑驳的墙体上，见证了时代的嬗变。山村闭塞贫穷，若论单幢建筑，可能算不上特别精美，但就其建筑风貌的完整性而言，它是许多地方无与伦比的，是能牵动无数人乡愁的。橘黄色的余晖，洒在这座骆驼形的小山村上，明暗相间，分外迷人。

这里地无三尺平，人家门前的石板路狭窄，于是，当地村民巧妙利用地势，用原木搭起了一排排木制晒台，3米多宽，人们可以在上纳凉休憩晾晒，数星星，赏月亮。这是当地一绝，其他地方少有。

伫立村中，视野辽阔，群峰竞秀，高湖山、浙岭、仙姑尖、高塘尖，宛若巨人擎天而立。这里翠竹漫野，林涛阵阵，让人心旷神怡。

2008年的夏天，买了台卡片机，我就拍了一组该村风光照片，发表在媒体上。那时，有了网络，引起了人们的关注。次年11月，雨后初晴，我带着好友文敏，还有几个摄影人来到木梨硔。那次木梨硔云海与村落的巧妙结合，让他们深深地震撼了。采风归来，图片发在网络上，一时"黄山最美的高山村落"不胫而走。

陆续有人来探秘，我就是这里最早的导游，领着他们翻山越岭，摄影人像是发现了新大陆，一次次满载而归，流连忘返。这些人中包括一些摄影大腕，如中国摄影金像奖得主朱恩光老师等。那时，村里没有农家乐，来人都是借宿农家。我和好友文敏，怀着极大的热情，"推销"这里的风光，常常披星戴月，即便冬天也是凌晨四点带客人赶来。

近两年，游人增势迅猛，高峰时日破千人，村里办起8家农家乐。每逢双休日，农家乐几乎爆满。他们在家门口，也能赚到了比在外打工更多的钱。

何处觅徽州？其实，徽州的魂、徽州的韵尽在乡村。不光是那宏村南湖的烟雨，呈坎宝伦阁的雄姿，更在那星罗棋布的古村落里。

我多么希望我们的乡村，能够宁静与繁华共存，传统与现代共赢，传承与创新兼顾。

或许，在一些人的眼中，木梨硔是微不足道的，但在我心中，它是自然与人文巧妙结合的典范，它就是我心中的徽州，一片桃花初绽、五彩斑斓的世外桃源。

它寄托着我的梦想，承载着我的乡愁。

余美花

一

梅屋,今儿个应该在层林尽染的“黄山深闺”中修炼静养。禅坐在生香的幽谷里,与攀枝摘果松鼠相看两不厌;期待红叶翻飞覆顶,与“月岩读书处”相拥温暖;抑或怀抱千年菩提,期许琼楼玉宇还复来,孤独而不寂寞,有言无声地相依相伴着暑往寒来吧?

念想梅屋,不仅仅因为梅屋坐落在风景名胜的黄山风景区,实乃梅屋背后丰富的文化景致叫人一游未尽,意犹未尽。

我对梅屋之念,积攒许多个年头,尽管我生活和工作都在它的身边,甚至多次擦肩而过而不自知。然,去与不去,它都在那里。探寻梅屋之念,落实在今年五月。

在此之前,“幽幽梅屋”——只闻其名,不知其面。《黄山志》及相关黄山的文献记载:梅屋,江绍莲题,刻于云谷寺梅屋石壁。江绍莲,字依濂,安徽歙县江村人,嘉庆十六年会试,特赐国子监学正。“幽幽梅屋”在新生时代的土生土长黄山人眼里——没什么好看的,杂草丛生,不过一“洞窦”,石上方刻“梅屋”两字。

直至1995年,《黄山日报》“天都周末”特约撰稿人戴耕玖,每周都出刊一篇专写黄山的大块文章。我每期都是如获珍宝般地拜读,戴先生笔下的《梅屋》也就从深闺走向街巷,走出黄山,烙刻在文人墨客的心中,自然也魂牵梦萦着尔等寻游探访。

五月的那天,怀揣着对“梅屋——洞窦——钓月台——月岩读书处”的神秘、通幽、新鲜、好奇、忐忑的心情一步一步走进。那天,戴先生笔下——“梅屋四周,修竹如江南淑女,青松如关西大汉。竹拂云,松参天;竹是湖泊,松是风帆;近看亭亭玉立,风流倜傥;远观浩瀚如潮,波伏帆行——一个‘清’字了得”牵着我寻访探幽。

二

梅屋坐落在黄山风景区云谷寺景区。梅屋上入口离云谷寺门票房(登山步道山门)约2—3华里(从云谷寺门票房往回走约2—3华里公路),入口石阶步道与公路相连接,五松把守。沿石阶步道下行,松竹掩映,磴道平缓,山花点缀葱茏的山林,时不时有松鼠跳跃、八音鸟鸣唱。五月份去时,正逢黄山映山红肆意绽放,一撮撮鲜红叫人欲飞不能腾空,欲罢不能,望花兴叹!扑鼻的兰花香,杏黄儿的竹笋破土冒尖顶翻泥土,生命的力量毫无悬念,一览无余!约走1华里,渐渐有淙淙水声入耳,大树参天,毛竹苍翠,梅屋就走到了。

只见梅屋门前(洞口),松竹哨兵左右列队,两块巨大巍峨的石头"人"字相靠支撑起一个约有20平方米的通透大洞窦。下三四石阶,进到洞里,凉气逼人。洞里左边靠洞壁处有方便探幽寻访者休憩的石块。偶见丢弃的饮料瓶盖,给人感觉这里不缺少生活气息。直行出洞,石条小桥横跨溪流,天地豁然开阔,天造地设,修身养性绝佳去处。

环顾四周,戴先生的《梅屋》景致,生龙活虎。四周粗略走遍,遗憾的是巨石周围长满植被,找不到可以爬上梅屋屋顶(刻有"钓月台"的石块)的路,也就不能高空领略先人们净空坐怀"钓月台"上抚琴揽月,忧而不伤的情怀。

只好作罢,团坐在平坦的溪边石上,喝茶休息,回望梅屋。"梅屋"与旁边的"月岩读书处"两处石刻红得夺目,石上青苔幽深,顶部石崖上匍匐生长着厚如棉被的植被——遒劲龙须般生长着的青草。从石阶道路的规整、鲜红油漆的石刻以及石崖下的蜂箱来看,梅屋没被遗忘。

我如痴如醉地绕梅屋四周再度细看个遍,冥想着那僧、那丞相、那隐士,清泉煮水,挑灯夜读,经韬纬略,与清辉明月竹影松涛相伴,磨炼意志。感叹他们胸怀大志,而经不住红尘多事,奸邪当道,一个个退隐山居洞窦,以松竹挺立、寒梅傲雪之节气,须髯如戟,月夜读书的清苦。臆想他们于梅屋,青穹冷月,风拂衣襟身一颤,面对着朵朵梅花,手把酒樽,登台望月,抖抖衣袖,摆摆衣襟,气贯长虹地吟咏——"零落成泥碾作尘,只有香如故"!

看着一地缤纷落英,溪水叮咚,松竹婆娑,风拂幽香……哪能不喊——零落成泥碾作尘,只有香如故!香如故呢!

卫　华

多少年后，我再次走进这座富丽堂皇的官厅，恢弘的气势足以让我再次感叹昔日的繁华。

“曹振镛怎么会跟胡氏结亲呢？他可是官宦世家啊！”

那年夏天，我与胡氏三十世孙、瑞玉庭主人胡晖生座谈三百年前的那段佳话。

我们坐在八仙桌的两侧，长案上东屏西镜。按照礼节，我是晚辈，当坐在下首。堂的上方高悬“迪吉堂”大字堂匾，厅正中的楹联系爱新觉罗·天保所书“鹤寿不知其纪，龙灵化时为云”，居中位置饰以“松鹤延年”的中堂，相得益彰。

整幢建筑分三进，厅内的中间是四根青石柱直撑梁拱，两侧四周均为银杏柱，显得古朴典雅，敞亮宏伟，与村中其他的祠堂相比，别有特色。这座房子建于康熙甲辰年间，连宅第为三进四楼五间建筑，气度端庄，是明经胡氏丙培、应海、贯三祖孙三代的故居。

其实问题，我早就烂熟于心，只是今日我是带着任务而来，我们要记录下这段对话。离我们的座位不远，一台摄像机正在关注着这老少两代人关于跨越百年的对话，讲述那段姻亲佳话。

胡晖生抬头看看我。他精神矍铄，扶了扶鼻梁上的眼镜。这一张口，他的话就刹不住了。我们仿佛回到了三百年前的清代徽州。

当年的胡学梓(1733—1794)，即胡贯三，资助曹振镛的父亲曹文埴(1735—1798)进京殿试，一举蟾宫折桂。曹文埴在乾隆时间做到了户部尚书，后来因为不愿与和珅为伍，以奉养老母为由归里，乾隆授其太子太保。

其子曹振镛(1755—1835)于1781年中进士，与胡贯三结亲时，还是个从四品的官员。曹振镛结亲胡贯三据说是尊父命报恩，具体的结亲时间，今天已经无从考证。

曹振镛于嘉庆二十五年任军机大臣，道光年间晋武英殿大学士、军机大臣兼上书房总师傅，后又晋太子太傅，并赐画像入紫光阁，列功臣之首，为正一品，俗称“宰相”。官厅里陈列了一系列的仪仗牌匾，分列两侧。

胡贯三的三儿子胡元熙(1787—1857)，字叔咸，又字遂农，道光元年中举，历署衢州、湖州、嘉兴等府，补严州府改处州府。后任杭州知府兼获粮漕道。为官清廉，有政声。

当然，我现在听到的只是故事，毕竟流传于民间的故事过于传奇。

曹文埴喜欢西递，写过一首有关西递的诗《咏西递》：

青山云外深，白屋烟中出。双溪左右环，群木高下密。

曲径如弯弓，连墙若比栉。自入桃源来，墟落此第一。

有很多人对曹振镛与胡贯三结亲置怀疑的态度，但历史就是历史，胡贯三的小儿胡元熙的确是与曹振镛的女儿成婚。只是我们的后人编辑故事时，有意提前了岁月。

胡晖生的话语娓娓道来，我在倾听。

这时，一缕阳光，从狭窄的天井下泻在青石板上。这里离“追慕堂”不远，这也显示胡氏的后代子孙不忘记自己的祖上荣耀。这里每日早晚的阳光叠加补充，正好从堂前照到阶前，一派祥和之景。

故事说了一段，接着又一段，我们不时地发出笑声。我们熟知的民间故事，胡氏与曹氏就是姻亲，这符合徽州商人的经营理念：以商养儒，以儒促商。宦海和商海都是战场，胡学梓与曹振镛都懂的。

故事说完了。摄影师走上前来，笑着说：故事太精彩了，西递是一个卧虎藏龙之地。

是啊，历史归历史，演义归演义。如果说曹振镛把女儿许配给了胡元熙，留下了这段佳话，那么他当主考官时，未能取中黟县的另一位才子俞正燮，留给后人的是扼腕痛惜。

曹振镛在当权时期，没有什么大的作为，这是后人的一致评价。

趁着大家在收拾东西，胡晖生在给大家述说着一些趣事的时候，我转到了迪吉堂的后面。一位老人，正在那里执笔抄书，蝇头小楷，抄写着《三字经》《千字文》《增广贤文》等等，桌上已经有着一大摞的线装本。我识得他，他抬头看看我，笑着说：今天有空也来听听故事?

我笑了，回答说：您也在写着一段段故事。他停下笔，吮了一口浓茶，然后点燃一根纸烟，说：故事，本是留给后人娱乐的。迪吉堂的故事让我们如此演绎，足见那段生活留给后人的美好。

我告辞出来，与胡晖生漫步在青石板路上。我们回过头去，就会看见那门坊上方的“恩荣”字样。堂堂正正的“八”字门楼，我似乎又看到了当年胡贯三与曹振镛在这里寒暄礼让着，走进这间“官厅”。这可谓是徽州历史上典型的官与商的携手。

西递见证了历史。百来年里，西递淹没在尘埃里。即使新中国成立后的半个多世纪，经济滞后发展，守望西递家园的多是老弱妇孺，“青石板上爬乌龟”就是萧条的写照。

当“爽延朝旭”的门楣再次被东方的太阳照耀时，西递的子孙们不再甘心一辈子面朝黄土背朝天地劳作。守着祖先的房屋，何不开创新的徽商时代？

古老的牌楼下，人们无不想着昔日徽商的繁华，依然津津乐道“迪吉堂”留给后人的佳话。

风雨春秋几百年，走过且看过，我们在思考中，继续前进着。

廸吉堂

蓦 然

中秋节那天，秋高气爽，无需工作，无需灶间忙碌，一个真正悠闲自在的日子。微信公众号有"坑口古村落养在深闺人未识"的信息，一下子给了我马上去看看的冲动。于是，说走就走。

且不说一路的天高云淡、清风送爽、金桂飘香令人心旷神怡，就村口误走误撞而过的一条几近荒芜茅草丛生的小石子路，就让人有恍如隔世之感。车行其间，清风徐徐，茅花轻舞，仿佛从时光隧道中穿越千年而去。那一刻，我的眼神迷离，如梦如幻，亦惊亦喜，还有一丝丝的担忧。听路旁两位摘菜的女子说起才知道，自从宽阔的水泥路通到村庄，这是一条已经少有人迹的入村之路了，如果不是走错，哪有如此恍如隔世的迷蒙和美妙。

跟所有的古村落一样，祁门县闪里镇坑口村的村头古木参天，浓荫蔽日。青山翠竹，郁郁葱葱。沿着左边的入村小路往前走，与一条清清的绕道沟渠同行。沟渠旁的墙体，被爬得满满的藤萝绘成一幅天然的屏障图景，连同飘出的飞檐、檐角的图案，把凝视的眼神一同带往久远的历史，厚重感不知不觉就深藏其中了。

村子很安静，只有一进去正对的那片晒场有两三人晒稻谷，他们看到来人也没有言语，低头做着自己手头的活计。没人想打扰我，我也不想干扰别人的宁静。我从一条窄窄的高墙巷弄走到另一条高墙巷弄，驻足于某一个木格窗棂外，或某一间破败的老屋间，在凝视中找寻儿时老家的记忆和童年的时光。望着从墙外斜射而来的阳光，和在光线中泛着古老韵味的木门、铁锁、略带黑色的墙面，抑或是拐弯的一个断面、一个角落，我竟然有恍惚的感觉……而突然间哪人家木窗内传来的话语声，仿佛是时光场景的画外音……中秋的阳光依然热力不减，但它也似乎明白，对于行走的我来说，它的热量已经不可能对我产生任何作用。只是它亘古不变的光芒，与眼前的青石板巷弄、粉墙黛瓦、马头墙、铁栓大锁相互交融交错，难分难解。

我在一座墙体开裂但门楣砖雕精美的屋前停留很久。门楣上头的黑瓦已经脱落过半，一条裂痕从屋檐沿着门楣，顺着大门框直下，青砖已沉淀成了黄土色，上面雕刻的花纹依然清晰精美，丝毫没有因风雨侵蚀而有所磨损。贴在大门的对联已经不再完整，微启的木门上，铁将军没了往日的光泽和气度，有的只有无需诉说的岁月的沧桑。而拐过这座老屋，眼前的一幕，竟如同走进了童话世界，我就是那个童话中迷路的小女孩，遇见了花仙子。残垣断壁间，一丛丛长得高高的、粉色、橘红、金黄的娇艳的花朵，在阳光下骄傲地绽放，充满了野性，更充满了力量。一只大大的黑蝴蝶在花丛中翩翩起舞，忽高忽低，忽起忽落，任由我拍摄而不躲闪，让一片原本的萧败颓废，顿时生机盎然成我眼中的童话。

走过巷巷弄弄，便到了开阔地。走过去一看，这片开阔地正是坑口村的祠堂——陈氏祠堂的大门口。祠堂大门紧锁，我就在门口稍微看了一下。门前正中是石板道，两侧是清一色的鹅卵石路面，祠前有圆鼓型石础四座。沿祠前石板道上四级台阶，就到了仪门，两侧都有半人高的石栏杆，栏杆将祠前围成三米多宽的走廊，这是与我之前在渚口和闪里桃园村等地所见的祠堂不同的地方。栏前有方形石柱六根，柱顶有斗拱，上头的木刻花纹与其他祠堂倒是大同小异。

祠堂的正前方，文闪河如玉带缓缓而过，在祠前汇成一泓清潭。平缓的河水清澈见底，河岸古木郁郁葱葱，山光树影，倒映水中，连同两岸错落有致的古民居，虚实竞美，构成一幅绝美的皖南山村风景画，令人赞不绝口。

往陈氏祠堂左手边靠河岸走，迎面有个半圆门洞，门楣上书"竹源故里"。走过去，还是个半圆门洞，门楣上书"颍川世族"。去之前没有做过功课，同去的馨告诉我，这里就是会源堂古戏台的前院。只可惜，一场大火烧掉了古戏台，废墟之上，我只能看到残垣断壁间野草丛生，以及大火烧过的黑木痕迹。我曾经看过关于会源堂古戏台的介绍文字，知道会源堂的建筑气势非凡，别具一格，特别是门的设置，便于万一发生火灾等意外时人员的安全撤离，充分体现了古徽州建筑深刻的哲学思想，追求建筑与自然的和谐、人与环境的和谐。遥想当年的鼓乐喧天、余音绕梁，而今面对眼前的废墟一片，怎不令人扼腕叹息！

坑口古村落，果然是养在深闺人未识，让我在中秋的闲散时光安静地走了一回，令人意犹未尽，回味悠长……

胡 纯

差不多十年前，我在外头念大学的头一年，有一天跟家中通电话，无意中听爸爸提了一句，老房子倒了。

我有一瞬间的发愣，然后“哦”了一声，感觉心里有个地方存着的东西消失了。

老房子叫五凤楼。至于为什么叫这个名字，我就不知道了。听爷爷说，五凤楼在新中国成立后分给了几家，我爷爷家就是其中之一。那是一座典型的徽州老宅子，有马头墙，有天井，有黛瓦，有木窗。

马头墙也早就不白了，是深深浅浅的灰色，有的地方能看见青砖。黛瓦倒还是黑色，有的地方残破不全，雨大的时候，屋里头会漏点水下来。

老房子的天井不大，光线不是很足。天井下面的地上还有一口老井。井很深，边上有滑溜溜的青苔。在记忆中，井水是泛着绿色的，就跟故事里鬼的眼睛一个颜色。

有木梯可以通到二楼。木梯上都是灰尘，两边是没有扶手的，踩上去，灰尘满天飞，呛得人直咳嗽，而且吱吱地响。我从没有爬上二楼，往往是才爬了三五个台阶，就被家里人心急火燎地叫了回去。当然，二楼也是跟故事连在一起的，上面住着女鬼，专门吃不听话的小孩子。我总是怕被吃掉，所以乖乖地下来。

木窗子上是有花雕的，那个时候，我不懂欣赏，只觉得上头枝枝杈杈形状不一，没有细看过。石雕砖雕也是有的，留下来不多，大部分都在时光里剥落了，剩下的一点点，依稀可以窥见当年的繁华。

老房子大多数地方不亮堂，暗乎乎的，而且堆了好多乱七八糟的东西，又有家人一个接着一个故事地吓唬，不仅将我的好奇心消磨干净，而且还让我对老房子有一点害怕。于是，我总是从爷爷后来盖的房子跑出去，飞快地穿过老房子，然后拐上后街,再下河,坐船到对岸的桃花岛去。

小时候,要去对岸,就要坐船。撑船的是一个老大爷,总是一边跟人聊天,一边慢慢地摇着撸,把人运到河对岸去。

比起阴仄仄的老房子,我更喜欢明妍鲜活的桃花岛。他们好像是两个极端,一个暮沉沉的,像是将落的日头;另一个则是朝气勃勃,如初升的朝霞闪着绚烂的万丈光芒。对儿时的我来说,桃花岛一年四季都有好玩的。就是不玩,在桃花岛上四处跑一跑,再看一看,心情就舒畅了。

桃花岛很漂亮,有竹林有草地有菜地有小茶园有人家,当然还有灼灼的桃花。春天的桃花岛是最美的季节。除了粉红的桃花,还有雪白的梨花,在枝头绽放,引得蝴蝶蜜蜂在岛上飞来飞去。马兰头嫩了,可以摘;荠菜长起来了,可以采;笋子也冒出了地面,才露出一个尖尖头,引得人去挖。岛上沿河的柳树也抽出了嫩绿的长枝,在微风里摇来摆去;而紫云英则到处开着紫色的小花。陪我去的小姑姑很手巧,有时会折下来两三枝柳条,编成一个圈儿,再插上紫云英,就成了一个花环,戴到我头上。

我最喜欢的,就是在桃花岛上的那一大片草地上跑来跑去。尤其是春天的雨后,草地里冒出很多像小小的黑木耳一样的地衣。我有几次会跟着小姑姑去捡。草地上长了很多,一个下午,随便捡捡,就能拣出来满满一大盘。拿回家里,泡在清澈的井水一个晚上,第二天再洗几遍后,中午正好可以吃。烧地衣的时候,把红辣椒青辣椒大蒜切成碎丁放进去,又用切成碎丁火腿提鲜,放点辣酱,用烧柴火的铁锅做。火腿是自家养的猪做的,辣酱也是自己家做的。烧好后,刚出锅的地衣被放在大的瓷碗里,冒着丝丝热气,鲜美极了。

除却地衣,笋子也是我很爱吃的。把笋子切成丁,再把辣椒、肉、豆腐干、火腿也切成丁,放上辣酱,用土灶上的大铁锅炒了,可以做杂酱。我喜欢就这杂酱,配粥吃。粥也是大铁锅熬的,米是自己家种的。柴火在噼里啪啦地烧着,烧得每一颗米都开了花,上面熬出了厚厚的一层粥油。

可惜,这些只是回忆了。

等我大学回来,倒掉的老房子原址上盖起了新房子。而桃花岛开发了,上面盖起了一排排新别墅,撑船的老大爷也不见了。而我却长大了,再也不会害怕老房子,再也不会在桃花岛上疯跑了。

郭　飞

人与任何事物的遇见，都讲缘分。我在某个春末夏初遇见南湖及其身后的村落，那时，湖边树影婆娑有致，天空高远，阳光煦暖；树影下水光晃动，远山、白墙、浓绿都揉碎在涟漪里。翠鸟，从一茎枝叶上跃起，俯向水面，和着一声低鸣，消失在村落的纵深处。沿着湖光，我踏过湖上的石拱桥，走入一座村庄的内心，在悠长古旧的巷道里，纵有万般心事，我也放下不管了。

每个徜徉在村庄里的人，有意或无意，我想都是被水牵着走的。在村里，路会撒谎，只有水能替你走出一条活路。它一脉柔波混着滴沥清响，小曲般哼出宁静、清幽，引我至想去的地方。水圳，这是古人的说法，实指流经各家门外的小清渠，它是温和的脉息，隐匿在一座村庄的肉身里，优雅穿过房屋、墙壁、石缝。水圳潺潺的水声，透过生活的黑与白，走入多少人的梦里，又陪伴多少徽州人在幽窗下秉烛夜读？而今，我身为观光客，心生几许赞叹与惊讶。在亘古的时空中，徽州人把对生活的眷恋全部揉进了一线流泉里，任其自由奔流，说出岁月的温度与凝重。

月塘，微澜点点，静卧在村庄的心窝上。没有一座村庄能比眼前的这个更柔软了，它有一颗水做的心。走过千转百回的小巷，沿水圳逆流而上，不！我想我是追随一尾无名的小青鱼，用一种近乎洄游的本能，才来到这里的。它游过清浅水渠，而后沉入一泓碧波。青石板砌成的池塘形似一轮弯月，与深夜临空的月遥遥相望。人生代代，它缄默无语，徽州子民的疼痛、荣光及日间起居全被它包容接纳，就像它的一泓清水，搂住所有水圳。一些门户面塘而开，徽州人只消跨过门槛便可浣洗、取水，他们洗去蔬菜的泥土、衣服的风尘，及生活的种种愁绪，漂泊天涯的心酸、少小离家的忧伤、盼夫荣归的悲苦，都交给水吧，请它把这些疼痛挣扎的情绪捎走。徽州人，尤其女人懂得如何品尝寂静及保持优雅。池面的白鹅也一样，鲜红的趾掌偶尔拨动

一下，清水被撕开一个小缝，旋即如一个小嘴巴又抿住了。我未见它们曲项放歌，在游人的观望与喧嚣里，它们懂得如何保持优雅，只要按捺住一池水的躁动，这村庄就能安然平静。

我沿着水圳一直走。在内心，我渴望找到村庄让人心旌摇晃的秘密，那是一种欲望，看它如何把一抹细涓四季晶莹饱满地缠在腰身。我找到了，在村落的西郊，一条小溪被石坝拦住，村庄，如在溪边饮水的牲口，低头啜下哗哗流淌的时光，它一张口，吞下自然的风雨及满山的翠绿。水圳把溪水引入一座村庄的各个角落，汇集在月塘，然后朝南湖流去。一些鱼儿，如胆大妄为的孩子，在村落里横冲直撞，那是它们的天堂，无人捕捞，也无人垂钓。我跟鱼儿一样，在一座村庄的水边迷失，放下一些思考与情绪，只漫无目的地走，直至内心清凉。

一片湖，一方塘，几弯水圳，往复循环的水流，让村落存在布满诗意及生命张力。老子有言：天下莫柔弱于水，而攻坚强者莫之能胜。这世间，最坚强的应该是时间，但在这里，水掩盖了岁月的风尘与烟火，超越时间，护佑一座村庄活过一个又一个世纪。

写到最后，我想说出村落的名字，宏村，或许它更应叫泓村。

乡情·瞻望

洪振秋

雪又纷纷扬扬地从天上飘下来，不论是大如鹅毛的飘雪，还是零零散散的碎雪，总是悄无声息地在人世间堆砌着，渐渐地，大街、小巷、群山、溪谷都成了一个银装素裹的世界。夜更是寥落寂寞的，除了有朔风轻拍门窗以外，整个世界都已酣然入梦了，我便成了什么都可以想，什么都可以不想的雪中闲人。

乡村的落雪天可是有滋有味的，那炊烟，北风一吹，便像个顽皮的小孩在大街小巷跑来跑去，远处时而传来杀猪的猪叫声，时而狗吠成海，它们总是与大人们呼喊玩雪的孩子回家的声音夹杂在一起。我们一家人围着火炉，听着爷爷、奶奶讲着美丽动人或是令人毛骨悚然的故事。爷爷是个有文化的人，讲的故事，总是很美的。他说，雪是一个很飘逸很纯洁的舞女，为寒冬创造一个明亮的世界。有时，一阵风吹开大门，爷爷望着我们这些吵吵闹闹、兴趣不减的小孩们说道："存义堂的二姨娘来了，说不定明早二姨娘会在雪上印着足迹呢！赶快睡觉，明天我们去看二姨娘的脚印去。"这是流传于我们村中的一个传说，说是每年下雪天，存义堂后院厚厚的积雪上印有许许多多深深浅浅的足迹，是那个叫二姨娘而且早已死去的女子的灵魂又来夫家踏雪探梅来了。似乎二姨娘就是雪的化身，故乡天空中的飘雪蕴含着一些耐人寻味的情愫和忧思。

存义堂是村中一座很著名的清末古建筑，院内种满骨里红、徽州檀香等名梅。主人是个泰州县令，而二姨娘虽是县太爷从扬州带来的姨太太，村中人都称她为二姨娘，二姨娘虽是一个年轻貌美、能歌善舞的风尘女子，但心地善良，救济过不少穷人，在村中有着很好的口碑。县太爷死后，家里人把已苍老的她当作妖魔，赶出洪家，穷困潦倒的二姨娘在一个雨雪交加的夜晚冻死在存义堂的后院门口，村里人为此大骂洪家的不是。许多年后，村里人发现一个怪事，每次大雪后，存义堂院后都会

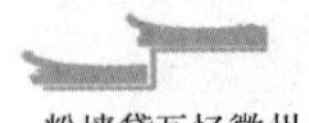

留下许许多多深深浅浅的脚印，人们都说是二姨娘那美妙的“三寸金莲”留下来的，讲到这里，男人会叹息，女人会流下伤心的眼泪。

小时候，天下大雪了，我也带着一颗好奇心去找过几回足印，可什么也没有发现，只是存义堂人去楼空，出墙的古梅在雪中傲然挺立，时而飘出一股股幽香。到了现在，我无论在何地，只要天一下大雪，二姨娘的足迹就如浮云一般，在我的脑海里飘来又飘去。

雪在中国人的眼里是很有文化内涵的，有一个词语叫“雪落无痕”，是很有禅意的，似乎把雪比喻成隐隐约约、忽有忽无、来去匆匆的短梦，但其美妙的“意境”却永存人间。二姨娘也是人世间一片纯洁、美丽的雪花，她的风花雪月是个短梦，在红尘滚滚的世界中是很短暂或是无痕的。可她的善良、她的口碑年年岁岁随着飘雪在乡村里相传着，从清朝到民国、从民国到现在，不管传说是真还是假，只要天上有雪，村里人都会在雪中搜觅着二姨娘那轻盈的足迹，而二姨娘也似乎在此时喜欢为村里人留下个美丽的梦幻。但也有人提出异议，为什么二姨娘在下雪时就会来呢？于是众人哑然。这似乎应了句古诗“如今好上高楼望，盖尽人间恶路岐”。下雪上高楼，那野外一切崎岖难走的道路都被飞雪盖尽，展现在面前的是坦荡无边的银妆世界。白雪能消除人世间的一切罪恶，艰难险阻都变成光明洁净的坦途，难怪二姨娘喜欢在雪后来走生前未走完的艰险的路，这分明是人们对雪的美好想象和人生期盼。“雪落无痕”，不仅是个短梦，而且也是一幅充满人间真情的中国古画，二姨娘便是画中那片神采飞扬、轻轻袅袅的飘雪。

今日，天又飞雪了，我在阳台上和侄儿捷捷、女儿灵灵在玩雪，小家伙们在全神贯注地堆砌着他们最喜欢的小鸡、小狗，嘴里时而背起古诗“一片二片三四片，飞进芦花都不见”。而我望着飞雪忆着故乡，母亲是不是和以前一样在火炉边取暖？存义堂的古梅是否又在迎雪怒放？那飘零的二姨娘是否又轻轻袅袅来到故乡踏雪赏梅？长长的裙子后面留下许多深深浅浅的足迹？几声惊起的鸟鸣打断了我的思路。我推开西窗，多么希望这些无法归巢的生灵能看到家里通红的火炉，飞进我这温暖的小屋，让它们度过寒冷的夜，可外面只有黑漆漆的夜，“呼呼”敲窗的北风，明天又是一个天寒地冷、银装素裹的世界。我突然想起了白乐天的诗：“绿蚁新醅酒，红泥小火炉。晚来天欲雪，能饮一杯无？”我给自己倒上一杯酒，浅浅地饮着，渐渐地雪花化作枕头、棉絮陪我进入沉沉的梦，梦里二姨娘的足迹渐渐地淡去消失，雪原里出现了很多梅花、雪花，还有二姨娘那浅浅的微笑……

作者补白：清人说，徽商一生有二好，“一是乌纱帽，二是红绣鞋”，文中的二姨娘便是千千万万红绣鞋中的一双，她的一生便是雪上深深浅浅的“三寸金莲”的足迹。读此文，就知徽州清末名妓赛金花的大起大落的其中缘故了吧。

黄　剑

月亮大大
开门呢呀
堂前哪个来
外公外婆来
来做么唉
帮尔家女做媒
做到哪里
做到青山坞、苦竹培……

外婆靠在竹椅上,有一句没一句地哼着那首乡村童谣。

夏夜,皎洁的月光洒落在桃花坝上,身旁的大中丞坊、村头的水口古樟,都拖着黑黢黢的影子。几只萤火虫,像微小的雪花,在成片的桃树影里忽隐忽现。我和小表哥光着膀子,穿着土布大裤衩,在桃花坝的平整空地上追逐嬉戏。

外婆家在歙县雄村。老房子就在雄村桃花坝大中丞牌坊的后面。三十多年前的暑假,我们三五个孩子相邀着一同去外婆家玩耍,到河滩里摸鱼,在牌坊下捉蟋蟀,爬古樟树上抓知了,那是童年里最开心的时光。

夕阳西沉,外婆忙完一天的活计,便摇着那把麦秆编的大扇子,聚到桃花坝上,同那些纳凉的大妈大婶一起说鳖(徽州方言,闲聊的意思),闲话一箩筐。我和小表哥自顾自疯玩,有时玩累了,便会围拢在外婆身旁,央求着她讲故事。

"外婆,你说咱这个村为什么叫'雄村'啊?"

"这个村子只生男不生女,所以叫雄村呗。"一旁说鳖的大婶笑着答道。

"别听她们瞎说。"外婆用扇子驱赶几下蚊子,清清嗓子解释道,"雄村原名洪村，元朝末年，曹姓人迁进来，取《曹全碑》中‘枝分叶布，所在为雄’这句话，改名为雄村的。”

外婆是位退休的小学教师。她给我们讲故事总能引经据典，满头银发里似乎藏着许多典故。孩提时候，我们一群娃娃最喜欢听她讲雄村的故事。

“外婆，桃花坝上这个‘大中丞’牌坊是什么意思呢？”

“那是说咱们曹家出了一个大丞相。”另一个乘凉的大妈抢着回答。

“这个回答，就不全面了。咱们雄村可不止出了一个大丞相。”外婆用扇子指了指那座三间三楼、四柱冲天的大牌坊，说道，“大中丞坊也叫光分列爵坊，是清代乾隆年间建造的。明清两代称各省的巡抚为‘中丞’，‘大中丞’所旌表的是明代成化年间进士曹祥、明代隆庆年间进士曹楼，以及清代进士曹文埴。”

“这些都是咱们雄村曹家人哦。”刚才抢答的大妈满脸的自豪。

“对啊，咱们雄村曹家不仅走出了曹文埴、曹振镛父子尚书，还有很多的文人官宦。”外婆掐指细数起来，“你看，牌坊上镌刻着明清两代雄村家族中中举者和显宦的姓名，都是咱们曹家引以为豪的。‘光分列爵’就是对曹氏家族里成就最显赫的人进行的褒奖，使他们在历史的纪念碑上代代相传。”

“外婆，那个‘四世一品’的牌坊是不是就是表彰咱们祖上四代都是一品大官呢？”

“那座‘四世一品’牌坊上镌刻的是曹文埴和他的父亲、祖父和曾祖父的姓名与一品官衔。”外婆解释道，“曹文埴，是咱们雄村人。他25岁就考取了‘传胪’，他当了很多年的户部尚书，办事干练，不徇私情。他还是《四库全书》总裁之一。乾隆皇帝6次南巡下扬州，都有曹文埴在身旁办差，深受皇帝的信任和宠爱。”

“戏文里乾隆爷身边的那个曹大人，就是曹文埴吗？”

“是啊。因曹文埴不愿意与和珅为伍，他52岁时候就以赡养老母为由返回雄村。乾隆皇帝庆寿时，他曾两次专程返京，为皇帝贺寿，博得乾隆欢心。由于曹文埴的特殊身份和巨大奉献，又获皇帝的厚宠，所以乾隆赏赐他的父亲、祖父和曾祖父，均授衔一品官。这样，加上曹文埴本人是户部尚书，也是一品官，这样就自然是‘四世一品’了。”

“曹文埴的儿子曹振镛也是一品官，那这样不应该就是‘五世一品’啦？”

“是啊，也有人说应该是‘五世一品’。曹文埴的儿子曹振镛，刚成年便中进士，有其父遗风，深得乾隆宠信，不断加官晋爵。嘉庆时官至工部尚书、体仁阁大学士。嘉庆外出巡视，曹振镛以宰相身份留守京城，外理政务，代君三个月。留下‘宰相朝朝有，代君世间无’的佳话。”外婆说道，“说起曹振镛，他的故事可就多了，比如‘姐弟劝学’，比如‘宰相出门坐棺材’……”

“那你先说‘宰相出门坐棺材’的故事吧。”我好奇地瞪大着眼睛。

“说是乾隆末年，曹振镛从京城回雄村为母亲奔丧。他母亲是一个丫环出身的小妾，按族规，这样身份的人死后，她的棺材是不能从大门抬出安葬的。曹振镛非常敬重自己的生母，但在当时那样的封建社会里，就是他这个一人之下、万人之上的宰相，也无法改变生母可悲的命运。为此，曹振镛于心不忍，总想让母亲扬眉吐气一番。所以，在出殡那天，他请了16人抬棺，数百人送葬，整个雄村素裹淡妆，悲天恸地。可是，当棺材抬到大门边时，被曹氏家族的族长挡住了：‘国有国法，族有族规，你曹相爷深明大义，可别坏了家乡的规矩！’曹振镛见状，不由得冷笑一声，随即脱下麻布孝衣挂在棺材的边上，又吩咐随从为自己穿上相服，戴上相冠，在众人的搀扶下坐上了棺材。这时，礼炮声大作。‘相爷出府喽，快快让道！’曹振镛就是这样坐着16人抬的棺材，威风凛凛地把母亲送出了曹府的大门……”

“呀，宰相出府真威风！外婆，你再说‘姐弟劝学’的故事吧。”

“与雄村隔着新安江相望的那座尼姑庵，曾经住着曹振镛的姐姐。”外婆望了眼隔河对岸的慈光庵，缓缓地说道，“话说曹振镛幼时顽劣异常，无心读书，姐姐苦心规劝他说：‘你不用心读书，将来如何登堂入仕，承继父业？’曹振镛夸下海口：‘他日我定为官，且胜吾父。’姐姐有意激他：‘你若为官，我当出家千里为尼。’曹振镛从此刻苦攻读，果然不负姐姐所望，考取了进士，官至军机大臣，权倾朝野。于是姐姐不食其言，坚持要出家，曹振镛苦劝无效，又怕姐姐在千里之外孤苦伶仃，就按照村里的说法‘隔河千里远’之意，在新安江对岸建了一座慈光庵供姐姐修行。”

“外婆，你说河对岸的尼姑庵里还有小尼姑吗？”

“有哦，漂亮的尼姑姐姐，还会念经呢。”一旁的二姑奶奶憋着没牙的嘴，打趣道，“你们这些娃娃，要好好读书，将来考上大学，也到桂花厅里栽一株桂花树呀！”

“是啊。雄村曹家这么多名人，他们都是从村中的‘竹山书院’走出来的。竹山书院由曹景廷、曹景宸兄弟捐资建造，就在桃花坝旁。”外婆指着身旁的竹山书院，告诉我们，“书院厅堂正壁悬蓝底金字板联一副：‘竹解心虚，学然后知不足；山由篑进，为则必要其成。’这是曹文埴所撰，意在勉励后学之士。竹山书院旁那座‘文昌阁’，飞檐画栋，八面玲珑，阁顶用纯锡铸造成宝葫芦形，既寓意为文曲星高照，又说明曹氏乃以才入仕、先学后臣的翰墨人家。书院设堂讲学的地方叫‘清旷轩’，清旷轩还有一个称谓叫桂花厅，因轩前小巧的庭院中遍植桂花树而得名。曹家有族约：凡族人中有中举者，可在庭院中植树一棵。满园的桂树，显示出咱们雄村历代人才辈出啊……”

夜，渐渐深了。在桃花坝上说鳖的人渐渐散去。

晚风吹拂，不远处文昌阁飞檐上的“金雀铃”叮当作响。我和小表哥对着飞檐上的铜铃铛呆望遐想,盘算着如何才能弄一个下来藏进书包里,开学时当作炫耀的宝物……

不远处,一位种田晚归的妈妈,拿着细细的竹丫枝,在古樟树下大声呼唤着自家孩子的名字。夜色笼罩的河滩上,三两个顽童被竹丫枝“请”回家,走上桃花坝,还一步一回头地朝我们这边张望。

“外婆,我有点困了,你接着讲故事呀……”躺在竹床上,我微微闭上了眼睛。

外婆摇着扇子为我们驱赶蚊子,又轻声哼着:

月亮大大
桃花坝上
村头哪个来
曹家外甥来
来做么唉
来接老奶奶
接去哪里
接到北京城、上海滩……

方鹤影

父亲和母亲都已不在的故乡，似乎失去了常回去看看的理由，但我没有想到的是，回到故乡的次数变稀少后，我对故乡的思念反而变得更加深切了。在这连绵的思念里，父母双亲十分熟悉的音容总会在我脑海中经久浮现。

故乡在歙县南乡。北宋末年祖先见这里危崖高耸，石壁擎天，层峦叠翠，曲水东流，环境幽静而隐蔽，以为可以“不知有汉，无论魏晋”，遂定居于此。祖先给驻地取名溪头，希望家族源远流长。800多年来承载的动荡安宁、吉凶悲欣，难计其数，我的记忆却定格在20世纪七八十年代，温暖而纯净的少小时光，恰恰停留于几件风雨飘摇的古建筑上面。

故乡肯定有过耀眼的辉煌，村子不大，却有一座名为“叙伦堂”的大宗祠，还建起了三座支祠，分别为“怀德堂”“慎德堂”和“桂林堂”，一个个气势雄伟。雕有各种瑞兽和花鸟的砖木石构建，整饬而富丽，于精美和雅致中透出大气。叙伦堂的形制和徽州其它祠堂没什么两样，三进五开构造，所不同是它筑在一个缓缓上升的山坡上，仰靠青山巍峨，俯视碧水悠悠，尤显壮观和庄严。我小学是在叙伦堂读的，一群无忧无虑的少年，以不知天高地厚的稚气和梦想，把高大威严的祠堂变成一个“团结、紧张、严肃、活泼”的快乐天堂。黑板上方“好好学习，天天向上”八个大字，是我至今依然要修炼的功课。祠堂成了学堂，支祠也做了生产队的队屋。提着竹篓在队屋排队分粮的场景，像第一天上学一样记忆犹新。现在，几个支祠虽仍留在原地，也已是缺砖少瓦、七零八落的破败景象了。

祠堂的记忆是快乐和温馨的，而对观音庙和社庙的回想，中间却掺入了少许人生初尝生活艰辛的滋味。很难考证村后半山腰的观音庙究竟建于哪个朝代，这里既可眺望远山连绵，又可俯视村烟袅袅，每次亲临庙堂，都会感觉视野和心胸顿时开阔

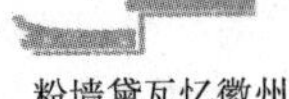

起来。庙后坡石陡峭,左右则相对平缓,两侧常年流淌的溪水在庙前汇成一道曲折而散碎的瀑布,朝村子西头的清潭高高地落下去。假期里我和伙伴们经过庙前翻山越岭去砍柴,最远到过绩溪龙川的山顶。盛夏时节,当我们脸晒得通红,浑身汗水湿透,往家扛着沉甸甸的树棍,经过观音庙是一定要进去歇息一番的。庙有两进,我们随意坐在前厅的美人靠上,阵阵山风带着山花山果的浓郁气息从远处吹来,身上的汗水瞬间凉了下来,好不惬意,又累又饿的感觉一下子飞到了九霄云外。

社庙的位置在西边村外,与其相连的是全村最好一片水田。初中毕业那年我也去生产队挣工分,中午休工时,总有些只等回家吃现成的人,要在庙里坐下来,或是讲一些从古书上看来或道听途说的奇人异事,或是用红粉石在又宽又平坐上去凉爽无比的青石板上划出棋盘,然后选好石子和柴棒当棋子杀上两盘。父亲能讲故事,同时也是棋迷,我顺理成章当了他们的忠实听众和看客。当时听到的故事有些我现在还能记得,我对棋艺的痴迷也是那时播下的种子。

今年春天是母亲的周年忌日,祭拜过父母在天之灵我来到河对岸的社庙前,本只想在青石门槛上小坐,却隐约感觉正门上方有一道光向我照来,仰头定睛一望,见门额有一方题匾,字迹被刷了厚厚的石灰,少时不曾留意,今天却意外发现,这偶然也许正是另一种“力透纸背”吧。当我终于认清“容灵共仰”四个有着浓厚碑味的遒劲大字,心底深处的弦似乎被轻而有力地拨了一下。

我知道时光流水总会不停地带走一些东西,但我仍心有不舍,几百年的宗祠湮灭在了历史的红尘之中,几座支祠都进入商讨变卖办法的最后议程,塌了一半的观音庙也还没有重建,我知道,那是我父母的故乡,也是我永远的故园。

江伟民

沧山源有一个好听的名字——燕窝山庄。把深山里的一个小村落,取上这样一个名字的人,必定是走南闯北见了世面,抑或读了不少书籍,有着超乎他人的想象力。而当地百姓却是改不了口,一直把自己的家乡叫着沧山源。沧山源是近现代著名的经学家、古文字学家、教育家吴承仕的家乡。我们的这次抵达就是奔着吴承仕故居来的。

处暑近半。车子停在歙县昌溪"龙凤樟"水口,便开始步行。现代交通工具只能够帮助我们到这里了。与一个刚刚过去的炎热夏日相较,选择这样的日子登高,确实清凉不少。只是不久,同行者在不停地拾级而上之中,个个依旧汗流如注。向导是昌溪乡政府的一位工作人员,他介绍,现在走的青石板路叫"千步云梯"。一听名字,就让一些同行者冒出不少虚汗。好在上山的石板路虽折叠蜿蜒,石级与石级之间却修建平缓,便于行走,大家坚持了下来。向导说,这些石板路在快到村口时便断开了,没有和一个村庄连接上。说起村名缘由,大抵有两个版本。一是沧山源村形如"燕窝",为方便"燕子"叼泥筑巢,于是留出一处泥地来;第二种说法是,沿山体修建的青石板路,从远处看来,便像一条巨大的盘山青蛇,怕此物有害村庄安宁,便留下一段不铺青石,犹如斩了它的"七寸",便再作不了怪。徽州村落在建村之时,十分讲究风水。任何一个版本都有其一定的理由。我们却愿意相信燕子衔泥的说辞。"又是一年春来到,燕子衔泥两度新。"处处透着生气和希望,或许更贴切于一个绿意江南的颜色吧。

登高之路,一共四亭。前三亭都是现代维修的,少了古意。行走近一小时,到了水口,在浓密的槠树林间,又见一亭。亭子是20世纪70年代翻盖,东侧美人靠已毁坏,斑驳墙体上挂了一块牌子,上书"燕窝山庄",也就是沧山源村的介绍,边上注上了英韩日三语。想必这里也有不少游人登临，一个深山村也算跟上了时代的步伐，有了开发徒步游的想法。吸引我们注目的是亭中的一块“吴孝子传”石碑，为清末翰林许承尧亲撰，记载着沧山源一孝子割肉为母疗治的故事。这名孝子叫遇旦，生于康熙九年，为了救母，康熙二十六年就因疮口病发而殁，年仅18岁。看了石碑记载，人人唏嘘不已。一来为孝子的孝行而感动，二来也为当时的江湖游医草菅人命而愤慨。向导介绍，遇旦之墓就在石碑所对的山上，仅留一块砖头大小的标记。

出亭东口，沧山源一览无余。拾级而下进村，行数步便是村中水塘。水塘开阔，水源充足，塘塘相连，错落有致。这里就是整个村庄的汲水及洗涤处。吴承仕故居就坐落在水塘边上，房子被其他的民宅合围了，显得逼仄。这是一间四合屋，80多平方米，上下两层，有天井，建于乾隆末年。天井边柱础为青石雕，房窗及柱头撑木为木雕。中厅后置楼梯间，有后门通厨房。楼上格局与楼下相同，但后楼较高，中厅较为明亮。房子虽坐北朝南，门却开在东边，入门左侧是一厢房，门开着，里面堆了杂物，显得幽暗。这间厢房就是吴承仕出生的地方。堂前正堂悬挂吴承仕相框，西侧板壁上挂着“2006年歙县文物保护单位”的牌子。楼下无人居住，天井下承接天水的水缸，被一层又一层蛛网覆盖。原有的石础、立柱和冬瓜梁，依旧完好，可惜的是，镶挂在正堂大梁两侧的一对木雕狮子被人盗走了。

吴宅二楼住着吴承仕出五服的侄孙吴自强和他的妻子张红杏。他们都是年过古稀的老人了。吴承仕故居一共分给了4户人家，吴自强是唯一在这里生活的。他介绍，从他爷爷吴承俭（吴承仕堂弟）开始，这间老房子就没断过烟火。前些年，吴自强的儿子在山外盖了房子，老两口也要出山待一段时间，只是舍不得祖上留下的基业，还不时地回到山里来住。毕竟故土难离。

我们到的时候，已近中午，张红杏正在生火做饭，缕缕乳白色炊烟，在空旷的村落里升腾。在我想来，正是吴自强夫妇存留在这里的人气和烟火味，才使得吴承仕故居历经200多年风雨而风貌依旧吧。在徽派建筑中，吴宅在占地和建筑上虽然算不得大户，却也是个殷实之家了。1884年，吴承仕在这里出生，20岁时，中举赴京，直至1939年辞世，其后仅回过两次老家。

在沧山源，平日里常住的人口只有7个人，三对上了年纪的夫妇和一位寡居多年的老妪。就是到了春节期间，山上也就20来人。一问才知，原本村里有100多人，20世纪90年代小学撤并后，为了孩子读书方便，全村人陆续搬到了山外。到得今天，留下的仅有几张晒着时光布满褶皱的老面孔了。

一个即将消失的村落。我们的探寻真可用五味杂陈来形容。沧山源太安静了。我们这支探访的队伍有十人之多，我们的闯入，动静不可谓不大，愣是没有听到一声狗吠。几位居住在这里的老人已经没有什么东西放不下了，以至连一条狗也懒

得去喂养。只是静谧的沧山源还是被不少古董贩子所惦记。在下山的时候,一位当地村民吴鸿济就远远地指着一个刚进村的人说,他就是个收古董的。古董贩子大抵良莠不齐,他们中不乏偷鸡摸狗之徒。一开始谈价格要买,你若是不同意卖,便会想着法子来偷。吴鸿济已届花甲之年,行走的速度却是我们这些年轻人跟不上的。在我们的要求下,老吴停下脚步,回答了我们的一些疑问。说起吴承仕故居被盗的木狮子,吴鸿济介绍,是在20世纪90年代发生的事情,贼人趁着村里人办红白喜事时,人人酩酊大醉后动的手。

乡里的向导适时向我们传递了一个喜人的消息,现在一家旅游公司正在收购当地的一些危房搞开发。他们收购一间,修缮一间,投入特别大。有了外力的加入,或许一座即将消失的古村落,会以另外的一种样式复活。这是我们所愿意看到的。

顾圣红

祁红问世百余年，声誉远播海内外，在梅城小镇留下的遗迹宛若繁星，熠熠散落于乡野民间。这些历久弥香的祁红景致，亦似杯杯浓酽香醇的祁门红茶，让人着迷、使人流连。

顺阊江碧波南下数十余里，被誉为“红茶源里”的古镇平里便是一个满身透着祁红芬芳的地方。

金秋之际，微风渐起之时，我们循着秋日茶花的芬芳拜谒了深藏于平里程村碣的“祁红古道”。古道口，“祁红第一村，祁红从此走向世界”的门楼古朴典雅，读来让人凝神静思，我们真的探访到了祁红陈香！

我们来到一古宅处，说是古宅，其实只留下残垣断壁，一眼望去，老屋尽是沧桑，从遗落的一砖一瓦可以感受其时空的幽深。古宅老墙青藤缠绕，缠绕的是千丝万缕的藤蔓，缠绵的却是厚重沉甸的历史。老宅梁柱已坍塌，寻不见当年的繁华，只是宅前那石块垒砌的数米石墙虽经百年风雨侵蚀，依然无倒塌之危，让我惊讶这平凡里蕴含的伟大与坚强。据说此处原有一古村，是胡氏聚居地，这座遗留的老宅便是1915年祁红巴拿马金奖得主之一胡云霞的故居，我顿时肃然起敬，再次细细打量起来。该地地处深山，四面皆茶，修篁茂林，山泉潺潺，烟岚缭绕。古村房屋今已不在，留下石块垒砌的地基依稀可辨当时村庄的脉络。寂寞的大山里，一条长约15华里的古道将小村与外界连接，此条茶马古道便是当年祁红和平里乡民卖茶出行的唯一通途，深山里的缕缕芬芳由此再经平里程村碣码头外运出世。时光一去百年，祁红已沉淀为百年世界级香茗，古道却在时光的推移中渐渐失去人迹，但这道悠悠风景，依然像藏匿在沙石里的金子，在深山里幽幽发光。今人不畏山高路险来此寻觅、探幽，为的是挖掘祁红深厚历史文化、追寻古人发奋创业精神，为百年祁红再度走向辉煌寻找正能量。

返回古道，我们来到双程村，这是一个十分规整的村庄，前临阊江碧水，后靠茶山田畴，村庄风貌整洁有序，洋楼林立，彰显出美好乡村建设成果。村子中央，一片葱绿的菜地跃入我眼帘，这是一块较为宽敞的地方，据说是春馨茶庄遗址，就是1915巴拿马金奖得主之一胡云霞之茶庄所在地，恍惚之间，感叹时光的毁灭性，遥想当年此地该是怎样的忙碌与繁华。如今已夷为平地，成为极其普通的一片菜园，但这块黄土地在有情人的眼里，却显得与众不同，它深厚肥沃、安静祥和，虽幽幽经年，却生机盎然，许是丰厚历史积淀使之生发出的光彩。菜地右侧一古井引起我们驻足，俯视井底，井水依然丰盈清澈，据说原春馨茶庄制茶、泡茶便用此水。虽《茶经》里说雪水为上等泡茶之水、山泉为中、井水是下，但此井背山面水，融了山泉与阊水，水质自是不差，因而此井水泡茶应不失山泉之清香。面临此景，我突萌生一幻想，如能在此结庐建亭，采茶篱下，悠然南山，躬耕陇亩，把酒问茶，纵然一身清寂，也乐得自在逍遥，恍然间，我似陶公般怡然自乐。

离开菜园，我们来到村前阊水河边，欲寻觅程村碣水运古码头，村长指着一将要废弃的埠头，说这就是古时的水运码头。南乡平里镇程村碣这一码头，曾是当时祁门水运发达的码头，当年阊江水路直通景德镇、九江、鄱阳湖、汉口、上海，程村碣码头当年日夜繁忙。1915年祁门红茶就是从这里出发，远涉重洋，参加巴拿马太平洋万国博览会，并载誉归来。时光飞逝，物转星移，如今发达的交通替代了原始的水运，此地已在时间里湮灭了昔日的繁华。望着如今波澜不惊的河水、河岸对面的森森古木，我黯然缄默，陷入了辽远的沉思，遥想起红茶源里留下的更多祁红故事。

随后，我们沿阊水顺流而下便来到贵溪村，踏着秋日安详的阳光，我们穿梭于村中，秋日的小村，显得清冷而静谧，一条小溪穿村而过，因近日的一场秋雨，小溪轻松而欢快。来到胡元龙故居，一幢两层砖木结构的徽派民居呈现眼前，简易普通，不似诸多徽商豪宅那般恢弘精致，然“山不在高，有仙则名”，因是胡元龙这位曾在祁门南乡乃至整个徽州影响颇大的名士生活居住之地，而当今文人雅士争趋之。带着对胡元龙先生的敬仰，我走访了老宅的楼上楼下、室内屋外，整个建筑极其朴素，可从中领略主人曾轻视功名、注重生产劳动的思想。如今，这位我们景仰的先人已去近百年，但其勤劳、勤奋、勤俭之遗风，成为一种正能量在“红茶源里”乃至“红茶之乡”氤氲传播。离开时，望着有些苍老的古宅，在瑟瑟秋风里静静伫立，心中不禁生出几许担忧与牵挂。

有人说“有山脉相隔的遥远是一种绝望，有水道相通的遥远是一种忧伤”，那是远古。而今，祁山隐隐，阊水盈盈，这些沉淀于山水间和在光阴里的祁红风景，则不因山水的阻隔，在红茶之乡熠熠生辉，一路照亮祁红茶香沁入人心、香飘世界。

汪燕燕

临近除夕，妹妹来电话约我回娘家过年。父母刚搬进新房子。新房子在明清徽州八大名园之一的水香园旧址、潜口民宅博物馆附近，系徽派风格带庭院楼房。按徽州地方风俗，新房子头一年不能空着，得让人气盈满，往后的日子才能兴旺红火。想着一大家人陪着父母围着除夕的灯火迎年，似乎时光倒流，回到了童年那座叫“蓝墙”的老房子里，倏地，一种暖融融的温情和满当当的开心从心间到脸上漫溢开来。

除夕当天，携着大包小包到家已是下午。年逾七旬的父亲，正在门口贴对联、挂灯笼，见到我一家三口，笑纹在脸上漾开，眼里添了神采，好像年轻了许多。来到厨房，母亲、妹妹系着围裙在忙碌着一年中最隆重的家庭晚宴。电磁炉、煤炉、柴火炉同时启用，炉火正旺，盘、碗、碟、锅里面的菜肴，徽味浓郁。我使劲吸了吸鼻子，阵阵香味飘进鼻孔。我轻轻走到门口看父亲贴对联，邻居和我打招呼，说在徽州新闻上见到我的书《蓝墙》出版，并随意聊起了昔日“蓝墙”的一些逸事。

蓦然，似有一股神奇魔力的牵引，让我折到魂牵梦绕、忆了又忆的老房子——“蓝墙”之下。这是座结构颇似影视中大家族的宅院，因我的一位做了知府的祖先荣归故里改建老宅时将墙体饰成蓝色而得名。

“蓝墙”高耸，飞檐下方门楼上水磨青砖花边框内，镶嵌着栩栩如生的人物、走兽、花草砖雕图案，经过岁月的洗礼，仍精美绝伦，古拙雅致。驻足良久，思绪翩翩。

从“蓝墙”对面的堂叔家拿来钥匙，跨过大门、中门和天井，便是正厅雕花的窗棂和楼上天井四周缀朵的栏杆了。空寂的正厅原样摆着生了根似长在那里的老式八仙桌椅和条桌，让人有种时光错位的停滞感，只是不见了昔日的中堂及中堂两侧的楹联：“钟鼎庆一堂春色（祖辈三兄弟各取一字），陶令词千秋蓝墙。”条桌上那只花插进去能鲜艳很长时间的古旧花瓶和书房中造型别致的镇尺更是成了家族的传说。昔日年节各房宾客轮番汇聚，热闹的把盏投箸声犹在耳边。嗅着“蓝墙”那久违的熟悉味道，迈过门槛，踏着青灰色地砖从几条甬道中的一条直入三间紫霞轩房。书房之间的小客厅挂着《苍松翠柏双鹤图》，两边有楹联：“潜口苔痕上阶绿，蓝墙草色入帘青。”格子窗前几株秀逸的翠竹遮掩得书房宁静雅致。小时候，常见爷爷坐在书房里用家乡土语摇头晃脑、抑扬顿挫地读着古书，我们几个小辈常扶着门框探头探脑向里张望，笑得前仰后合。

笑声很清脆很遥远了，我沉浸在空旷的静谧里。客厅右边厢房仍挂着蓝粗布印花门帘，像极了蓝色斜襟盘扣老式衣服，上面的折痕似熨过一样，仿佛梳着纹丝不乱发髻的堂奶奶随时会掀起门帘从里面走出来。堂奶奶是大家闺秀，裹着粽子似的小脚，三十岁不到就守了寡，含辛茹苦带大了三个子女。现在能写一手蛟龙击水的字，左右手都能飞快地打一手漂亮的算盘……当年对我们念叨“万般皆下品，唯有读书高”的爷爷，一向举止从容、落落大方的堂奶奶都早已不在了。但蓝墙的翰墨书香，“蓝墙”人的坚强、聪慧、淳朴、善良、正直，还是以特有的方式在我们童年的年轮刻下了印痕，并根植于岁月绵延及我们的血脉深处。

父亲这辈堂兄弟很多，曾经家长里短，欢声笑语，孩啼鸡鸣，将整个老宅撑满。现各厢房门上都搁着一把锁，锁住了蓝墙后裔所有丢失在这里的时光，淡淡的惆怅漫过来，盖过浓浓的记忆。后院那棵曾挂满青翠欲滴果子的花红树，还有那棵着一身绿、惹一鼻子清气、青青酸酸的橘子树，是否还像从前那样蓬蓬勃勃，绿叶扶疏，陪伴着我们成长……正想着，传来一阵脚步声，堂婶过来喊我到她家喝茶。随着堂婶关好一道道门，像将“蓝墙”一切珍贵的过往细细珍藏。

承载过几代人的梦想，虽历经风雨沧桑，繁华落尽却风骨依旧。往事已矣，抚今追昔，我们这些后辈也要从古老的蓝墙汲取力量?

夜幕渐渐降临，一年一度的年夜饭如约而至。席间言笑晏晏，觥筹交错。

鞭炮声此起彼伏，除夕的月儿已被万家灯火点亮，路边高挂的红灯笼延伸着人们的视线，传统节日的风采与月光交相辉映，明晃晃地普照大地，给人间带来喜庆祥和。

望穿夜幕，极目远眺，村庄南侧相传轩辕氏在此炼丹的黄山第一峰——紫霞峰连绵起伏。收至眼底，潜口水口俨然众山之口，千壑万峰潜伏于后。山下溪水蜿蜒而过，石板路直通村庄，下尖塔巍巍而立，金紫祠气势恢宏。徽派古建筑群“潜口民宅”再现了徽州古村落的匠心独具，还有那片桃林……此时此刻，如一幅写意山水画，静静地铺陈在徽州大地。焰火照亮了“蓝墙”轮廓，成就了这幅画卷不可或缺的一笔，与潜口这个千年文化古镇达到了整体与局部、面与点的和谐统一。

好一幅“桃花源里人家”，难怪东晋田园诗人陶潜要在此隐居。

鞭炮声中，我睡得踏实，安宁。蓝墙后裔的理想与梦化成点点飞絮，和着清风，悠然飞舞，冉冉上升。蓝墙人的梦——潜口人的梦——徽州人的梦——中华梦。

郑隆生

这一次走读榆村，心里的柔软之处，竟然开出了一朵花。

走读榆村，《易经》在无言地倾诉。“金床”为“阳”的榆村，“玉椅”为“阴”的富昨，藏风聚水，两村合二为一，谓之榆村。后底街为榆村最古老的一条街，也是榆村椅背顶上的一条街。这条街长不过200余米，街道两边居住着四十余户人家。从这里俯视榆村，成片房屋以太极图案之形延绵开去，环抱于青山绿水之间。极目远望，七房、二房、百家楼等地，一览无余地跃入了我沉静的眼帘，像一幅美丽的乡村图画。

从后底街沿着狭窄的石道阶梯下行，转走二房，探访七房，明代程氏二进牌楼和高墙深院已被现代楼房取代。偶尔，在程氏子孙住宅的旮旯处，拾得一块残缺的明代砖雕或一块精美的木雕，就已是欢天喜地。而作为明代阉党联络暗记的两个硕大的顽石，正静静地躺在二房和七房两个正门牌楼之间的墙根下。我见过这两个巨石，一个黄色，另一个白色，估计每个重都超过一吨。许是明代著名画家董其昌在这里执教过程氏子孙的缘故，才有榆村兴盛尊师重教之风。许是历史文化被抹上了现代色彩，才有了现在难以承受的噱头。

时间在脚步间渐渐地拉长，心弦的颤动却在我心间渐渐地放慢。走进百家楼，沉重的脚步踩过去，就有了我沉重的走读。这里，曾是楼阁半天上，飞檐翘角样。这里，曾是高耸封火墙，一脊分两堂。传说中的“36个天井，72个槛窗”，一直将它灿烂的容颜绽放在我的心梦上。古色古香的百家楼已经湮没于历史的尘埃之中，唯有那一口善缘的双连古井，还在尘烟中发光。放慢心弦的颤动，喝一口双连古井水，许下一个美好的心愿，种下一颗善良的心，就会沾染上“仁爱”的思想。

告别百家楼，徜徉在弯弯的戏台巷上，我感到记忆已被古戏台捉去，剥光了，被当作了一根呆木，被深深地插在泥土之中。古戏台被拆了，而正月唱迎春戏、四月唱保麦戏和九月唱重阳戏以及端午跳钟馗和中秋舞板龙的风俗也被时光挤走……绕着古戏台遗址转了一圈，不断闪现出徽州京剧团曾在这个古戏台上表演《智取威虎山》《红灯记》《沙家浜》等剧目的场景……走读古戏台遗址，对祖先的崇拜，对图腾的崇拜，总会让我的走读渗入细枝末节之中。

走过通幽的戏台巷，走过通合的小巷道，就是怡人的廊亭街。廊亭街临河而筑，长约500米。有阳光照着，有人气哄着，廊亭街那曾经繁华的影子，在晃动。从杂货店沿着水泥街路挨个看过，眼神就会闪动着旧时“合义祥”“馀声”“炳昌”“罗益隆”“万资堂”等老店铺一字排开的模样，还那麻石板铺就的街道。坐在美人靠上歇脚，闻着包子、饺子等小吃飘来的香气，看着三五成群的过往游客，我的心中渐渐充满无限的惬意。偶尔，一阵槌声和着一串笑声从对岸河埠头上飞来，让我感到无比的温馨。看呆了，想好了，我的走读开始向考证榆村起源的方向进发。

榆村究竟创基于哪个朝代？无完整记载，外界也无学者来考证，只有先程后汪之说。读《新安名族志》，我才得知“忠壮公程灵洗其子曾从篁墩迁往休宁”。榆村程氏历代子孙都有祭祀祖先程灵洗的风俗，其族地曾出土过陈国“太货六铢”、大唐“开元通宝”等钱币，而榆村殡葬也常将古钱放在逝者嘴里，曰“六铢口衔钱”，这些史实印证了榆村创基于南北朝。读《歙图志》，我才得知“汪氏五十一世后裔言开始迁往休宁”。富昨汪氏子孙尊“大唐越国公”汪华为先祖。从汪氏族地出土过的钱币中，以唐“建中通宝”钱币为最，从而佐证了富昨创基于唐永贞年间。

站在江祁山上，阅读榆村风水，村形是以山环水抱而气止，村脉是以来龙有力而灵动，村口是以水口交锁而生动，村落是以明堂周密而鲜活。眺望夕阳下的明代辛峰塔，俯瞰水口上的大清贞节牌坊，不经意间，一只飞鸟鸣叫着从我的头顶上缓缓掠过，向着灿烂的天空中飞去。

黄　新

故乡潜口号称“99眼井”,说的是潜口这个地方,因缺水而古井甚多。其中,后村那眼井,名叫“上庵井”,是当年尼姑庵里尼姑吃斋饮食的甘泉。那井边的半亩方塘,也是当年尼姑浆衣洗被的地方。斗转星移,虔诚礼佛的尼姑,在1949年自然消失了。

上庵井,在故乡老宅北部道路旁。孩提时,我曾无数次跟随年轻的母亲,途经半里地,将井水挑进厨房,灌满日用的水缸;也无数次尾随裹脚的奶奶,去那口方塘里浣衣洗菜,并在那里听奶奶讲起过去的事情……

眼下,奶奶早已仙逝,父母已近八旬。当年顽皮的稚童,现已华发飞顶,年过半百的我,每每回乡省亲,总会在饭后茶余,情不自禁地朝老宅北部的那眼上庵井走去……双手抚摸因岁月打磨早已青苔斑驳的井沿,双眼凝视着深深的井水,试图打捞起孩童时代的那些记忆……

面前的水井早已废弃不用,村民也不再饮用井水,而用上了经过技术处理的自来水。上庵井,孤身在苗圃和葡萄园之间,四处杂生着野草。那口方塘更是颓废,无尽的水草,将水面挤得只有晒匾那样大小,但仍亮着一泓绿澄澄的光明。其实当年那眼井里的水,不知有多甘甜,而且冬暖夏凉。即便是冰天雪地的日子,井水都不会结冰。当年那口方塘,清澈而碧蓝,几片荷叶,几簇荷花,错落其间。时有彩蝶、蜻蜓飞来,是夏日里最美的风景。

我曾追随母亲,从那眼井里,挑回春夏秋冬四季的童年欢乐,我曾紧跟奶奶,从那口方塘里,打捞着手舞棒槌,击水浆衣、泼水洗被的辛劳岁月。

如今,孩提之景早已荡然无存,而我的心仍在这片天空萦绕。恻恻轻寒翦翦风,剪不断、理还乱的是万千思缕。

忆想当年，大凡周末，正是母亲担水的时间，从外地教书返家的年轻父亲，一定会接过母亲的扁担，将满漾着夕阳的井水，疾步如风地送进正在生火的厨房。正在炉前的奶奶开口便是一句："回来啦！"母亲这时会从父亲的挎包里取出我的喜爱：一本翻转了页面的《安徽儿童》。她还会补上一句："还有一支铅笔、一块橡皮。"

每年采摘杨梅的时节，父亲还会牵上我，提个小竹篮，与那眼井、那口塘打个照面，在通过三眼塘那段山路后，三步走两步跑，直奔大坞降上，去采摘那个糯米样的野杨梅。这种杨梅，俗名"糯米杨梅"：白色球状，透着血丝，晶莹而饱满，放进嘴里，那真是叫又酸又甜……

现在，父母先后退休在老家近20年。父亲修长的身躯已有些弯曲，母亲苗条的身段早已发胖。但他们尚是健康，精神矍铄。这是故乡山光物态的恩典，是这里不曾污染的天空所赐福！

然而每每周末，或是节日，母亲总会扳指等待、倚门守望；性急的父亲会早早走上街市，亲手采购我们晚辈爱吃的食物……

有人说，父母的健康长寿是晚辈的幸福所在。此言不假。

有道是，百善孝为先。我不能也不可能每日都承欢于父母膝下，在他们跟前递水送茶……这些年来，大多因为工作忙，不能保证每周末都去看望父母，往往是打个电话，嘘寒问暖一番，然后叮嘱："吃好，睡好，多走走……"但每月至少是要见上父母一面。所有这些，总让我感到故乡的亲切，老家的温馨，也让自己释然于怀。

地球村的今天，我仍会在父母牵肠挂肚的时候来到他们跟前，与之承欢，与之交谈……

眼下，故乡的那眼井，还有那口塘，仿佛点亮了我窗前的满天星斗。这时，我会点燃一支烟，凝视着故乡的方向，任凭诗情画意的家乡风景，走进我的心房，书写出祈祷：父母大人，安好。

项慧玲

哪里有什么最美的风景，不过是挚爱罢了。

其实，每个人心中都浅藏着一片湖。就像麦田、树木、炊烟、落英、不经意间的乡音，它们总会在某个瞬间跌落在你的心湖里，并在那里凝聚成诗。

湖和我一样的年纪。15岁之前的湖对于我只是一个在心里描摹了多遍的汉字，我不在湖边长大，是在古镇长大的姑娘。只见过东门河和南门河的我在15岁那年终于见到了湖。客车开上轮渡的引渡钢板时铿铿锵锵，似乎船就要沉了，这只是个未出过家门女孩子的瞎担心，船稳当着呢。第一次站在甲板上看湖风吹过的岛屿，看慢慢远去的湖岸，看湖水缓缓亲吻的金色湖滩，内心充满喜悦。湖面上摇晃着充满闪动光晕的憧憬，凭栏想着那无风也起三尺浪的长江水，书上说的波浪滚滚江河滔滔早已呼啸着灌满我耳朵里的空隙，世界那么大，我要去看看。第一次与湖邂逅，湖将一个懵懂少女渡到了彼岸，就这样与湖轻轻挥别了。彼时年少，所以人生是简单的；彼时年少，总是想有不一样的将来。

半年后，我又来到了湖岸。午后厚厚的云层压在了山顶上，山雨欲来，湖水激荡，哎，轮渡暂时停开！一会儿工夫，千万条斜线似乎将天上的云拉进了湖里，湖和天成了一色，雨帘将我和眼前的世界隔开来，我急得对着湖水直跺脚，将小石子奋力踢进湖水里，雨珠，兀自笑着在湖面上开花跳舞，全然不顾岸上焦急的人们在等待大雨背后那一方七彩的天。山中的溪流急急忙忙从四面八方扑入湖中，水面开始浑浊，水位开始上升。啊，桥，此时多么盼望有一座飞渡湖面的彩虹桥能渡我到彼岸啊。

有三年的时间里，我一年四次来来往往于湖上，从此岸到彼岸。

少年不知愁滋味，为赋新词强说愁。家乡清澈的湖水一点一点地将少女在长江边遇到的那些个微尘慢慢涤净。

其实更早的时候，我就听到街上的大人们在传说《红楼梦》剧组在太平湖拍“黛玉北上”。我祈祷自己快快长大，好奔向那湖去看画片上的明星们拍电影。

快过年的时候，又听说红楼剧组的人要到礼堂去表演节目，我天天竖起耳朵打听这个到处流传的事情，终于有一天晚上，我也不知道没有票的我是怎么爬过电影院高高的围墙，躲过检票大叔的眼睛溜进了大会堂的……

多少年里，看过他们成为我骄傲的资本，我总是会适时告诉别人，啊，当年我看见过他们，真的。

湖渡口的“黛玉”船如今还泊在那里，似乎在等待林妹妹带着她的爱情，穿过大片大片稠密的时光哗啦啦地来到这里。

湖，正当好年纪。

古人说“上善若水，厚德载物”，农人说“有水的地方就是丰年”。闲时任一叶竹筏荡在湖心，让思绪静静徜徉在一湾湖水中。风浅浅，月光华，岸上的华丽慢慢退场，喧哗渐渐远去，湖水展现出秋水般的宁静。湖面碧波荡漾，湖上飘落水鸟轻快的啼叫，密密的渔网消失了，彼岸花悠然绽放。湖北面的陵阳山是李白衣袂飘过的地方，也是汉代的窦子明成仙飞升之地，更是屈原的流放地。是了，一定有什么是我所熟悉的东西打动人心，是那从唐诗里渡来的客人，是那青灰色的天空，是那清澈无尘的一湖春水正淙淙流向心底的清欢。

湖上悬浮着爱。抱膝坐在湖边的木栈道上，让双脚自然垂向湖面，心自然地栖息在水一方。岸上的寺庙传来梵音声，一曲《水月空禅心》在湖上飘荡，仰望空山远湖，倾听来自湖上的声音。清晨的薄雾在湖面缭绕，金色的霞光穿过云层播洒在湖面，湖水静静地睁开眼睛，慈爱地看着柳家梁峡谷口红色的弓桥(提篮大桥)和并排搁架的白色箭桥(悬索斜拉桥)，它们并肩立在湖上，像一对蓄势待发的弓箭。湖的东面，新S322省道黑色的柏油马路成了太平湖巨幅油画中一条无限延伸的缝隙通向美丽的桃花潭，如果你想追寻李白的足迹去喝万家酒，去看十里桃花，去听岸上的踏歌声，那就快快动身吧，通过老三(轮渡大桥)穿过芸潭洞翻过燕崖就到了。

湖下蕴藏着情。深深湖底下的古城门、青石板小巷、麻石屋基、石桥上的绿苔都有说不完的故事。但是湖水不会轻易说出她的故事，因为，她的故事里藏了太多的秘密。暮色四合，只听到船桨逐水流的声音，一尾鱼在梦中醒来，在湖水里游弋了许久，又幸福地沉沦到鱼群深处去了；一滴水在林间抖落劳顿，化成雾，凝成云，跟着风，走遍千山万水，再融入到湖。所有的湖水都曾奔向湖的东方，是那高高的陈村大坝庄重地拦住了汇流成河的水，成就了满湖的心思。

湖中镶嵌着美。湖上岛屿散落如珠，一个个岛屿像不动的绿色花篮放在湖水里。隐隐的山似乎是湖的屏风，满眼的绿蔚然成了水的衣裳。游船蛇行在湖汊，路途虽短却景色优美。

风光旖旎的东岸有历经革命腥风血雨的樵山峰，有当年周恩来和叶挺乘筏的三门滩，有太平湾的燕崖绝石，更有那茶香最浓处的凤凰尖。而在西岸还有李白访友不遇的回驴岭，有晨钟暮鼓的永庆庵，有真身佛像的西峰寺，有新石器时代文化遗址和古战壕的李家山、众家山。文武昌盛的北岸有苏雪林幼时读书的海宁学舍，有抗法英雄杜冠英的故居希范堂，有见证苏氏旺族的苏氏宗祠，有耸立村口五百多年的青山塔，更有祈福太平得太平的五福庙。灯火辉煌的南岸有梵音阵阵的复松寺，有通向太平的十里山水画廊沥青路，有那端庄秀丽的六角楼，还有那古树、古祠、古庙、古驿道的美好乡村。

湖岸早葱郁。湖岸青松翠竹倒映湖中，柳荫厚起来了，湖畔道路渐渐延伸，高楼平地立，河西隧道龙门岭隧道让岸延向远方。岸边白墙黛瓦的徽居，老人在一楼宽绰的空间里安度晚年，孩童在院子和田野里玩耍成长，岁月在此如细水长流，波澜不惊。堤，还是那杨柳依依的堤；岸，还是那烟花纷飞的岸；湖，还是那清亮幽深的湖。

岸的湖如一匹闪光碧绸。近湖云气氤氲，雨意迷离；远湖山影苍苍交叠，可窥见乍现即隐的一峰半壑。无论岸是在山花烂漫的春天，还是榴花怒放的初夏，还是在蓼子花海的秋天，抑或是在梅绽雪飞的冬天，湖都宽厚仁慈地爱着它的岸。星空望着湖水，湖水仰望着星空，那年(1991年)中秋夜的丝竹声仿佛还在湖上飘荡，我却已人到中年。

风带走流水的声音，流水带走光阴的故事。中年的我，爱临湖的朴素无华纯善美丽，更爱这黛瓦青墙如梦境，百姓人家故里。

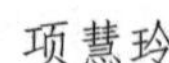

项慧玲

麟凤桥之隽美，让我看到了岁月静好，不离不弃。

桥下浅响的水声来自东边空寂的山谷。溯水而上，可寻源，顺流而下，可乐水。站在桥上，可观岸边田野，春红夏绿；可看脚下荡漾的不回流水；可看鱼游浅底，自由自在；亦可看远处的茂林修竹，菜园青青，鸡鸣狗叫，蜿蜒小路和高高耸立的马头墙。

故乡河上的桥，是一种生活，更是一幅画面。

黄山区仙源城南门有座石桥，东门有座木头桥。木头桥经不起每逢春夏河水的频涨泛滥，几乎每年都要被冲垮一次。于是这座麟凤桥成了徽、宁两府往来要道，曾经也有过车水马龙的喧闹吧。我出生在仙源古城，并在那里生活了十年，小时候从东门跑到西门，又从北门逛到南门，可是却并没有去过东门外的麟凤桥。

我与它相见是在多年后一个夏日的午后，妹妹神秘地对我说：你不知道吧，仙源有个麟凤桥，桥下的板石上有石刻的诗句“移杯就溪山，鱼鸟来争酒。呼童分一瓢，化作天边斗”，还有一个可爱的小石像呢，你去了肯定喜欢。我说：咦，你怎么知道这个地方的啦？她害羞地说是男朋友带她去的——原来那里是一座鹊桥啊！我顿时很好奇同时也很懊恼，怎么早先我没发现呢。

来到它的眼前，一片烟尘茫茫，荒野里的“麟凤桥”，似一座精神矍铄、风骨遒劲的仙人桥，石头做的身子高高地横卧在麻川河上，34对石栏杆东西列列，凝目远望。宽阔的桥面正中分明是一条石板街，南北桥头各有一对抱鼓石安详、镇静、温润地端坐在那里。那年的河水很清亮，古朴的五孔石头桥，像一把旧钥匙锁住了这里的山水，锁住了二百多年的光阴。

这座皖南最宽的石板古桥，烟灰色，于我一见如故，顿心生苍凉。因为爱，衍生了无限担忧，怕它石做的身骨会湮灭在沧海桑田，怕三十年河东三十年河西，怕日暮苍山远，更怕天地洪荒。桥北的众乐亭，80年前毁于战火；桥南的石经幢，气定神闲地站在船形石墩上，像是一根定河神针昂立船头，一枚百年前青石刻的纹钱就落在神针脚下。

桥下西边板石上雕刻的旧县令诗句经年后日渐黯淡，刻在深潭边的水牢里的小石像离奇的故事只能到书本里去找寻，美丽的麟凤桥“鱼上树，马骑人”的传说故事流传久远，桥上南来北往的人们都有自己的故事。千年前的仙源古城已繁华落尽，城墙城门早已不在，只有奔流不息的东门河水在为青石桥倾诉这百年的遗憾和孤独。

那日只因多看了它一眼，它的身影就此铺满我的心田。

每当我极目单调的庄稼地，看见小径尽头忽然出现的一座桥，就会穿越时空地想起麟凤桥。

带你去看桥！我满心欢喜地对爱人说。一路上喋喋不休地说：桥下有板石潭石刻，还有一个奇异石刻的小像！小石像在临水的岩石上此刻或许被淹在水中了，看你可寻得到……麟凤桥就像是我手心里的宝，我的秘藏风景。

正午的太阳照着麻石桥面，明晃晃地撒了一地的碎金子，耀眼地刺着我的眼睛，石板间的荒草恣意生长着。高跟鞋在桥北端的七音石上哒哒敲击，踮起脚尖，想踏一曲古歌。桥南端水东村的高粱红了，铺开在秋阳深处的田野，引得许多蝴蝶纷飞，南方山区的人少见这大片高粱，桥，度他们奔向那火热的高粱地。

田野里，蓝天白云下，青山绿水间，这样一座半旧的桥，总是让我无限热爱。可是我的孩儿，她只看了一会儿，就觉得索然无味，年少的她，对这个247年前的古桥毫不在意，就像多年前的我一样。

这座桥，越来越像我儿时的一位老友，温厚地等着我，等着我一次次地到这里倾诉我的思念我的快乐。这座桥，又像我的一位长者，宽仁地看着我带着爱人到这里叽叽喳喳蹦蹦跳跳。从没有过一座桥，像这座桥，令我魂牵梦绕。

熟悉的山川河流、房屋田地，不知看了多少次，那些景那些人，依然面貌如初。只有长大了，才知道时光并没有把这些故乡的温暖割离，温暖长在了心底，慢慢开出了最美的花。

安放在故乡河上的这座麟凤桥，如此秀逸，深蕴淡出又不染尘埃，与桥下柔软的水波一起在为大地谱曲。我爱此桥，愿于无声处静听桥之歌唱，听春天河水上涨的潺潺流水声，听夏夜萤火虫在河面闪烁如星，听稻田里的虫鸣蛙叫……

沈遂心

出外漂泊几载春秋，每每看见打着徽菜徽州小吃牌号的食物会忍不住尝尝，总是失望比较多。且不论形而上的徽州精神，那舌尖上的种种回味，成为所有游子心中忘不掉弃不下的情节。

我的母亲，结婚之前是从未下厨房的，从出嫁的那一天开始学厨，到今日将近三十年了。虽然没有什么特别叫好的拿手菜，有时家宴她总是很紧张地请婶婶来帮忙，总还是好吃的。

有时听到同学好友议论徽菜难吃，心中怅然，恨不得把他立马拉到我家里吃一顿，由于地域食材诸多限制，你们吃到的不好吃，是因为不正宗。

寒假发了家中杀猪的照片，被很多人吐槽重口味。但在徽州，杀年猪这一项意味深长。精心喂养一年的猪，在最后一刻用它的嘶叫点亮游子回家的路。

妈妈煮的猪血汤很好吃，虽然我不吃。好喝的猪血汤，一定是要配腌菜的。关于腌菜这一项就复杂了，稍后容禀。一只猪分为多个部分处理，一般四肢都是要拿来做火腿的。用大桶盐水浸泡40天，起缸洗净晾晒风干，梅菜扣肉，腊肉烧冬瓜，腊肉炖毛豆腐，这个系列是我最喜欢的食物。美中不足的就是火腿保存不当容易损坏，否则的话连我都有扛一只火腿上火车的冲动。

因肉质太鲜美，无论红烧、清蒸、小炒都是好吃的。猪头大多被做成猪头肉，小碗猪头肉，再配点腌菜萝卜干，绝对可以吃几碗米饭。

奶奶在世的时候，总是被心脏病折磨。家族中无论谁家杀猪都会把猪心给奶奶吃，她去世的那一年冬天，父亲指着餐桌上的猪心说，今年轮到我们来吃猪心了。言毕，我们都有些失落，爷爷和奶奶像大部分徽州人家一样，男严女慈。奶奶走的时候快冬至了，没能吃到那年的团圆饭。她爱干净，总是要帮她梳头，把身上的头发一根一根拣出来扔掉。第二年清明，我按别人教我的那样拿把梳子在她的坟头给她打理头发，不知道天堂的她能不能感受到。而如今，她这些子孙大多在外漂泊，清明也凑不齐多少人回去扫墓。

徽州的冬天冷而漫长，置办年货是件浩大复杂的工程。以前每家都是要做糖的，花生糖、冻米糖、千切片、芝麻糖。熬一大锅糖油，金灿灿的，甜腻的味道里都是年味。除了糖，还有各种各样的饼，大米饼放在火桶上烤，再涂点辣椒酱。或者用豆干、白菜、干笋、肉丝炒，味道都是极好的。还有种硬硬的米糕，满满的芝麻味。做好后用现成的模子压成形，大寿桃、小对鱼，都是徽州人赋予生活的种种祝愿。

烧饼、包子、粽子都是必不可少的。现在生活好了，核桃、巧克力、开心果好像更受孩子们喜爱，所以这些传统年货的量备得少了一些，我记得我们十几岁的时候，葡萄干足够让我们惊喜不已了。所幸的是交通便捷，很多手艺在当地都有专门的小吃店来传承，想吃随时可以买到。只是馅的分量总是不得我意。

除了猪，杀鸡、宰鸭、腌鱼，样样不得少。徽州的婚礼的菜食更加丰盛复杂。徽州人淳朴热情，能在家里办酒席都会在家里办的。母亲常说，酒店里菜太少了，太小气。在徽州过年，不管走到哪家，主人都会斟茶、递烟、拿茶叶蛋果盘的，我们管鸡蛋叫鸡子，因而很多人揶揄，过年听到最多的话绝对是“吃个鸡子啊，再吃一个添”。

前文提过，母亲不是天生的巧厨娘。但她有着浓郁的生活意趣。这表现在，虽然正餐她不拿手，但是做各种奇怪小吃绝对是一把好手，并且富有耐心。比如在食物不易存放的夏天，她可以特地洗粽叶泡糯米炒豆沙切腊肉，结果就为了包四五个粽子。

我最爱吃的还是糯米腌菜馃子，绝对秒杀大街上所有的杂粮饼、鸡蛋饼。

不过父亲除了米饭、面条，对于母亲的其他创意都不是很注意。他不在家吃饭的时候，母亲就赶紧来做南瓜饭、红薯粥。不要小看一碗红薯粥，里面有红薯南瓜丁、红豆、干笋丝、萝卜片、青菜，光是颜色就令人神往。

清明节那天晚上通常都要吃炒面的，正是春笋当季。关于炒面和炒年糕的美味恕我实在无法描述，有机会请去我家亲自品尝。

高中时的外教Veronica最喜欢的食物之一就是笋，因为英语里没有这个词汇，所以她称笋为smallbamboo。我肠胃不好，是不能吃新鲜笋的，但我对拔笋一直都有充沛的热情。拔笋也分品种和季节，拔笋的季节多在茶季，正当家中忙碌的时候，总是在休息时忍不住钻到茶园边上的竹林里拔笋。相比大竹子长出的笋，这种小笋肉质更好，而且易晒干，待到冬天又是一盘好菜。

除了拔笋，掐蕨菜、捞虾、摸螺都是我的爱好。水蕨更是美味，乍一看就像一大片杂草，但是下锅除了油盐，任何配料都不需要，比青菜好吃数倍。唯一的缺点就是

不易存放，哪怕下午采的不立即下锅晚上就老了。

大部分农家都有大大小小的缸子，通常腌的物品有萝卜、辣椒、大白菜、雪里红、豆角、大蒜。萝卜可整根腌，亦可切成条晒干，要吃的时候拿出来泡一下，用辣椒酱一拌即可。辣椒可做成辣椒酱、豆瓣酱，还可整根腌、切片腌。风格各异，只要保存好都是美味。腌菜一般分为秆和叶。整根的菜秆，我们称为“鸡腿”。叶子直接腌的成为咸菜，煮熟晒干的成为梅菜。酸豆角腌制周期很短，下面条下粥都是佳选。

徽州宜人居，但是很多人为了生计不得不常年在外。所以父亲每年都要养两头猪，他说，养一头不够分的。年初七之后，家里就渐渐冷清下来，出门的人大包小包里装着的，多半是家中的味道。

倪姝娜

故乡是乡愁的根源，胎记般如影随形的深刻烙印，无论走到哪，无论离开多久，都能让人的心和灵魂有一个渴望的归宿。

——题记

爷爷的故乡，在祁门县城的西路，一个山环水绕的灵秀村落。它有个名副其实的名字，渚口。那里装着他童年的所有回忆，长眠着不少昔日的伙伴和亲人。如今已九十四岁的爷爷时常如数家珍地与我分享那些往事。它们于我，就如一个个故事，亲切，却很遥远。那些故事里有故乡蜿蜒曲折的山路，有穿长衫弓背的老者，有追逐嬉戏的孩童，有回荡在街巷里的悠悠戏腔……那些画面中，总少不了同一个背景——贞一堂。

爷爷出生在民国，虽然那个年代新思潮和新思想不断涌现，但在徽州偏远的乡村，延续了几百年的老传统依旧是村里人的信仰。祠堂，便是这种信仰的物化。贞一堂是村中倪氏宗祠的总祠，每每有祭祀活动，或是重要的节日，它就成了人们的聚会之所，热闹中不失庄重。

每年冬祭，是村子里的大事，也是贞一堂中最为隆重的祭祀。祭品中，猪与羊必不可少，山羊在村中是罕有的牲畜，祠会有时要专门提前饲养一头羊羔，以备冬祭之用。冬至那一天，宰杀好的猪羊被一左一右安置在先祖画像两旁的架子上。供桌上除了各式各样的糕饼和水果，还有一样让小孩期盼不已却只能巴巴望着的"宝塔糖"。这是由糖稀熬制浇模成的，也只有在这一天，祠会才会做出这样玲珑剔透的"宝塔"。祭拜仪式的程序并不繁琐，但要等到族长颂完祭文，各房一一按照长幼次序祭拜过后，孩子们才能玩闹。

渚口村历来重视教育，在冬祭上更为明显。爷爷说，每次祭拜完后，族长会亲自将祭桌上的“宝塔糖”一一分给小学毕业的孩子，取“更上一层楼的寓意”，算是一种嘉奖，也是勉励。那时候，小学堂在村里才办起第一届，很多孩子读了初小就辍学了，能坚持到高小毕业的，可以说是寥寥无几。能够拿到这种奖励，约摸与现在去领奖台一样，可以引来一众孩子的羡慕目光。而作为祭品中重头戏的猪羊肉，更是倾向于“读书人”。长老们将整猪和羊划分成优劣大小不同的部分，按照文化程度以及族中的地位一一分给大家。中过秀才、举人、进士的，毫无疑问会拿到最好的肉，可见“读书人”这三个字在族人眼中的分量。

爷爷小时候最喜欢的还是过年。这个时候贞一堂里，孩子们是可以自由进出的，连接寝堂和享堂的放生池前的阶梯，是他们踢陀螺的好去处，踢上，踢下，看谁持续的时间长，跨越的阶梯多。在我们现在看来单调的游戏，爷爷那时候却能这样和小伙伴们玩上一个下午。

元宵节的贞一堂也格外热闹。孩子们提着从县城带来的红灯笼，在祠堂前旗杆石间打闹追逐，大人们鲜少苛责。闰年的元宵节还会有舞龙灯。龙灯的骨架平时是放在祠堂的一侧耳房中，每到闰年都要重新糊上布。只有等族长请来和尚念了经，祭过后，金龙才能请出。被一起点亮的还有麒麟、青狮、独角兽、貔貅们，它们在隆隆的锣鼓声中与孩子的欢笑声中从贞一堂开始，穿过村中的每一个巷弄。这时祠会会选几个孩子出来扮戏，穿戴上彩纸扎成的衣服和帽子，扮作传说中人物的模样，或是八仙，或是梁祝，跟着龙灯队伍一起欢腾。爷爷小时候也扮过，角色虽记不清了，只是那种温暖而热闹的场面，依然清晰。喧闹的人群只有到半夜“送龙”后才渐渐散去，人们跟着龙灯，等长老将它的“眼睛”与“舌头”放入河中，祈求风调雨顺，再跟着长老一同将金龙送回贞一堂。

“三月三，拜真武”，这大概是茶季忙碌来临前最后一个热闹日子了。渚口人相信真武大帝能镇妖驱邪，故而到了这一天必然要将他从村西门对河的真武大帝庙“请”进贞一堂。祠会则专门去外头寻来唱徽戏或是京剧的班子，在贞一堂的享堂中搭台唱戏，也只有这两种戏被渚口人视为“大戏”，能在祠堂里唱。折子戏唱最多的是“龙凤呈祥”“刘备招亲”等有彩头的戏。爷爷的家离贞一堂很近，早早便搬来高凳子等着大戏开场。这个临时的戏台就设在享堂中的宽敞天井下。看戏的人很多，来晚的只能站在大门的外头踮着脚向里张望。老人一边听着戏，一边摇晃着水烟的杆子，指节在腿上轻轻地击打着节拍，孩子们模仿着台上的剧目，你来我往笑着闹着。唱大戏的这几天里，整个村子你都能听到回荡在巷间的曲调和人们无处不在的哼唱。

还有中秋舞草龙，端午粽子祭……村里人的生活总是与这个大祠堂息息相关。

如今的贞一堂似乎渐渐与人们的生活疏离了，它或许不再是一种信仰和依赖，而是凝结着一个姓氏的血缘标本，一个在岁月中归于沉默的文物。来来往往的游客从它的“躯体”中走过，在它高悬的匾额中品读这个宗族的历史，在雕刻的技法和隐喻中赞叹先人的智慧，在斑驳的墙体和裂痕深刻的木柱前轻叹岁月洗礼的沧桑。

那些曾经与贞一堂如此亲近的人们已慢慢走远。它看着时光更迭，曾经的青丝慢慢转为白发，那些曾经在这里欢笑看戏的人们，最后只在它的身体里留下名字的墨痕，以另一种方式表达他们的信仰。

几年前，我陪爷爷去过一趟贞一堂，他拄着拐杖，几乎走遍了祠堂的每一个角落，他向我说起了童年往事，那些开心的日子，似乎都与这个庄严而苍老的建筑相伴。

还记得他站在门口的那一次回望，我想，他看到的应该与我不同，我眼前的贞一堂如同静默的老者，戴着勋章，庄严而肃穆，而他眼中的应该是一个温暖的亲人，等他来话一话家常……

崔瑞霞

我只能走近，无法深入，因为它深锁，就像大乔小乔，就像那段历史，已随风远去，只能在泛黄的纸页中翻阅。

六角楼我是熟悉的，因为走进走出太平老街都需经过它的身边。我的外婆和奶奶就住在老街，故而老街是我常光顾的地方。远远地看见六角楼朴素的耸立的身子，我就知道离老街不远了，我就开始步入老街。出来走到六角楼的身边，我知道我要和老街暂时告别了。它宛如一扇门，或者老街的界碑。

六角楼其实够古老了，最早建于明代万历年间，距今四百多年。后毁于火，明崇祯年间又重建，现今的样子，六角挑檐，距今也有三百多年的历史。三个多世纪，许多人事湮灭，许多建筑无声消弭，它仍在，在老街的街口，在太平的一隅，默默地守着一方土地。有它在，土地是厚重的，天空是厚实的。我每每走过，都要仰面注视一下。虽然那时很小，不懂得历史，以为它只是个陈旧的建筑，但不知建于何时，但心里对它是敬畏的，不敢高声语，不敢在它身边嬉闹，总是匆匆、默默走过。它也给我庇护，走在它身边是踏实的，宛如一棵大树，总是给我安慰和庇荫。

六角楼那时鹤立鸡群，虽然它很古老，落满了岁月尘埃，以致油漆有些斑驳甚而剥落，瓦块有些破碎，但它的身骨是高大的，铺开一片影子，周围建筑都笼罩在它的氛围里。那时老街也很有些古建筑，如粮站的祠堂，如许多人家都是古屋，我的奶奶家就是一座门窗都有木雕的老宅，高高的石头门槛，长长的明亮天井，让我每次去都感觉高深、悠远。老街的路面都是长条青石铺就的，走在上面不觉放缓了脚步。老街那时商铺林立，几乎临街的门面没有一间是空着的。交易的热闹要随最后一缕阳光收拢。老街人多姓崔，故而老街和六角楼有很深的渊源，六角楼就是一个名叫崔宪按的先人修建的，后重建也是一个叫崔应兆的。六角楼几乎是崔家的私宅。

的确，六角楼是属于崔家的，那时崔家是大姓，也很发达，老街一大半门面都是崔家的。崔家为彰显和守风水之故，就在街口修了此楼。此楼如一面旗帜，老远就可望见它的显赫身影，就可知道崔家的兴旺发达，就可知道老街是崔家的天下。那时有一条河，潺潺从楼旁流过。水流走了故事，也流走了岁月。

现在的老街已非同往昔，几乎成居民区，很少有商业门面。影子仍在，但商业的热闹已隐藏在历史深处。那条河也不知隐于何处，通往老街的那条熟悉的路也找不见踪影，六角楼已不是临路而立，而是独立在一座广场上，辟为"六角楼广场"。我熟悉而模糊，因为许多往事找不到根，许多影像找不到落脚的土壤。但我脑海中不时浮现往日的一幕幕，往日的影像深植脑海，抹不去。六角楼还是旧日容颜，还是我可辨认的模样，只是护栏新了，有些浮雕宛如新修，也许只是换了些新衣，骨子里还是旧的，还是老的，还是曾经的。如黧黑的琉璃瓦，泛着岁月的色泽；如锈迹斑斑的风铃，如直插云霄的葫芦形的尖顶。

六角楼终于沉寂了，在热闹喧嚣中沉默着。它的侧畔是繁忙的205省道，车来车往，周边是来广场休闲娱乐的人，晚间的广场舞更是将氛围推向高潮。但六角楼始终关闭着灯光和门窗，宛如关闭心扉。也好，就让它守着秘密，就让它安静歇歇吧。它热闹了几百年，它目睹了多少高谈阔论（它曾是挚友叙阔、亲朋话别的场所），它上演了多少酒宴笙歌。也许热闹过，不再想嘈杂。于是落下锁，让所有的心事尘封。

每每走到六角楼旁，我都自觉止步，不是那把紧锁的锁，而是自觉意识。我想探寻历史，不是走进建筑，它只是外壳，只是遗物，有些遗物你外表上看不出什么，只能用心灵感悟，去想象。

每每走近六角楼，我都思绪涌动，我都默默无言，但心灵的触角伸进每一扇窗，每一片瓦，每一道缝隙……

蒋劲华

如果说"一方水土养一方人",那么徽州的历史多半是由水井串起来的。看到搞摄影的朋友镜头中"收藏"的徽州水井,倍感亲切,仿佛闻到了"家"的气息,有一种难以名状的激动,我触"井"生情了。

其实我认识这纷繁的世界竟是从水井开始的。小时候我的很多梦都像谜一样躲藏在水井里,是外婆用水桶轻轻提上来的。

在我的记忆中,家门口窗台下的那眼老水井每天醒得最早,天刚亮井台边就喧闹开了:担水的、洗菜的、浣衣的。女人的谈笑声、男人的吆喝声和间或一两声孩子的哭闹声,交织成了唤醒我的熟悉的晨曲。新的一天就这样从井台边走来了。

外婆总是用一根很宽很长的布带把我背在背上,一大早就围着水井忙开了,在我睡眼朦胧中,最先看到的就是倒映在水井里的那张我和外婆的合影。

日子一天天围着井圈转走了,但岁月却不知不觉地在井圈上留下了一道道深深浅浅的勒痕,井台上那不经意的滑腻的青苔,也在一年又一年地重复着时光老人讲述的似曾相识的故事。

我对水井的一往情深是有缘由的。20世纪60年代初期,生活异常艰难,是家门口那眼清纯甘甜的水井给我们家带来了慰藉、期盼和欢乐。外婆总是乐呵呵地说:"人穷水不穷,有水就不穷。"尽管我当时还听不懂这话的含义,但我知道,因为有这水井,缝缝补补的"千层衣"总也干净贴体,野菜杂粮也让这井水调搅得有滋有味。

围绕井圈玩"老鹰逮小鸡""丢手帕",冬天井水热气腾腾,我们这些小孩子也玩得热气腾腾。夏夜在井台边纳凉,喝着事先放在井里凉透了的西瓜、汽水等,真是爽到心底、甜到心里。最有趣的是在井台边支几张凉床,放几张竹椅,晚饭后街坊邻里围拢在一起闲聊,我们这些孩子们时而禁不住偷窥井底月亮,时而细数井中有几颗星星,时而缠着大人们讲那些已不知重复过多少遍而又百听不厌的童话故事:什么“猴子捞月”“井底之蛙”,什么“井下矮人国”“井底龙王”等等,往往还不过瘾地要“打破砂锅问到底”。

老人们都说,徽州的水井是有灵性的,它开在龙脉上,所以不满溢、不干涸,这使我对水井又多了几分神秘感。也许对那些游客来说,水井并不怎么起眼,有时顶多是出于好奇一瞥了之,惹眼的、醉心的是那些老街古宅、朱门重檐,而我则不然,总喜欢寻找那些“藏”起来的水井。小巷深处、大宅院内、篱笆墙下、田间地头、路边村口,那些形态殊异的水井,方的圆的,深的浅的,有的没遮没拦,有的三圆连环,有的一孔通天,有的八面玲珑,这些水井画龙点睛,使徽州的风物更加灵动,整个大画面都活起来了。也正是这些点睛的水井滋润了生活,承继了历史,养育了文化。仔细想来,村落屋舍是依水取势而建的,人们也是环水而居的,有井才有景。

然而,我们家乡的水井毕竟也成了“文化遗产”。从环境保护的意义上讲,地下水是不可随便开采的,所以今天取而代之的早已是自来水,而水井也仅仅是作为丰厚的徽文化积淀的历史见证了,后人或许可以通过水井这一时光隧道走进昨天的徽州。

我想,如果把水井当作一个镜头,那么在徽州历史的底片中,完全可以看到像我的外婆那样的徽州女人的勤劳、善良和纯朴,完全可以看到徽商兴盛三百年、纵横海内外的骄傲和自豪,也完全可以看到在徽州这块人杰地灵的土地上发生的翻天覆地的变化。

徽州人的意识中始终系着水井的情结,因为那些“十三四岁,往外一丢”,及至功成名就、事业腾达的鸿儒巨贾们总还是要告老还乡、叶落归根的,总还会念念不忘安享晚年时喝着家乡的井水,他们年少时背井离乡闯天下,赢得了“无徽不成镇”的美誉,而“老大回”时乡音不改,同时修桥、铺路、开井等,造福邻里乡间。最有想象力的是连建宅屋也突出了“天井”这样典型的徽派建筑特色,留给子孙“四水归堂、八方进财”的宏愿。

闭着眼睛静静地寻思,心“井”竟也这般澄澈透亮。我不认为“井”是封闭的代名词,而应该是开放的象征,其实仓颉造字时就赋予了“井”字很深的寓意:“开”字出头方为“井”,形象地说明井纵横交错、阡陌交通,既纳百源之流,开口在水一方,又通过引伸出来的“路”四通八达,恩泽四邻八乡。

我爱家乡的水井,它给了我很多、很多。

钟义民

徽州在哪里呢?是在飞檐翘角、黑瓦白墙的徽派民居中,是在蕴藏着故事、讲述着沧桑的祠堂牌坊里,还是在口耳相传的民谣故事、在著作宏富的当地作家的书卷字画上呢?是,也不全是。当年徽商行迹万里,远赴异乡,最终富甲一方,称雄商界。虽其鼎盛春秋有二百多年,终究谢幕退场。历史舞台前的正剧太多了,不想看了,把成堆的史料留给学者研究吧。我们轻手轻脚来到大帷幕的后面,想看看被男人的光辉所掩盖的徽州女子。或许,徽州文化最生动的地方,就藏在那些从镜头前一闪而过的面影里。

甲午年仲夏,我到徽师参加培训,期间走访了斗山街、紫阳书院。特别是在又高又深的宅院门口,我驻足许久。仔细打量岁月留在一堵堵石墙上的深深履痕,听当地人讲述徽娘的传奇经历,自己仿佛在幽暗的历史角落中寻觅到令人肃然的生命回响。我不由得吟诵起一位女诗人的词:"一点愁心指上弹,梅花羞带病中看。相怜早被湖山隔,空对孤灯带影残。情没绪,思无端,更深犹自倚朱栏。长空独有天边月,为我勾留伴晓寒。"

当山西的小伙子听着《走西口》的民谣一步一回首时,徽州的女子正吟诵着她们的闺怨诗。都说晋商和徽商是称雄中国明清的两大商帮,可彼此的特征和风格绝不相同。在我的印象里,舟船相送、殷殷话别的是十七八岁的妹妹,而一辈子扎根故里、把缄默的背影留给世人的是浸染岁月风霜的徽娘。"妹妹"这一称谓让人想到的是青青河畔那言笑晏晏的场景,而"徽娘"这个叫法总让我品咂着岁月流淌中一群女子的成熟和衰老。

信奉"女子无才便是德"的理念,徽州女子嫁入丈夫家后,就成了地地道道的家庭妇女,她们以家为重。丈夫为了生计,也为了理想,新婚未久就要踏上外出之路。

这一去山遥路远，这一去日久年深，这一去云遮雾罩，这一去水天茫茫。重逢徽渺，欢会难期。何况，有的徽州男子在拼出自己的事业前，宁愿客死他乡也不愿归家。何况，有的徽州商人小有成就时就在外添个二房什么的，乐不思蜀了。《西厢记·长亭送别》里有一段唱词："你休忧'文齐福不齐'，我只怕你'停妻再娶妻'。休要'一鱼春雁无消息'！我这里青鸾有信频须寄，你却休'金榜无名誓不归'。"连前相国女儿崔莺莺也要对张君瑞这样的才子怀有担心，发出告诫，不难想象，在古时痴心女子负心汉的故事并不鲜见，男子的负心也就成了男尊女卑社会的家常便饭。所以，闺怨成了许多女子心底绕不过的一道坎了。

是的，在"悔教夫婿觅封侯"和"卧听南宫夜漏长"的句子里，我读到了缠绵悱恻，想到了薄情人冷峻的脸庞，有情人幽恨的眼神、无助的表情和寂寞的心。可是，传统徽娘的姿态又与之不尽相同。她们没有终日以泪洗面，在哭哭啼啼中打发时光，也没有观赏风月，在百无聊赖中虚度年华，而是挑起俗世生活的重担，扛起养儿育女的责任，揽下照顾公婆的义务。一直埋首于农桑之事家务之事，偶尔也会在长桥边和古渡头站立片刻，只是为了宽慰一下自己的付出，只是为了让自己有一点盼头和念想。春雨淅淅沥沥地落着，淌在斑斑的石板路基上，淌在远行人走过的条条蜿蜒山路上，也淌在徽娘那潮润润的心底。流光易散，欢颜难再。桃花可以年年无拘无束地盛开，生命真的有着让人憧憬的无限可能，当她摘下一朵桃瓣细细看去时，多想自己也是一朵桃花啊，尽情地在微雨中展现青春的娇媚和妍丽。可是，谁也抗不过无情的岁月，它已经悄然爬上徽娘的额头，带走了徽娘曾经的活力。

她们莫名地流着泪，但很快擦干了泪痕。比之于深锁闺阁的诗中怨女，徽娘们在漫长的守望中多了一分坚忍的品格，一分主动生活的热情。面对不公，她们选择的不是抱怨，而是宽恕和承担，于是，一滴滴泪珠变成了一片片农田，一棵棵果树，变成厨房中的柴米油盐，变成手中的针线和衣衫，老人安顿了，孩子散学归来有热腾腾的饭菜。人们常说要弘扬徽骆驼的吃苦耐劳精神，而我要说，其实徽娘的忍辱负重性格与之有相等的重量。若非徽娘的成全，徽商哪能后顾无忧地在外闯荡开拓呢？

我一直深切地担心，徽娘在田间地头的常年劳作，在厨房灶头的烟熏火燎，会不会耗损她们的灵性和悟性？会不会让她们衰老得不忍多看一眼？我甚至会想到一个个老妪的形象，想到粗糙的手，黑瘦的脸，浑浊的眼。我知道，没有不老的红颜，谁也无力承受岁月的变迁。可是，谁又能说这不是一种令人震颤的美呢？就像一位诗人写的那样："当你老了，白发苍苍，睡意朦胧，在炉前打盹，请取下这本诗篇，慢慢吟咏，梦见你当年的双眼，那柔美的光芒和青幽的晕影。"从花开、月出、蝉鸣、雁过再到柳衰、荷残、芦败、叶落，自然季节不停流转，它们都熬不过光阴的冲荡，成为徽娘的陪衬了。

她所嫁入的家族也并非不知道她的苦处,冷漠视之。韩再芬老师主演的黄梅戏《徽州女人》中,公公婆婆描述徽娘的生活是“闻鸡即起扫庭院,拜过公婆把饭烧,问过小叔把味调”,又常常见到徽娘的孤单和痴呆,怜惜不已,痛心不已,甚至要跟族人商议把媳妇当作女儿嫁出去了。待到她们命终,族人还为她们树起了贞节牌坊,在今天的棠樾牌坊群里,有“节劲三冬”“脉承一线”等题字。我相信今天的不少人看到它时一定对它嗤之以鼻,把它看成历史罪孽的象征而进行无情地嘲讽,乃至一番口诛笔伐才肯罢休解恨。只是,我想应该看到两面性:一方面,节烈观狠狠地摧残了徽州女子如花的生命,另一方面,徽州女子以一种隐忍、牺牲的方式把自己的生命完完全全地融入到徽州的深宅大院里,融入到徽州的文脉记忆中。

和那些郁郁寡欢的弱女子相比,徽娘们挺直了脊梁,肩膀上扛起了担当。就这样,她们从媳妇成了母亲,从媳妇成了婆婆,就这样,她们用乳汁喂养了徽州儿女,使得我们后人在通衢街镇中而不是在山野县城中,能够看到那些初露锋芒的徽商身影,使得我们在激流涌荡的广阔天地里而不是在安逸狭小的乡土世界里,看到一批批士子上下求索、矢志报国的行动。故此,才有了陶行知的平民教育成就,才有了胡适的文学革命之举,才有了无数徽州人更坚实的脚步。今天,我在徽州的天井老屋之间行走,默默感念着徽娘,也感念着天下所有慈善的母亲,她们是温热的泉流,滋养了徽文化这棵大树的成长,她们是守夜人,点亮了河流两岸的万家灯火。

崔志强

这座祠堂我是熟悉的,因为我和它日日对望有五载,一千多日的打望,什么细节不落入内心。每当学生散去,我简单吃完晚饭,就出校门沿河转悠。固定的路线,从校门右侧,沿兴坑河往下游,走到一座桥,几乎出村了,然后折返,沿河的另一侧返回。这是我晚餐后必做的功课,然后回房和书对晤。

那时我在一座名叫兴村的村落教书,单身。时光是快乐的,也是寂寥的,我有大把的时光,故而我对执教的村落了解得比较透彻。那时就和古祠堂照面上,猝不及防的。开初没有在意,以为那么一座陈旧的建筑落在高坡上,很寂寥,像我一样,或者是废弃的村民居屋,或者是危房,没人敢住,从没有和很有名的宗祠牵连上。只是瞥一眼,然后想一些心思,然后又低头走路。但一日我走到它的跟前,好奇心驱使,或者闲着没事,淡黄的阳光洒照,我走到它的近前,抬眼,我需仰望,大门紧锁,墙皮剥落,陈旧的色彩很浓厚,风雨侵袭的痕迹明显。我在正门前站立了一会,又到侧面走访了几步,我没有探究出所以然来,只觉得它高深、苍老,有一种逼人的威势。我没有久留,因为这是荒寂的建筑,这是一片荒凉、少人迹的高坡。我不是考古人员,也非孤僻之人,故而走下坡来,再没趋近过,但以后日日走过打望,心里多了意思,目光多停留了一会,想心思时多了它的容貌。

五载后我离开了那座村落,也离开了那座祠堂。世事纷繁,许多影像不复存留,包括那座祠堂。但多少年后,我蓦然听到那座祠堂的消息,听说它正在修葺,其后又看到图片,整修一新。我又堕入回忆中,往日的影像在脑海中电影般呈现,那个黑白分明的乡村,那道清亮可人的村河,那架拐弯处的青石小桥,以及和小桥上的人对望的古祠堂,立在山坡上,立在暮色里,它素朴风雨沧桑的样子,更让暮色添一分。

古祠堂其实是座有名的宗祠,名曰程氏宗祠,建于明时,清时重修,如今的样子,五凤楼式建筑，宽大、宽怀、朴厚。按惯例，祠堂是宗族祭祖、议事、会聚等之所，是一族重要场所，有家庙之称，一般建于村中心或热闹之地，像这建于一座山坡上，离村居这么远，我是闻所未闻。但远离炊烟袅袅和热闹嘈杂，也远离了许多目光和是是非非，终于它安然走过风风雨雨，走过几百年的时光更迭，至今仍巍然矗立在高坡上，看村庄炊烟起落，看穿村而过的218省道车来车往，看时光流逝，像一位睿智的老人。

其后因为工作的关系我无数次路过或走进兴村，那个留有我很深印记和许多回忆的村落，既熟悉又模糊，模糊是因为许多影像找不到生根的土壤，平实的亲切的灰白屋檐不见了，代之而起的多为二三层小洋楼，青石铺就的村道也不见了，呈现眼前的是平坦整洁的柏油路，许多旧时的东西在时代的风中被吹散，还好那棵村口的古槐仍在，并且更见老成持重，让我找出往日的点滴。如果古祠堂在村中呢，会不会被时代强劲的风吹走？乡村里许多祠堂在拆建、改造中被整体移建到异地。那么这座程氏宗祠会幸免吗？我看见村中已几乎难觅到古旧的建筑，大多靓丽、簇新，散发新时代的色泽。

还好它在那座高坡上，背依青山，前襟小河，看炊烟袅袅，独守一山寂静——往事纷纭，今世依然，我独守我的世界！

我一定要去程氏祠堂看看，看看这曾经擦肩而过的祠堂，这曾经谋面不识的朋友，然后和它静心对晤一下，想必能带来一些思索。

乡愁·叙事

倪国华

一

寿人中表，起家寒素，操行不苟肫肫然，笃信士也。幼学商务于吴兴，未几，徙申江治丝茧。提挈诸弟，勤勤恳恳，友于之爱不让古人。二十年来辛苦经营，薄有囊蓄，陆续购置前后屋宇，与诸弟共同居住，燕安之翕如也。今鸠工修缮此间略窄，因于厅事前颜其额曰燕舍。盖品先年堂前之燕，自去自来，复寻旧主，宜其家道之兴，有若汽之蒸机之速，而不得以隘小视之者，他日重建高堂，宏开大厦，将不仅于斯宅卜其蕃昌也。余体寿人经始之意，又喜其昆玉踊跃从事，特述崖略如此。

愚表兄汪桂馨谨跋并书，民国十四年岁在乙丑仲夏之吉。

这是祁门县城东街里王家大屋内的一帧匾额，它记载着王家兄弟经商发家的一段历史，颇令人寻味。今安徽中国徽州文化博物馆徽商厅堂复制此额陈列。

二

寿人，即王寿人，是王家的长子，此人处事严谨，忠厚老实，是一个可以信赖的人。从小在江苏一带学做生意，时间不长又转到上海做丝茧买卖，并且把自家几兄弟也带入了经商行列。

王家原住祁门城关县衙旁边的桥，寿人父母以代人碾米、磨粉为业，生有五男五女，家境十分贫寒，家中唯一值钱的东西是一只耕牛，那是王家的主要劳动工具也是劳动力，因此一家人对牛深怀感激之情，以至从寿人父母起，王家三代人不食牛肉。

由于生活贫困,父亲又染上了大烟,遂起卖女之心,事情让儿子知道了,儿子就去告诉了母亲,母亲坚决反对,带着绳子去买家以死相威胁,其父只好作罢,反过来追究透露消息的儿子,并声言要将此子逐出家门。此子不敢归家,母于夜间从窗口扔铺盖给儿子,子遂离家出走。王家五子:寿人、尚人、书人、介人、起人。一说此事是尚人所为,一说为寿人所为。

此子与母窗前一别,便开始了漫漫的流浪生涯。旧时徽州有一种叫信客的人,祁门人叫"水客"。余秋雨先生《信客》文写道:"信客是一种私人职业,不受任何机构管理,这个地方外出谋生的人多了,少不了要带几封平安家信、捎一点衣物食品的,方圆几十里又没有邮局,那就用得着信客了。信客要有一点文化、知道各大码头的情形,还要有一副健强的筋骨,背得动重重的行李。"王家此子就是跟着这样的人离开家乡的,他曾经在码头和轮船上提篮做小买卖,卖些瓜子、洋火、美女牌香烟。也曾在店堂里做过小伙计,冬天的夜晚就睡在店堂里,寒风从门缝底下钻进来,没有一夜被窝是暖的。俗话说一个棒槌在十字街滚三年也成了精怪,何况王氏子要靠自己的劳作去填饱肚子。特殊的经历和生存环境决定了王氏子必须精明、忍耐、勤勤恳恳,而这些优良的秉性的形成无疑为他日后的发达奠定了基础。

三

几经周折,王家兄弟寿人和尚人落脚上海庞珍记商号,帮老板采买茧丝,辛苦经营,勤勤恳恳,为庞珍记立下了汗马功劳,深得老板的器重。但好景不长,老板病死,老板娘受人挑拨,心疑王家兄弟吞其家产。兄弟二人遂离开了庞珍号,但茧丝采买已是行家。清末民初,上海作为通商口岸,早已成为冒险家的乐园,各租界洋行买办蜂起。王家兄弟凭借着对上海的了解和对茧丝业的熟悉,走进了上海瑞泰洋行的大门,仍然采买茧丝,重操旧业。常年往来于上海与湖州之间,尽管他们的文化水平不高,但却能讲一口流利的英语。洋行生意很大,他们的衣着也阔绰起来,长袍马褂,一日三套,空花"寿"字,衬着深蓝长衫,连印度巡捕见了也点头哈腰。

徽商经营的特点之一是兄弟、族人结为网络,形成商帮。此时,王家兄弟已不再满足仅为洋行"打工",他们要开辟一方自己的天地。也许因为湖州是他们采买茧丝的一个点,也许是因为家中早年也算是开过粮食加工作坊的缘故,他们在湖州东街浮星桥脚先后开设了王鸿顺号粮行和王鸿裕号酱园。同时,五兄弟进行了合理的分工,寿人、尚人仍在上海洋行跑采买,四弟介人、五弟起人分别执管湖州的两爿商号,而三弟书人则在祁门老家掌管家政。王家商业进入全兴时期。

王家的粮行和酱园是当时湖州浮星桥脚的两家很显眼的商号,两爿商号中间隔

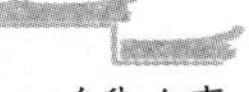

着一家店面，而两店的后仓库却是相连的，属前店后坊式。有店员十多人，主要是老家去的亲戚，也有在当地雇的乡下人。店的管理内紧外松。柜台上收银有个圆斗盘，铜钱丢进去有响声，便于店员之间相互监督。店堂内设有小茶室，顾客上门先待茶。买米的，送米上门；买酒的，两个铜钱也卖。只要你来过一回，下回就不让你走脱。一年三节老板给店员发红包，三至四年老板才回老家一次。王家兄弟在湖州经商，不带女眷，王尚人生儿女四人年龄均相隔三至四岁。王起人民国十三年客死湖州，其子王佩钧12岁赴湖州继承父业。

四

"二十年来辛苦经营，薄有囊蓄，陆续购置前后屋宇。"王家所购房屋原属周家，周家是当时祁门县城四大姓之一，清末民初间衰落。宣统二年王家购其五间厅，即燕舍；民国初年购花园厅、学屋、官厅。分两次完成对周家大屋的收购，至此，时人始称王家大屋。

与徽州其他的深宅大院一样，王家大屋所遵循的生活准则是程朱礼学。一房楹联足以为证。官厅"肇庆堂"楹联一："崇祝千秋兄弟相关惟孝友，流芳百世子孙根本是读书。"联二："承孝友家风事事有先传模范，立经纶世业丝丝皆入扣文章。"学屋"堂构相成"匾额，典出《幼学琼林》，大门联："靖节门前栽五柳，晋公堂下植三槐。"中柱联："一家有长幼尊卑漫言平等，四字重纲常伦纪焉讲自由。"燕舍中柱联："饮真茹强惟性所宅，由道通气妙契同尘。"

王家五兄弟生意上是个大公司，生活上是个大家庭。五房内眷和子女林林总总几十人，同在一锅吃饭，没有细致的管理非乱套不可。王家规定，男人回家，不得先见女眷，一应货物，均存放厅堂，由书人分配给各房。男人在家议事，常说湖州话，以防女眷参政，兄弟分屋，分房不分厅。如燕舍五间厅，厅为公有，三间归老五，一间属老大，以防后世不肖子孙私买房屋而使其不得成。王家的生活给养主要靠湖州汇寄。年货由管家押送，从新安江水运至渔亭码头。花园厅改造时用的玻璃，学屋厢房顶用的白洋铁皮，都是当时的稀罕之物。一回，从湖州运来的一坛酱油，进门时不小心在台阶上碰破了底，乌黑的酱油流了一街，街房邻舍不知何物。

王家整修了坟庄，又修缮了燕舍和花园厅，大屋虽是旧屋，却呈现出一派新机。然而，王家的节俭美德没有丢，以诚待人的古训没有忘。逢年过节蒸糕做粿，多余的米粉总要用棕刷收拾干净，言道：十粒米不见白，粒粒皆辛苦啊。又言：借伞不用谢，回家晾过夜。如此家风，一直影响着王家的今人。

五

王家的衰落始自抗日战争。日军的炸弹扔到了王家湖州商号的后院，商业难以维系。年轻的第二代鸿裕粮行主王佩钧，把心爱的皮鞋擦得锃亮，放在床下，心想回徽州老家躲几天再来，谁知，此一去而不得复返。至此，王家变商业经营为土地投资，在老家祁门购置田地和房产，开始了新的经营活动，连后花园也铺上石板，改成了晒谷场。王家在县城的家业今人仍有印象的有：横街鸿顺号丝线店；北门桑园约十亩，在今机械厂；三里街同德仁药铺等房产；十字街房产若干；土地23亩。由于王家的土地面积不足当时人均面积的200%，所以土改时没有被划为地主。其他资产至公私合营归为国家。

六

2001年3月6日我在祁门访问王家老二尚人次子时，恰好撞上琅琊王氏迁新安始祖王璧(大猷公)1156年诞辰日，那一天是农历二月十二日。王璧，大唐检校兵部尚书，由杭州始迁祁门苦竹港，时任祁门县令。翻开《祁门县·氏族考》，首页便是琅琊王氏。尚人次子悉心搜集王氏资料，研究姓氏文化。言能从王氏得姓至今88代，乃至得姓前自黄帝至周灵王41代，共计129世代，一代不落，均查有文字记载。

王姓多在江北，东晋王导始迁江南，为江东第一豪伐，《世说新语》有石崇与王导宴间争富的故事。王导住南京朱雀桥边乌衣巷。唐刘禹锡有《乌衣巷》名篇：

朱雀桥边野草花，乌衣巷口夕阳斜。
旧时王谢堂前燕，飞入寻常百姓家。

诗中王、谢指的就是东晋开国元勋王导和指挥过淝水之战的将军谢安。《乌衣巷》巧妙运用旧时飞燕，艺术地描绘了乌衣巷今昔景况，令人回味无穷。王家“燕舍”匾额是否有周、王两家前后易主之感慨，或者它还有敦促后人不断地衔泥筑巢，进而再造辉煌之深义？

徽商经营所追求的终极目标，不是世代经商，而是读书入仕，王家也不例外。王家兄弟第二代基本是读书人，只起人子王佩钧因父亲过世较早，继而接替父业，没读多少书。因此，王老先生在行将过世时，仍未见儿孙中有上大学读书的，可谓死不瞑目。老先生谢世后一年，托梦给其长子，言道今年我家将出两个读书人。果然，一月后，其次孙和外孙女分别考上大学。王老先生在天之灵，可以安息矣。

昔日燕舍之燕，肯复来寻旧主乎？

吴云霞

我的老家昌溪，素有歙南第一村的美誉。我每次回家，感觉都像是去旅游。汽车过了坝潭弯，就觉得山是那么青，水是那么绿，一种莹莹的绿意顿时就在胸中流淌。顺着河边的青石板路，走到沙墩树下，这种绿意就更浓了：遮天蔽日的绿荫下，是一条圆弧状潺潺的小溪，溪磅上是或横斜或直立的百年古树，那比肩而立的姐妹樟，那相偎相依的楮怀樟，简直就是天降的神树，荫庇着昌溪的子子孙孙。

沙洲上是村民随意播种的荷芋或果蔬。再上就是昌溪最热闹的街市庙坦了，这里是老人和孩子天然的乐园，沿溪的青石板街上一长溜光滑的青石板凳，已经不知道被多少代的昌溪人磨得光滑如玉了，从这里经过的游人都会忍不住坐下来小憩一番的冲动。再上一层就是祖祖辈辈昌溪人供奉的八王爷庙了，庙前约500米的平坦上是用不同色彩的石英石、云母石和各色鹅卵石铺砌的各色图案，“鹤鹿同春”“丹凤朝阳”“连升三级”“八卦”等，精致的图案就如昌溪人的生活态度，内敛自强，知足悠闲。

八王爷庙后面的劫后重生的古银杏树更是郁郁葱葱，据老人说它可是八王爷的马鞭呢。庙坦前的小溪是八王爷的玉带，整个村中水口因为八王爷的传说变得有些神秘，老人们在闲趣话桑麻时，银杏树和八王爷总是一个永恒的话题。

顺着九子巷，沿着宋代茶室前行，就是全国独一无二的员工支祠木牌坊了，四柱三楼，高领垂脊，冲天而立，站在我母亲家的屋顶可以清楚地看到祠堂的全貌，庭院深深，飞檐翘角，气势恢宏。其实员工支祠的周围过去全都是一个个庄严肃穆的子祠堂，承恩堂、安礼堂、怀远堂、荣公所，高墙深院，鳞次栉比，层层叠叠的马头墙接连成一片浓淡相宜的水墨画，倒映在支祠前的月塘中，摇曳生姿。支祠左右还有两个配套的古亭台，一个叫麻雀楼，还有一个八角亭已经叫不出名字，下雨的时候我老到里面躲雨。祠堂的木格栅上镶嵌着造型各异的美玉宝石，可惜，很多宝贵的建筑都

毁于天灾或是人祸，现在看到的只是劫后遗留的冰山一角，就是剩下的这些，每年还吸引着无数来自北大清华的建筑系的学生来此探究建筑的奥秘。

再走几步就是我家，不远就是三眼古井了。昌溪的井多，池塘多，可三眼古井就此一个，我是喝着三眼井的水长大的，每天早晨我都是在叽叽哑哑的取水声中醒来。“三眼井，七眼塘，到处都是好姑娘”，清冽的井水养育了无数健康美丽的昌溪儿女，这个开凿于南北朝时的古井，至今还是附近居民取水的首选。

三眼井再往前就是很出名的大柏园，是昌溪吴氏始祖及后代名世祖的庐墓，可以说大柏园是昌溪的发源地，至今已有2000多年历史。小山丘似的陵园上是绿草茵茵的草坪，墓面和祭台是整齐的大块青石铺就，白天我们常在上面嬉戏，夏天的夜晚，大人们捧一张凉席席地而坐，其乐融融，一边纳凉一边谈古论今，我们则望着天上闪烁的星空遐思无限。

大柏园背依着郁郁葱葱的来龙山、朱岗岭、安岭、积毛岭等崇山峻岭。昌溪先在各峡谷山脚挖了30多眼池塘蓄水，并巧妙地将泉水引入村中，依势形成了穿村而过的大塘坑溪水、小塘坑溪水、洋圩头坑溪水，村民在家门口就可以洗菜浣衣，养鱼赏荷，几多美哉！各条溪水穿村过户汇聚于庙坦坑，玉带般环绕过八王爷庙前汇入昌源河中。

昌源河是昌溪的母亲河，这条发源于清凉峰搁船尖和绩溪县逍遥岩南麓，由华源和昌源汇合而成的昌源河，沿途接纳了十余条支流，流经十余个美丽的乡村，最宽处达百米而窄处仅二十余米。三十多年前，我曾经和几个好友冒着大雪徒步从昌溪到石潭，又从石潭返回昌溪，一路上深潭静如处子，浅滩碎石溅玉，小桥遗世独立，群山环绕多姿。冰清玉洁的昌源河水从此成了我的最爱，也成了许多有乡村情结的人的最爱。如今从石潭沿昌源河徒步到昌溪，已是许多驴友首选的黄金线路了。昌源河连接着昌溪三个自然村——经学大师、最后一个状元吴承仕的故乡仓山源，朱元璋题词的第一世家太湖祠和木牌坊员工支祠所在地昌溪村，周氏宗祠所在地周邦头，河两岸风景四季常新，古树古桥古井古巷古民居古祠堂，在不同的季节闪着夺目的光彩。

汪红兴

风也沙沙，雨也潇潇。

每一次，踏上履安桥那一刻起，我的心，倏地变得虔诚宁静。

这座横跨在浙水上的石拱桥，是浙岭古驿道北麓的起点，从这翻过海拔800多米“吴楚分源”石碑，可抵婺源岭脚西坑口，共有6616步台阶。

青山脉脉，浙水潺潺，发出亲切欢快的笑声。这浙水一路左奔右突，千回百转，抵达西子湖畔，最终归入大海。

水是最好的开路先锋，千百年来，无数的徽州儿郎，背着包袱雨伞，告别白发老母，从故乡出发，带着这“脚下平安”的祝福，沿着“灵源之水”前行，抵达溪口、屯溪……奔赴万商云集的杭州、上海等大商埠，驰骋商海，迅速崛起，铸就徽商昔日的辉煌。

自与浙岭结缘二十余载，这座“江南祖山”我爬了数十次。春花秋月、杏花烟雨来过，烈日当头、大雪纷飞攀过，甚至是狂风暴雨也迎难而上。

浙岭是雄峙徽州西部的屏障，“巍巍乎，飞鸟不可度”。古道穿越皖赣，襟连吴楚，七上八下，长达20里，西至清华、甲路、乐平、鄱阳等地，是历史上婺源对外交通的最大通道。它属于官道，始建于唐代，宽至2到3米。每一次浙岭之行，我的眼前似乎总有许多人影在晃动，从亘古的时空走来，和我诉说着浙岭的风云际会。

穿过以“天一生水，地六成之”命名的天一生水阁，跨过登云桥，逶迤而上，就抵达著名的“十八折”。这“十八折”名副其实，宽大的石板路，密密匝匝，一弯又一弯，九曲回肠，来回穿梭，像是条青龙在山间舞动，向那云端飘去，让很多初来浙岭的人望而却步。其实，只要你看看那凹凸不平的印痕，古代挑夫挑着百十斤担子，负荷而上，一步一印留下的，你就不会退缩。

长亭外，古道边，芳草碧连天。一片青翠山冈上，你会发现有座貌不惊人，占地

40多平方的古亭,走近一看,那亭子全是用每块重达40多斤的茶园石砌成,下宽上窄,相互契合,丝丝相扣,安稳如山。亭子是乾隆年间修建,嘉庆年间重修的,既坚固又防火。历经200多个春秋,矗立在荒山野岭,栉风沐雨,墙体却依然完好如初。前不久,徽学专家黄成林教授察看这座亭,他惊奇不已,仔仔细细瞧个遍,感叹古人的德政工程,诚信为本,百年大计。

古亭的名,意味深远,“继志亭”,门楣碑额犹存,是乾隆年间工部虞衡司员外郎王廷享所题。王廷享是婺源漳溪人,据史料载,从王廷享曾祖徽商大贾王启仁算起,王家五代数十人百余年间为修复浙岭古道和古亭慷慨捐献巨资。仅王启仁一人就捐建了72座茶亭和施水处。

当你汗水涔涔爬到岭脊,伫立在“吴楚分源”石碑前,望着眼前破败荒凉的景象,不禁心酸涌向心头,有种穿越时光的沧桑感。

“盘踞徽饶三百里,平分吴楚两源头。”你可知早在2500多年前的春秋时期,诸侯割据,群雄并起,战乱频繁,这浙岭南北的千山万壑间,曾经是雄兵百万,金戈铁马,刀光剑影,人仰马翻,血流成河。这才化作了这岭脊上的“吴楚分源”古碑,成了今日徽州乃至皖赣两省的文化地标。都说皖赣两省是“吴头楚尾”,这是我们今天所能见到的唯一的有形地标,意义可谓深远。

由于历史的误会,今天这里成了两省的分界地,但岭南岭北历史上都属古徽州,这种同根同源同脉之情,是永远无法割舍的。

万善庵消失了,思源亭倒掉了,堆婆冢岌岌可危……就在这,1000多年前的五代时期,有位方姓白发老太,伛偻腰身,见路人行走在这蛮荒野岭中,连个休憩之地都没有,于是,她独自一人悄悄地来了,搭起了简易茶亭,用竹笕引来“一线泉”的水,用高湖山的茶,免费向路人提供冬汤夏凉。老人的善行感动了路人,她仙逝后,众人纷纷从山脚捡来巨石,一块一块堆在墓上,砌成了一个6米多高的墓园,谓之“堆婆冢”。千百年来,徽州人倡导的修桥补路,乐善好施,不求回报的精神,谓之“方婆遗风”,这里便是源头。

一座普通的墓,感动了千千万万的人,引得无数文人墨客为之吟咏,方婆像座丰碑永远屹立在世人的心间。每一次,我来到堆婆冢前,总要默默地鞠躬致敬。

往南的古道,路面稍显平缓,弯曲有致,景致颇佳,不时有护栏遮挡,鼻孔梁亭骑在路上,燕窝亭路旁迎候,依然古韵悠然,山花烂漫。岭脚西坑口一带,则是一派秀美的田园风光,绿野铺漫,古村落、古树、古道、古桥错落其间,春来菜花遍地,梨花堆雪,秋来稻谷流金,枫叶似火,天人合一,美不胜收。不远处,拥有擎天而立“江南第一樟”的古村落虹关遥遥在望。

如今,曾经的浙岭天堑,已在本世纪初变成了通途。这得感谢从浙岭北麓漳前村走出去的香港巨贾汪松亮先生，汪公晚年桑梓情深，秉承方婆遗风，反哺故乡，捐献数百万巨资建成了浙岭公路。古道除了少量因建设之需被毁，大多依然古韵悠然。汪公已逝，但当年直接促成此事，从中牵线搭桥来回奔波的詹庆德和王发林先生，如今都是耄耋老人，但说起汪公点滴，依然钦佩不已。

上善若水，润泽千年。方婆、漳溪王氏家族、汪松亮，还有许许多多无名氏，光思源亭中曾经就有十几块功德碑，那上面全是密密麻麻的捐资者姓名。一茬又一茬，一代又一代，大家在不断地书写着"方婆"的传奇，濡染了无数后人。孟子云：君子莫大乎与人为善。讲究诚信，劝人行善，乐善好施，热心公益，不求回报，这便是吹拂在悠悠浙岭上千年不变的清风。它所散发的历史文化气息、向善的力量，所传递的中华传统文化的精髓是不朽的，让人为之顶礼膜拜。这是浙岭在徽州所有古道中能够独树一帜，独领风骚的。

千山叠翠入诗画，松风万壑浮远尘。漫步浙岭，亲近自然，听风听雨听故事，收获的不仅是轻松快乐，更是洗心洗肺，让人勿忘初心，做个幸福的阳光人。

江伟民

去过一次义成,为的是拍摄当地流传数百年的民俗跳钟馗。都因种种原因,与坐落在这里的王茂荫故居失之交臂。后来去山里的卖花渔村(南源口桥未建成之前),曾经多次从义成经过,终究无缘造访。或许,在大多人眼里,那只是一间破败的老房子,不看也罢。

我现在就站在王茂荫故居前。乙未初秋的一天下午,天阴沉沉的,在我们造访的行程中,雨点不时飘落。到得故居前,雨竟停了。狭长空阔的街巷上有了一两个行人,更多的是上了年纪的老人们聚在一起,用当地的方言,诉说着各自的感触和见闻。雨后清凉,是透露心事的好时光。而眼前的这幢老房子,中间的大厅全然倒塌了,只留下两侧的厢房。原本三间相连的格局,出现了一个偌大的豁口。它们之间的心事,也就不能凑耳细语了。

王茂荫响亮的名头由来,是“墙内开花墙外香”的典型。1864年,马克思著作《资本论》德文版出版,里面就以注释的方式大段论及清朝著名的货币经济学家王茂荫。

王茂荫出生于清嘉庆三年(1798)歙县杞梓里一个茶业徽商世家。咸丰元年(1851),面对当时清政府财源枯竭,国库空虚,而太平军又风起云涌的现实困境,有着良好经济头脑和远见的王茂荫向刚刚登基的咸丰帝呈上了《条议钞法折》,提出了改革币制,缓和危机的主张。“极钞之数,以一千万两为限”,既防止通货膨胀,也“无累于民”而“有益于国”。这一建议得到了咸丰帝的首肯,并将他提拔为户部右侍郎兼管钱法堂事务。

让人没想到的是王茂荫的经济主张,被马克思写进了那本永垂史册的经典巨著《资本论》。马克思的注释里,暗含着对王茂荫主张的赞许及对其不幸遭遇的同情。

同治登基之后,王茂荫再次受到重用。不幸的是同治二年(1863)二月,继母吴氏病逝。当王茂荫回到杞梓里时发现,故宅已毁于兵燹。几经考量,王茂荫看中了义成一座朱姓家的房屋,于是买了下来,在修葺时加入了京派建筑的一些元素,窗户装上了玻璃。让人遗憾的是,王茂荫精心打造安享晚年的居所,在他搬进去不久就病逝了。国家动荡、家园被毁、前途迷茫的种种打击,加上年事已高,这位清代经济学奇才就这样走完了他的一生。而他留给后世子孙的除了满腹的治世思想之外,唯有义成老宅了。

义成与雄村隔江相对。在徽杭高速没有开通之前,义成村民的出行都要依靠舟楫。而在清代的徽州,水路交通远胜于陆路,享誉明清400年的徽商去沪杭走的就是水路。杞梓里的故宅被毁,王茂荫选择离开伤心之所,这是可以理解的。而选择在义成定居,或许正是基于这里方便的水上交通吧。

王茂荫故居占地约400平方米,可谓大宅。在当地向导的引领下,经村口两株500多年的古樟,沿着村中石板路往里走200米不到,就到了王茂荫故居。没有特殊的门面,没有官厅的造型,也没有一块指示牌子。如果不是向导的指引,大家都不会想到,王茂荫故居与当地民房没有异样。

中厅倒塌,东厢门户紧闭,唯西厢门开着,里面不时传出说话声。我们循声而进。屋子里虽有天井,却十分昏暗,只见一老翁背靠门口斜躺在堂前的椅子上,边上围着几个家人。老人姓朱,是义成当地人,也是王茂荫西厢房的主人。60多年前,西厢房有三家住户,后来,这些住户相继辞世,老人买了下来,并一直在这里生活。

西厢房子的结构,大抵保留着徽派建筑的结构,只是久居京城的王茂荫受了西方建筑的影响,在对房子进行装修时,加入了现代化的色彩,在槅扇、窗棂上装上了有色玻璃,他又仿京城风格,将楼板下贴上万字纹竹编花席。百余年时间过去了,玻璃和花席仍在。却因缺少一个统一的管理和修缮,东西两厢柱梁瓦片多处损毁。目前,当地的雄村乡政府正在筹划收购王宅进行统一修复,用于发展乡村旅游。这是一个令人振奋的好消息。可在项目推动过程中,受到了来自现任房主的阻力,在收购价格上存着异议。朱姓老人说,他也非常喜欢这间老宅,要不,他早随儿子女儿住新房了。在我看来,只要大家的目的一致,事情总能得到解决。毕竟,一间老房子已经等不及了。

王茂荫为官期间,一直没有添置房产,当他在义成终于有了自己的安身之所时,却又过早辞世了。在他辞世的前一年,马克思《资本论》第一卷出版。只是那时的中国闭关自守,包括王茂荫在内的所有人都不知道他的名字已被一位伟大的德国人写进了书里……让故乡人有所安慰的是,他把根留在了故乡……义成,也因了王茂荫故居的存在,越来越受外人的重视,在一个个节假日里,总有慕名前来瞻仰的访客。从那面晒满了一串串金黄玉米的墙体上,人们在感受世事沧桑的同时,或许也能读出些许一代经济学家的思想内涵吧。

王建屯

若说仁者乐山，智者乐水，新江村的山水各有千秋。这个地处屯溪西郊的村庄，可见鬲山屹立，可与率水相依，自然有着灵动和韵律。

提起新江，我更喜欢村子早先的名字闵川，单一个“闵”字便雅致了许多，“川”则是这里曾有上千亩平坦的良田，只是后来根据新安江上游的支源头改为了新江。据说“大跃进”的时候，全国实行军事化管理，这里也一度改称新江连，不过只是几年的光景。

想着村子的小桥流水、遗风余韵，念着透明的风、柔软香醇的烟，细雨蒙蒙中，我又一次来到新江村，这里我已轻车熟路，直奔主题。

村口小学里的这株枫香应该是村子的地标，树龄已有三百年，树皮上满是绒绒的青苔，看着让人心生爱怜，倘若有脾性，只怕也是又倔又拧，树干中间已经空了，就是不服输，延展出浓郁茂盛的树冠，树影也撒了一地，连树结都是一脸的固执。村中的一位妇女告诉我，四十多年前，她在这里读小学，时常有顽皮的学生从树根处的洞里往上爬，可以一直爬到树中央，小学合并到别处后，很少再有孩子钻进钻出。树下的腐叶很厚，树根处的洞倒比原先小了许多，没有了孩子们的亲近，不知这枫香是否偶尔也会孤单和失落。

每每提及村中的红水河，我的思绪总是跳跃到红河谷，优美的旋律便油然地滑向舌尖。记得广西也有条河叫红水河，因流经红色岩系地区，河水呈红褐色而得名，名字是一样的。经过打探，得知当年的毕村从渡头沿着红水河溯流而上，将近三千米的一河两岸，全是繁华之地，很像苏州的水街，也是家家门前尽枕河，有这样的前世，洗尽铅华的红水河似乎多了几份撩人的风韵。

红水河有些瘦，宽不过四五米，却注定是有故事的。它的发源地几山头有些神奇，据说是风水宝地，有狮象二山，如两扇大门，左边似醒狮欲起，右边似大象探鼻吸水，有人说“有是狮象把门，定出公侯将相”。兴许出身高贵，红水河显得有些霸气，为了赶往出口处的渡口，汇入率水，它从几山头一路而下，狂野地穿过了新江的毕村，将村子一分为二，形成了上毕和下毕。令人称奇的是，200多年前，准确地说是1723年到1730年7年间，屯溪出了两位名人，一个是戴震，一个是毕沅，戴震去世后安葬在红水河的发源地几山头，而毕沅的故里就在红水河畔的下毕村。

大凡有水的地方就有灵气，新江村也不例外，大名鼎鼎的状元公毕沅无疑是村子的骄傲。曾有一位姓毕的老人主动做我的向导，介绍村情，他说新江村也叫闵口毕，因为村民大多姓毕，在此聚族而居，已有数百年的历史，现在村中究竟谁是毕沅正宗的后人，没人说得清。他曾听长辈说，毕沅小的时候就聪明伶俐，有一天，先生以“诸葛八门阵”一句为上联，毕沅略加思索，对曰“张公百忍图”，先生大吃一惊，认为阵对图真正是恰当不过，曾对人说：“此子年稚，气质非凡，他日必成大器。”其实毕沅自高中状元之后，至老未回过家乡，村里有关他的遗闻轶事是非常少的。

说起当年的毕氏宗祠，老人满是敬仰。宗祠规模宏伟，祠堂上悬有真金铸成的“状元及第”匾额，从石牌坊到戟门、厅堂、寝室，进深约有五六十米，祠内松柏成荫，祠前竖旗杆的墩石林立，十分气派；红水河畔的毕家官厅也是广厦回廊，虹贯勾连，毕沅宗族中的官家往来均在此接待，婚丧喜庆也都在此进行。毕沅状元及第后，毕村热闹非凡，场面宏大，八角旗杆墩三个一叠，插着锦幡，几十个旗杆墩从毕氏宗祠一直排到毕家官厅。如今毕氏宗祠前的状元坊早已拆除，祠堂不见踪迹，杂草丛生，毕家官厅旧址犹在，不过除了倒塌的砖瓦，也只剩下残破的门罩，老人神情有些黯然。

碧水蜿蜒，小桥流影，红水河上那弯精巧别致的石桥格外显眼，拱形的桥洞大半被藤类植被遮掩，桥面也为拱形，为便于行走，做成了一级级石阶，老人说这叫转桥。传说是有仙人指点，为了防止山洪暴发将桥冲毁，八仙之一的铁拐李把要来的麦面馃叠成四褶，从中咬了一口，形成一个圆洞，石匠受此启发，建成上下两个半圆，合成一个大涵洞一样的转桥。从渡口到村中的毕家官厅，不足400米的河段上就有四座桥，而且保存完好，这样的转桥有两座，还有两座叫平桥，靠近村头的那座平桥，又称和尚桥，是专为鬲山僧众行走的。

凭水而养，潜移默化中陶冶着人的性情。这里村民大多和善敦厚，散落在老人记忆里的许多传说和故事大都是关于积善行德、为恶难逃的。我翻阅了第一部屯溪市志，里面仅收录了5个民间传说，其中的“富赢堨”，讲的就是毕家、邵家和傍霞与官商智斗，合力在率水河上兴建拦河坝的故事。为撰写《鬲山的传说》，我曾多次到新江采风，每次都会有意外的收获。

记得走进紧挨着红水河的一户人家，难得主人姓吴不姓毕。年过花甲的吴先生接待了我，他说自己原本在山东养蜂，因为老父腿部骨折卧床，特意赶回来照顾。吴先生读过高中，在外面闯荡多年，见多识广，人也健谈，说起村里的故事如数家珍，从太平天国失败，洪秀全的部下逃到毕村，“长毛”来剿杀，放火烧了石狮厅，讲到鬲山观音大殿菩萨的灵验，晚上若听到鬲山有鬼的哭声，不出三天，村子里必定会死人。其中最有趣的是菩萨杨三郎的故事，说的是江西婺源有个菩萨叫杨三郎，有一人多高，四月八日开光时，杨三郎被固定在马背上跨马游街，不知为什么马受了惊吓，一路狂奔，跑到了毕村石狮厅再不出去，菩萨是自己来的应是天意，婺源方面多次来讨要未果，村里给杨三郎盖了菩萨庙，每到四月八日，就给菩萨上金粉、抹金水。破“四旧”时，有人偷偷把菩萨藏到一处废弃老屋的阁楼，但最终还是被查了出来，抬到渡头放火烧了。第二天，有个小伙想在灰烬里找有无宝贝，看到菩萨有条腿没有烧完，用脚去踢，不久腿就残废了。吴先生说的小伙子有名有姓，十分具体，让人听了啧啧称奇。

在上毕一户人家的院落，一位老汉正在劈柴，每块树佬他都先用根铁钎敲裂，再用刀劈成小块，我问为什么要这么麻烦，直接劈不行吗？他说年纪大了，眼睛看不清，手也没劲了。我问子女不管吗？他说子贤孙孝，只是做惯了农活闲不住。聊起鬲山，总是鬲山的菩萨如何灵验，老人说：“记得小时候我与母亲到鬲山上香，村里有个小孩顽皮，用吃过的桃核砸三只眼菩萨额头的眼睛，回来后，夜里就发高烧，眼睛红肿，连头发都脱了，家里人连夜进山烧香拜佛。”老人很神秘地告诉我：“有时天快亮的时候，可以听到铁链声从村边拖行而过，那是鬲山大殿里的牛头马面带走了做坏事人的魂魄。”无论是老人还是吴先生，他们对菩萨都心存畏惧，这应该是如恺撒所说的：人出于本性，往往更加小心和畏惧没有见过、隐秘陌生的东西。

红水河的出口处景致很美，小路幽静，粉墙黛瓦，房前屋后碧绿的菜地，合抱粗的杨树形态各异，岸边一棵不知名的老树冠大且开阔，黄花满树，谨慎地维持着与绿叶的比例，想来年份不短，从这里望去率水水面开阔，不远处的拦河坝河水流湍急，哗哗作响。埠头处几个女人正在洗衣洗菜，唉，有水的生活才有情有味。我过去与她们搭讪，其中一个脖子上粗粗的金链子十分耀眼，看着面相还年轻，竟已做了外婆；旁边一个女人边刨着黄瓜皮，边有一句没一句地答着话。我问那棵老树是什么树，女人说的模糊，也听不太懂，好像说是摇钱树，不管是不是，我都认了，水主财，如此丰盈的水只有摇钱树才能与之般配。

其实，十年前的新江村，由于交通闭塞，经济发展明显滞后于周边村庄，当时屯溪90%以上的村都通了公路，新江的村民出行还得靠船渡，直到2004年鬲山大桥建成，才打通了村民外出的便捷通道，也给他们的生活带来了福祉。特别是鬲山脚下新近建成的现实版的开心菜园，更为新江村注入了新的活力，每到周末，就会有市民慕名而来，亲自体验休闲农业的快乐，有的还办理认领手续，开启属于自己的农夫生活，圆了都市人的田园梦。

村庄宁静，清净无言，坐立随心。记得诗人邵燕祥在《别屯溪》中这样说道：“绿叶荫浓里藏着的鸟，自在说着千年不变的话，好像有许多记忆，又像什么都没记得，了无牵挂，却忽然，有一股淡淡的离愁留我。”此刻，我也感同身受。

麦地旺

右龙是个不大的山村，石块拼接的路由北往南地高过去。有时一转，边上的门窗就换了朝向，路面低沉着麻麻的底色。村子已有千年的光景。高大的老树矗立村头，青苔从沟里往上爬，砖木坚守着老屋，堆满的暗影在往深处斜过去。新墙红瓦从老屋堆里高出。香溪河没有改变声音和颜色。村子依然硬朗，坐在石槛上的阿公阿婆，隔段路有一两个，过时的黄军装、黑裤子、解放鞋、讲不清颜色的帽子，让他们在里面继续陈旧着。露出的手臂像水浪雕刻的石块，黑里泛灰，额上细密的沟壑，被深深地挖掘。他们无声地望着我们从面前走过。出了村子，石级被山牵引着。

好像不甘长时间的零星拼接，一条三四米长的大石板，一口气地铺到沟上。一座桥成了，一道坎过去了，两个坡合了，裂缝不算个啥！千秋万代都牢靠了。一点点的磨蹭实在费时间。这里亮一嗓子，山里山外都注意了。记得我头一回到这里时，脚慢下来，第二次过来，脚还是慢下来。看的东西多，所谓厚实、气派、位置，不是一两句话能说完的。一块石板将多数石板拉在后边。许多思绪，在一条道上交汇了，在大石板上铺开来。一根弦上共鸣了。人都反反复复地围过来看。芭茅草从边上遮着，绿波从坡面漫过来。大石板是右龙石级上的一个节点。

有一回我一步跨了两块，再走步子就乱了。得耐住性子，不能不按石级的规矩走，规矩是配合着周边环境的！一步一步边走边看，要慢点！毛竹、杉树老高的，下面的影子不光是草。忽地一声响，我侧了下头，草浪起伏了一下，没了下文。目光呆在那里。早上沿着石级我走到村了下方，雾和水声把路面包裹着。·块石碑刻着“孤坟总祭”的字样，纷披的枝条盖下来，气象有些森然，隆起的土丘是树根也是坟堆？躺倒又站起来？一条三四公分长的娃娃鱼，留在了路面。我走过去了，突然觉得有点见死不救了。回过步子，直接用手捉，它四脚蛇的样子我有点不敢，就扯了片

叶子想包起来,它翻动着黑背和红肚皮,不配合。几经周折,还是被包起来扔进了水沟。后来村里人说,那不是娃娃鱼,是水壁虎,差别就在红肚皮上,头一回听说有这样的动物。石级上的东西怪多的!绿意从缝里冒出。汗水从额上流下,衣服脱下拿手里。两边的茶园,红衣女鲜艳了山的颜色。摘茶的声音里应该有个不小的钝角,落到哪里都是闷闷的,绵绵的,像山坳里飘出的雾气。更多的自生自灭是看不到听不见的。形而下的绿梦断了,形而上的意味加重了春天。迎面来了个挑担子的,白布袋像充了气,滚胖的。虽然是个壮汉,也显得小了。赶快给他让路,袋里是才摘的鲜茶片。

眼前的草地被濡湿好大一片。原来是崖壁上的减法,一滴滴地减掉泉水,又一滴滴地加到草洼里,加成躲闪的小湖,像一个亮亮的小姑娘。一行人正走得火热,清泉捧到嘴里,就都喜笑颜开了。六股尖在上方。新安江源头的散兵游勇,穿过丛林大山,给我们送来甘甜。我记得五股尖的水放在池子里,连边上的池壁都发着莹光,一大块翡翠非常好看。六股尖的水摔在崖上,碎了(有鲁迅说的美玉砸碎的意味,但不算悲剧),长长的白,挂在石壁,画一样被黑崖和绿叶衬着。躺着的水和挂着的水不一样的,但都好看!挂在崖上的白亮的行走,镜子一样照着自己,也照出山中所有攀爬的姿态!

看祠堂去呈坎罗东舒祠,看牌坊到棠樾,看石级最好到右龙。虽然上白杨下白杨,还有搁船尖等徽州的旮旯里,都有类似古道,但右龙石级品相规模明摆着,连带的东西也多。

一块石级一个长方块,块块连起来,山再高远,也会骡马一样给拉过来。话说回来了,高深的山里,一个孤单的村子不这么牵连一下不踏实。石级先在村子里练习着,高低宽窄直线弯度、向左打死向右打死,就像学车。基本的东西熟了,再从村中出来试试外面的情况,然后秩序井然日夜兼程。满世界地跑开来,村庄的意志有了速度和形状。充满硬气的铁甲般的队伍,没有过不去的坎,没有翻不过的山。而石级对环境的要求和获取,就那么窄窄的一长条,甚至容许花和小草从缝里填补过来。一条线上,生命和劳作、山里和山外、人类和自然——同呼吸共命脉。

虎头冈到了,回望山下块块码上来的力量,就像节节低下的慢板,切准了节奏和潮头。把高当低,低自然将高比上来。“徽饶古道”刻在崖上。坡面起伏绿意涌动。高挂的石级,简直一阵风就可以翻动。重重的徽州气息,正向江西瑶里铺排过去。

黎小强

徽州是本厚重的书,我只能说点雕花木窗里看见的徽州。

徽州的木窗大多质朴,直线纹、回纹、格子纹,不上漆,刷层防腐的桐油,木头纹路看得分明。不是工笔画,而是简单的勾勒、写意,在圆雕、浮雕、镂空雕上下功夫,于是就有了简约而不简单的徽州木窗。

秋分日雨下,千年古村唐模的往事被雨溅得沸沸扬扬。走过水口,走上青石板铺就的水街,盼着找个地方歇歇,发发呆、想想心思,就恰好遇上一处慢吧,有个很诗意的名字"邂逅唐模"。两层的结构,二楼就有徽州木窗,有窗檐,雨点从檐上不停滴下,在窗口织成珠帘,水气散开,有团雾气浮动。在窗边坐下,老徽州的味道就出现在窗外风景里。对面是排老房子,斑驳的白墙、错落的黑瓦、高耸的马头墙,这是徽州的经典符号,在徽州大地上不停地粘贴、复制,像疯长的野草,随处可见。看着也不复杂,应了朱熹老夫子质朴、简约的思想,也如老徽州的男人、女人,可这种味道就是让你难以忘怀。静下想想,它凭什么?隔着雨幕,我与老房子对视。它们至少是上百年的高龄了,随便说说都是明清年间的事,再扯就到唐朝了。如果是人,就是太爷爷辈以上。我这几十年的光阴与它碰撞,真有些微不足道。老了就平和了,它是那么安详,那些层层叠叠的历史就刻在心里,于是有了厚重。徽文化的真实是希腊神话比不了的,一千零一夜也讲不完。深刻的简单,你就知道那些老房子的魅力了。

老屋旁是蜿蜒的水街,两旁是青石板铺成的路,中间是淙淙流过的溪水,有平石板沟通,还有古雅的高阳桥。我至今也没想透,青石为什么显得古韵悠长?深邃的青色,深山的石材,又或是简约而不简单的符号,被雨点声声敲打,激活了石中沉淀的千年足印,于是有了形形色色穿着徽州服饰的先辈在上面徐行。溪水在雨天更为灵动,一大团水雾在古村里扬扬洒洒,也就明白徽州的潮湿,也就明白窗边偶闻的霉味。这是历史的味道,是老徽州的味道?徽州是不缺水的,还喜留水,老房天井下的石缸、墙角边的石钵、四处可见的水井、地下贯通的暗渠,所以老徽州的故事适合在雨天品咂。雨滴从窗檐落下,在雕花木窗前闲愁,徽州就更生动起来。

说到邂逅,或许在桂林阳朔的西街有,或许在丽江古城有,而在老徽州这样的土壤里难。邂逅真是个好词,让人浮想联翩,有着浓厚的暧昧色彩。但徽州是讲三纲五常的地方,仁义礼智信都刻在了心里,偶然的心动可以有,行动是万万不得的。在“邂逅唐模”这样的慢吧里,可以邂逅几本老徽州的书,可以邂逅一些徽文化的碎片,甚至可以邂逅“撑着油纸伞,如丁香般结着愁怨的姑娘”,但只能是转身离去,此后山高水长。就像我现在坐在慢吧的窗前,邂逅一个水雾迷蒙的徽州。

拔开插销,我在唐模推开的第二扇雕花木窗是在汪应川故居。汪应川是近代知名徽商,亦商亦儒,他的故居如今成了唐模法国乡村客栈。在古朴与现代交融的客房里,窗外还是那些错落有致的马头墙、黑瓦,以及高墙夹着的窄巷。墙上部开了两个小小洞口,像碉堡,身旁导游的声音如雨点滴滴答答:“生在徽州,前世不修。十三四岁,往外一丢。徽州人外出谋生,女人在家,就要防盗,盗财、盗人都要防。所以窗子要高、要小,不仅是透气、透光。不像现在,阳台那么低,很容易就能上去。”盯那小窗看,真就看见一双徽州女人的眼,写着盼望与忧伤。

窗外老房的院落里是块不大的菜园,徽州多山少地,菜园就见缝插针,点缀在边边拐拐。远眺,菜园里有辣椒、红薯、红瓤、丝瓜、茄子,绿、红、黄、紫,在黑白灰的色调中显出生机。我在水街长廊的美人靠上遇见一个老妇,拿着竹篾编的斗笠。她说,雨大了就披件塑料雨衣,雨小戴斗笠就行,这样下田好做事。作为徽州女人,这些老妇人是否在高楼凝望过爱与哀愁,是否在雨中的菜地里寻找过生机与希冀?

在法国乡村客栈七天井店,我没推开第三扇雕花木窗。因为在窗台盛开的鲜艳喇叭花前,我已看到徽州的前世今生。

韩丹妮

柯村，一个很美的地方，一个让我难忘的地方。

2009年11月份，我到柯村工作。我对柯村没有印象，但是爸爸却说，在我很小的时候就去过柯村，并不时告诉我当时的情景。说那时的我不到两岁，一边爬楼梯，一边大声喊爸爸，声音大得整个大楼都能听见。我就在爸爸的回忆里想着柯村的模样。

在通往柯村的班车上，我差点就要被绕来绕去的山路弄晕时，有人喊："快看，云海！"我赶紧凑热闹似地往窗外看去，只见一团团浓浓的云雾在山间萦绕，我们就像在仙境之中移动。"太美了！"我不禁赞叹道。"你运气好，茅山岭云海可不是随便能看到的。"司机笑着对我说。过了茅山岭，没过多久就到了柯村，开始了我的工作生涯。

红色柯村，皖南"瑞金"。1934年8月12日，太平县委在中共闽浙赣省委的领导下发动了声势浩大、震撼皖南的"柯村暴动"，参加者达3000人；10月，在"柯氏宗祠"成立了皖南苏维埃政府。"柯氏宗祠"旧址保存完好，属于清代汉族祠堂建筑风格，建筑面积400多平方米，前后三进，大门前有广场约160平方米，整个旧址现已辟为纪念展馆，为安徽省重点文物保护单位和黄山市爱国主义教育基地。

因为工作的原因，我时常会去纪念馆，有的时候还会带着很多人，他们大多数都是去接受红色革命教育的。经过岁月的冲刷，在宗祠里已很难感受到当时战争的残酷和激烈，但是，从展示的文物上，又能感受到当时英雄人物的勇敢和坚强。每当工作上有压力和困苦之时，我总喜欢一个人去纪念馆走走，站在宗祠的天井中间看着漂浮的白云，努力想着几十年前周遭的情景，想着想着，就会觉得自己面对的困难与当年人们面对的相比根本不算什么，我应该要更加努力，更加坚强。

绿色柯村，花海盆地。站在茅山岭头的观景台，放眼望去，二千多亩田地在不同

的季节绘就出不同的画卷。春季，五彩斑斓，最多最旺的金黄色美得令人目眩，“皖南最大的油菜花盆地”享誉全国；夏季，嫩绿的稻苗迎风招展，趁着大好时光迅速生长；秋季，丰收的喜悦在田间唱响；冬季，晶莹的雪花孕育着生命的希望。进出柯村都要经过茅山岭，所以每次乘车我总喜欢坐在靠观景台的一侧，极目远眺，除了欣赏美景，就是放飞心情。

除了花海，胡门的古树群也是一个好去处。几十棵参天大树密集地生长在一起，阳光也只能从树叶缝中照射到地面。每棵大树都是百年以上的历史，闲暇之时，可以坐在大树底下倾听时光的声音。微风袭来，树叶沙沙声就是树在向你诉说它们的故事。树下还不时会窜出一只只黑鸡，那可是柯村有名的黑鸡，黑色的羽毛显示着它们的独特，在阳光的照耀下更显靓丽。

我在柯村工作时，最喜欢柯村的早晨。经过一晚的沉淀，早晨的空气特别清新，夹杂着丝丝草儿的清香。我很早起床，但劳作的人们比我起得更早，晨起锻炼时时常会遇到他们，尤其是茶季，很多人的背篼里已经盛满了不少茶叶。我跑步的路程并不远，主要是为了享受新鲜的空气，然后闭眼默默背上前一晚熟读的诗篇，感受着诗情诗意，希望能与诗人达到情意相通。不是很喜欢柯村的夜晚，太安静了，劳作的人们很早就休息了，除了虫叫声、蛙叫声、狗叫声，静得可以听见自己的呼吸声。安静的夜，因为远离亲人，时常会有莫名的悲伤感，因为孤独，让夜晚显得更加漫长。

好在有同事的鼓励扶持，还有柯村的美景和纯朴的人们。有次到三合做报道，我随便跑到一家村民家中准备找人接受采访，恰值午饭时，看到两位40岁左右的中年夫妇正在吃饭，顿时感觉饥肠辘辘，特别是那散发香气的腌肉，我不由自主就来了句“好香”！中年夫妇哈哈大笑，立马把我拉过去，非要我留下吃饭。几番推却之后，我就不再推辞，坐下来吃饭了。我和那对夫妇从不认识，但是他们的热情足以可见山区百姓多么纯朴。

至今，离开柯村已经三年，多少次在梦里梦到了柯村，梦到了在柯村工作时的样子。多少次，我想重回柯村看看，只是因为很多原因都没有去成。但是，我知道，柯村，已经永远在我心中。

程瑞嘉

秋天的蜀源是热闹的。热闹来自村庄前面田地里那些人工栽培的葵花。

葵花开了，一朵朵葵花向着太阳的方向开放，金黄璀璨，像一张张笑脸。而且葵花还会根据太阳的移动而变幻着方向，让人感到它的美丽和神奇。

蜀源的葵花由于种植得多，就在村庄的前面形成了一片葵花的海洋，这就有了一种美丽袭人的气势。美丽的葵花总让人感到精神振奋，于是人们相互间传递信息，在这个网络时代，人们就从四面八方潮水般涌向皖南徽州一个叫蜀源的村庄，因此当地政府不得不解决道路堵塞问题，每天派交警在路边执勤，倒也给秋日的蜀源增添了一道别样的风景。

人们站在葵花的田地中与葵花媲美、比高低，摆出这样那样的造型，纷纷跟文静的葵花合影留念。葵花不语，知道这些人喜欢它更喜欢臭美，沉静的葵花默默地看着眼前发生的一切。葵花站在田地中又像一个个守卫村庄的哨兵，更像村庄里那些勤劳朴实的农民。因此，开放的葵花始终低着沉重的头颅，像思想家，又像沉默寡言的哲人。

热烈奔放的葵花世界仅仅只是蜀源的外景，它不是真正的蜀源。要了解蜀源，需要沿着通向村庄的那条石板路。石板路的每块石板都是排列齐整的艺术品，一块挨着一块，丝丝相扣，纹丝不乱，像蜀源古祠堂里的村规民约。石板路一色的青石铺成，由于年代久远，历经风雨侵蚀，又因表面走过无数的蜀源人和经过蜀源的人们的踩踏，石板已经被踩磨得泛着黝黝的白光，给人一种肃穆庄严的感觉。石板路像一个村庄的导游，将你带到蜀源的白墙黑瓦老房子中间。

蜀源整个村庄背靠大山，前景开阔，一条小溪从村庄周围流过，那些用脚踩上去硿硿作响的石板路下面有很好的排水系统。沿着一条叫桃花巷的街道往前，一眼古

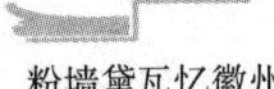

井出现在我的眼前,让人感到亲切,像慈祥和蔼的老祖母。这是一眼在徽州农村里常见的水井,圆圆的井圈由于经过村庄里多少代人取水的磨压,已经变得光滑无比,表面泛着青光。一只用来提水的长竹钩放在井边,地上还残留着人们早上取水留下的痕迹。每天早晨,人们起床后掀开水缸的第一件事便是挑着水桶去井里担水,可以想见井在村人中的作用。据说蜀源的水质好,含有多种人体有益的矿物质,人吃了聪明。因此蜀源的人思维敏捷,考取功名的也多,在外面有出息的人更多,村中鲍氏祠堂里的人物介绍向人们见证了这一历史奇迹。这也是蜀源吸引人的神秘所在。

由于年深月久,小溪里积淀了许多沙子,我看见一个蜀源人站在溪水中用铁锹掏沙子,将溪水中的沙子一锹一锹地倒在岸边。他劳动时边上还放着一架小小的收音机,收音机里正在放着黄梅戏段子,一个年轻女子的唱腔如怨如诉,掏沙的男子四十岁的样子,脸上却布满了沧桑。或许是这段曲子听得厌烦了,也或许是曲子里的唱腔勾起了他的伤心往事,我看见他不停地跑到收音机前对着收音机叫骂,有意思得很。直骂到一个男子的唱腔响起,他才跑回来继续掏沙,如此反复不已。我说她唱得很好听啊,你干吗要骂她呢？他用当地土话说,这女人烦得很,欠揍！有趣。听了我的话,他热情地跟我打招呼,嘱咐我骑车注意安全,跟刚才对着收音机里的女子叫骂发火,简直判若两人。

在村庄里走动,你只要看见人家的屋门开着,随便走进哪一家,人都客气地欢迎你参观拍照,而且你做你的事,他干他的活,互不干涉,这真是一种少有的宽容和大度。因此有许多上海等外地退休的老人们都选择在蜀源这个地方租房子,然后在这些老房子里住上一段时间,体验和享受蜀源人桃花源般的清静生活,村庄里的农家乐便应运而生。

有趣的是,那些站立在村庄前面的古树、古牌坊、古桥,掩映在葵花形成的花潮中,显得更加庄严肃穆,像一位位德高望重的老人,簇拥在美丽少女的身旁,向过往的人们述说着村庄里的往事。而村庄里的人们都拥聚在道路边叫卖着当地的土特产品:甘蔗、橘子、山芋、柿子、板栗、芋头——应有尽有,无论你买与不买,蜀源人都显得淡定沉着,不急不躁,就连那些依偎在父母身边的小孩,也显得乖巧听话,叫人喜欢。

这就是蜀源。

李　萍

听说潜口“金紫祠”修缮完毕，拟准备对外开放。作为地道的徽州人，见过的祠堂也不算少，但依然对未知的金紫祠充满好奇。

驱车到潜口，雨一直在下，同行的友人说：“下雨，还要去看吗？”

“当然。”我撑起伞向“金紫祠”走去。

一座石牌坊赫然矗立眼前，牌坊后面是被誉为民间“金銮殿”的“金紫祠”。

修缮完毕的“金紫祠”大门紧锁，我当然不甘心，请友人去找关系开门，他还真有两把刷子，居然把潜口民宅的老馆长程健先生找来。程先生邀我去“金紫祠”隔壁的粮站先喝点茶，闲聊中得知原来“金紫祠”修复之前是老粮站仓库，再之前是紫霞小学，还曾经是93兵站医院、新四军驻地。其实“金紫祠”全称应该叫“汪金紫祠”，是潜口汪氏家族的祠堂。400多年前，汪家祖先仿北京太和殿式样建造。

“金紫祠”大门一打开，便令我联想到山西的晋祠，当然与晋祠相比，金紫祠的规模小多了，但它的宏大气势还是震住了我。

据史料记载：金紫祠于1601年竣工，1666年和1931年重修二次。50年代改建粮站仓库，戟门前2只石狮迁歙县太白楼后山碑林园大门口。60年代起三源桥和水池被百姓争拆一空。1976年除石坊、戟门半间和龛座空间外，连汪公殿全部被拆除后，改建为粮站仓库和办公室、宿舍楼。

汪家原来是居住在唐模的一支，汪叔鳌这一脉自宋开始迁徙到潜口，由于四个儿子在京城做官，皇帝赐汪叔鳌“金紫官禄大夫”，到潜口后繁衍子孙，分支出去几万人。明正德年间汪家建有一个小祠堂，到万历年间扩展到现在规模。当年许国撰写了“金紫祠记”，并立石碑。到康熙年间大修，汪氏家族中做官的又添记载并立一碑，康熙年间所立的碑记载详细，甚至金紫祠什么地方漏水，什么地方翻瓦，什么地方倾

斜等都有记载。这两块碑至今还保留在祠堂里。2013年，徽州区政府融资3900多万元完成了对它的全面修缮。

程健诙谐地说："现在是我们程家为汪家修祠堂，业主代表和修缮工程设计师都姓程。"我对古建修复专家汪晓阳开玩笑地说"这不公平！你们汪家祠堂，你们应该捐钱修建。"汪晓阳呵呵笑着说："我尽心了，我尽心了。"确如他所说，整个金紫祠修复工程的施工就是在他的主持下完成的，在这一年半的时间里，汪晓阳对照图纸认真记录分析祠堂中的每个构件位置，损坏程度，细心拆卸，精心修复，修旧如旧，再现祠堂昔日的辉煌。

金紫祠从外到内179米，通面宽31米。据说"金紫祠"是全省最大的一个祠堂，全国也罕见。从金紫祠坊到泮池（放生池）到三元桥，从棂星门到戟门，从碑亭到仪门，从天井到两边两庑再到露台，从享堂到天井，从树池到两庑再到寝殿直到汪公庙，金紫祠在原址上完成了全面修复工作，除了全部被烧毁的享堂没有恢复。我倒觉得不恢复享堂是对的，一如被烧毁的圆明园，没有办法恢复的建筑，不必去造一个新建筑，但修复和保护那些还没有完全倒塌及毁坏的建筑，也算是对历史和后人的一个交代。

我站在重新大修过的"金紫祠"内，感叹万分，"金紫祠"的修缮不仅仅完成了对一处古建筑的保护，传承了古徽州文化，也将为徽州区增加一处宣传中华传统文化的旅游景点。

建筑物不会说话，但它也有生命。人会老，古民居、古祠堂也会老，岁月的沧桑同样会在徽派建筑上体现出来。我曾经见过许多破败的古民居，几年前去还可以住人，像模像样，但因为家族中的成员太多，"三个和尚没水吃"，谁也不愿意出钱维修，怎么保护也意见难统一，就这样在观望与等待中，一栋栋徽派古民居历经风雨飘摇终至倒下。

初冬略带寒意的雨滴滴答答打在金紫祠的屋瓦上，清代康熙年间的八字形清水墙看上去那么别具一格。程健先生说：2009年，国家第三次地面不可移动文物普查，他们对每一个自然村的文物都搜罗了一遍，无论是列为保护的文物和没有列为保护的文物都做了电子档案。我向这位老馆长表达深深敬意。正是他们这样一群人在为保护祖先的遗产竭尽全力。如果不是他们，也许，我们的后代只能像想象阿房宫一样想象"金紫祠"了。

孙 洁

张爱玲说:“甜而稳妥,像记得分明的快乐;甜而惆怅,像忘却了的忧伤。”这便是每次走过歙县县城斗山街的感觉。这里相当地幽静,悠远,如同你喜欢的小说,人物和剧情渐渐深入;亦如同戴望舒笔下的“雨巷”诗词,透着情味,漫着烟云;或者是徽商的梦中驼铃,叮叮当当,悦耳轻扬。

走进斗山街,就告别了只有几步之遥的喧闹,中和街的繁华成为背景,青石板铺成的路面狭长,润滑,清幽。走在斗山街,领略徽派建筑的神韵,观赏这条集古民居、古街、古雕、古井、古牌坊于一体的旅游文化景点,犹如欣赏一幅长长的历史画卷,虽然疏笔淡墨,却是意蕴悠远。

斗山街是徽派建筑的集中展现,斗山街古民居是作为历史文化名城的精华部分展示在世人面前的。平日里,常常有一些学者专家或是普通的游客前来参观品味,只要走进这里,受这里的氛围所感染,再浮躁的人都会平心静气,屏声敛气,安静下来,操江南口音的导游持着扩音器解说的声音就愈发清朗,普通街坊的随意交谈也因了这高墙黑瓦而轻软柔和。正是这持续了漫长岁月的幽静,体现出这座古城古典的魅力、优雅的姿态,并告诉我们这里曾经有过的繁华。

这条建于明清时期的斗山街,有着典型的徽州民宅汪氏家宅,有官府人家的杨家大院,有古私塾许家厅,有世代商家的潘家大院,还有千年“蛤蟆”古井,以及罕见的木盾牌坊——“叶氏卤节坊”等等。其中,清初的许家古宅,三开间堂屋,楼板彩绘;清末的江中怡宅,五开间,左右敞廊,前廊木雕扇隔成厢房,楼梯间配以较大的天井,宽敞雅致;民国初年的潘婉香宅,三进楼房串联而成,栏板浮雕,浅刻花卉;斗山街的路面,石板居中,卵石镶边,两侧墙体高耸错落。每一个建筑,每一个院落,每一处遗存,都向人们娓娓讲述一个古老而凄美的故事。

年代更迭，岁月如歌，几百年的历史过去了，很多的迂回变迁：千年府衙没有了，城墙也损毁大半，城西的河床也一再增高，练江的水流量也日渐减少，西干山的迷人风景处飘起的是工厂的浓烟，拆了建建了拆的建筑在歙县也到处都是。不变的，也就是许国石坊，还有渔梁坝、古谯楼、太白楼以及若干城门，其实那些不变的事物，却处在被改变了的环境中，没有了高高马头墙玲珑花窗的点缀，一些古迹总给人一种面目全非的错觉。只有在这里，这条似乎已被历史忘却了的街道，这条缓缓延伸的回旋曲折的斗山街，才真正做到了亘古不变，真正的古色古香，真正的文化原貌，真正的古趣横生，虽然也败落，也修补，但一条"之"字形的青石板路，就吸纳了太多岁月的喧嚣，渗进了太多的故事。

街建于山，是它的特色，都说是"一城足有半城山"，那么斗山街在曾经千载繁华的徽州府城曾经有过怎样的地位；都说是"江声鸣万里，山月照双城"，那么可以想象这座曾经被元代著名文学家张可久反复吟咏的新安古城是怎样一处繁华、热闹的场所。从史书上看，从正统和大局观上看，无论北宋还是南宋，都属于边疆战祸不断，英雄壮志难酬的懦弱朝廷，积贫积弱扬文抑武，可是徽州府城地处东南深山，是皖南山区的政治、文化和经济中心，人口曾达到一万八千，元明两朝的和平时期，这里的人口又比宋代增加了五倍，在这座城市中，城防工程完备，井泉千眼的供水布局完美方便，是一个最适宜人类居住的世外桃源啊，而那隐藏在斗山之下的斗山街，就越是显得神秘、幽深、清淡、闲适。

徽州府城有众多的井，每一口井，都给人们留下了一连串的传说和故事，应公井、打箍井、三眼井、蛤蟆井等就是那些井的遗存。比如蛤蟆井，是宋代从岩石中凿出的深井，自然，那井水是没有自来水供水系统方便，但水质却比矿泉水纯净水清冽甜美许多。斗山街的豪宅大院里的井尤其安全，干净，保留也最多。井旁，终日是忙碌的人群，打水，洗菜，搓刷，那浣洗少女的捣衣声和着几百米外府衙、县衙里惊堂木的敲击声，一样可以传得很远很远，给行人带来不尽的遐想和记忆。于是，井圈里桶绳摇荡，浪漫绝美的寂寞月色，少女梳妆台的静思，构成那个时代里水一样飘浮不定的文字，其实，宋朝，那是一个在人文上侧重于自我内心世界拓展和营造的时代啊，那以孤寂、漂乱、彷徨、寂寞等基调为主的宋词，是一座无上的高峰。

徽州府城内有商家往来的便利的邮驿系统，有公差居住的公馆，也有大量的私家客栈，大街上夹杂着官话土音，好不热闹，朝廷便于统治，社会秩序也是良好的。而街上越是喧哗，斗山街则愈是安静。安静得可以意会到练江对面的河西烟雨，可以朦胧地想起"钟声湿度双城雨，树色晴笼十寺烟"的诗句，可以想象起暮鼓晨钟声中的进香男女……红尘滚滚，自然也少不了从斗山街里打开重门，缓缓起轿的老爷太太，少不了一身短打的普通百姓提着工具日夜劳作；还有"寡妇起彷徨，行人驻足听”的豪宅大院里的一些悲欢故事,伴随着说书老人的嘴角溢出,月亮便一直在天井的四方天空中漂游,惆怅的思绪在空气中慢慢散开……

流传到现在的、乃至将来的,还有一些有绘声绘色感人肺腑的故事,比如那座简陋却极罕见的“旌表江莱莆妻叶氏贞节之门”的木头牌坊。这是一座与住宅融为一体的门坊,据县志所载:它建于明朝洪武二十四年,据说与朱元璋有着直接关系。元末红巾军起义,朱元璋曾经兵败被追,为躲避追捕,曾藏在叶氏所居住的房间窗下,一堆破烂,掩盖着蓬头垢面一脸饥容。一个傍晚,叶氏关窗,见窗下这一汉子,猜测他是义军,不知是恻隐之心,还是美人要救英雄,每到深夜,叶氏便将饭菜茶水置于篮中,用绳索吊下,供他饮食,连续多日,直至风声平静。英雄也有落难时,后来朱元璋成了皇帝,下诏要召叶氏进宫,也不知是要她做妃子或宫女,还是赏给她一个封号,感谢营救之恩?可是叶氏,生来就是斗山街人的“媳妇”,竟然一时吓着了,怕坏了,不知为啥就也许是为守贞节而寻了短见,朱元璋那个感动感慨啊,没办法,只得降旨旌表。于是,这一段原本很美好很耐人寻味的历史故事就戛然而止,被砌进了墙中,镶嵌在了牌坊里。

于是惊叹,什么是自在的生活?是放纵的物欲,还是殷实的家底?是小家子气的瑟缩,还是大家闺秀的坦然?幸福、快乐、赏识、理解等等都只因自己的感觉,如人饮水,冷暖自知,也就是说,你得弄清楚:你究竟想要的到底是什么?

砌进石头墙中,依附于粉白墙壁,被青瓦所荫蔽的还有那著名的砖雕、石雕和木雕,显示着古代徽州人精湛的工艺和才华,体现着一个又一个时代的风格和特征,自然淳朴,文化深厚,是自然之风,亦是文化之风,点缀着徽商故里的一派繁荣,成了徽州历史兴衰的缩影。

在这个喧嚣浮华的世界,还有多少的闹中取静,意静心闲呢。歙县斗山街所显示的,是自己没有声音的“繁华”特色,其实,一切繁华都是背景,一切繁华终有散的时候,一切拥有的都可能在瞬间失去。楼兰古国空自繁华过几百年,最终无声无息地消失了;长安古驿道的风尘,到如今有谁还记得?秦淮河畔的笙歌艳舞,也早已烟消云散;但是歙县的斗山街,这条名街却在几百年间,依然保持着安静的特色,依然保持着似乎深不可测的大院格局,以斗山街等古建筑作为坚实的屏障,重修的徽园、西园们,恢复的瓮城、府衙们才能既保持传统,又获得新生的希望。如果没有斗山街的古老魅力,它们必然会大打折扣,甚至有时会显得不伦不类,就像某些地方那些纯粹为旅游而建的仿古建筑一样。

漫步于斗山街,理解了斗山街,读懂了这座古城的风情意味。幸运的是,斗山街还伫立在那里,等着我们维护、修造乃至拯救,抢救这座历史文化名城名街的工作还来得及去做吗?这条并非永远不朽的古街给了我们一些缓冲的时间,但绝不意味着

我们可以随意地继续拖沓！提起这条街道，我们更多的应该怀一种感恩的心态，尤其是那些从事古代建筑、及文物保护的人们。

现代人多少有些不在乎的嬉皮劲，经济的发展，使多数人并不在乎古建筑古城古街的保护，不在乎高墙深宅大院井台牌坊的曾经辉煌，反正，一切可以删改可以推倒重来。斗山街作为往昔生活的经典缩影，将徽州文化里最细微的景象，生动地重现在岁月的传承中。

吴寿宜

白杨俗称白杨源，是歙县“旱南”的一个偏僻乡村，因有诗情画意一般的美丽地名，很容易让人联想到现代作家茅盾的散文《白杨礼赞》。但这里不是因为盛产白杨树而得名，而是缘于开垦这片蛮荒之地的白姓、杨姓先人。虽然现今已是吴、汪、方、程、余、潘等众姓聚族而居，却仍沿袭先前“白杨”名称，说明历代古人还是尊崇地名所蕴含的文脉渊源。

历史悠久、钟灵毓秀的白杨源，唐代属长乐乡白杨里，曾经长期为乡级建制，号称“白杨十八村”，较大的自然古村落有方祁、上祁、上村、汪村、显村、新桥、西村等，街巷密布，屋宇比栉。尚存的徽商石板古道，北通绩溪龙川，南达邑内深渡，距离均仅为15千米，区位极佳。

走进白杨源，西村水口的苍天古树群，新桥头的宋代“梅干桥”，水埠头的明建老屋阁，上村的清代“禾硕亭”，下村坞的民国初建“泰伯社庙”，还有“立本堂”“翕和堂”“德祥堂”等上百幢明清古民居——至今还能见到的名胜古迹比比皆是。

宝树坳水口亭梁柱上“重修于乾隆年间”的字样依然清晰如故；“安人桥”“渡姑桥”的美妙传说还在民间世代传诵；“向阳园”“竹林里”等大宅门院依旧深邃通幽，“汩公祠”“约公祠”“吴氏支祠”“程氏宗祠”“周王庙”等仍然较好保存。一些大户人家的门楼砖雕石雕、屋梁门窗木雕大都保存完好，美轮美奂；堂前照壁上，仍高悬着清代名家葛寅于康熙年间手书的大字“留耕”、末代翰林许承尧的墨宝“永德堂”和民国书法家于右任题书的“厚德诒镛”等金字古匾；“承先启后”“西蜀流芳”“锦里渊长”“花县分猷”“杨源胜境”等门额题刻更是令人目不暇接……

自从父亲去世后，年逾八旬的老母亲就独自在白杨过日子，这是儿辈心中一直的牵挂。都说故土难离，穷家难舍，老母亲过不惯城里人的“蜗居”生活，每次接送她

回到家乡,就立马精神抖擞起来。老人对乡邻家园田地的那份痴迷眷恋,已是无法割舍。

漫步古村街巷,看到不少老房子因无人居住、年久失修,或任其自然倒塌,或被拆旧建新,甚是叹惋。由于白杨地势偏僻,又隐藏在四面环山的盆地内,其古村落文化遗存的价值发现较迟,加之宣传推介相对滞后,村民对古建筑的保护意识本已淡然,更难前瞻未来发展乡村旅游蕴藏着得天独厚的巨大潜力。一些古建筑上的"石雕"构件被廉价出卖,甚至遭窃现象也时有耳闻。我这次就见到有的老房子已是百孔千疮,面目全非,风雨飘摇。

"你看,这是你小学同学阿明家的新屋。"陪我闲逛的老母亲打断了我的回忆,我们已走出古村巷,只见村前小河两岸是一排排新居拔地而起。由于现今近半数村民都在江浙沪等地打工挣钱,留守在家的老幼妇女吃穿不愁,家道殷富,家家盖起了别墅般的农居,今天的白杨源比以前更大更新更靓了。

"哦,你回来看老母亲了,快进我屋里坐坐。"村里乡邻都很热情,幸福的喜悦挂在纯朴的笑脸上。汽车、冰箱、电脑、洗衣机,还有庭院花木园林,多数农家现代化的陈设与城市里相差无几。

秋日新雨后,山岚如纱巾在山谷间飘荡,山溪潺潺汇入杨源河,奔向新安江。昔日光秃秃的山峦,全都披上了绿装;当年学大寨时开垦的梯田,经过退耕还林,也重现绿色生机。置身白杨盆地,如入桃源仙境。

老家白杨,山清水秀,地灵人杰,美不胜收。作为一块尚待开发的乡村旅游处女地,唯愿有更多发现美的眼睛聚焦我的老家,为充满希望的白杨点赞!

潘立昇

徽州古城(歙县)往东,崇山峻岭中散布着一个又一个历史悠久、充满神秘传说的古村落,黄村便是其一。距县城约27千米的黄村,又称“打猎黄村”,相传黄村吴氏一族曾有一个诨号“见踪公”的打猎高手,在宣城与爱好打猎的知府公子相识。当时有“神鸟”在京城作祟,令皇帝、皇后不安,征调来的猎人捕猎无策,知府推荐“见踪公”捕杀了“神鸟”,皇帝大悦,赐了十八支御箭给“见踪公”,从此,“打猎黄村”声名大振。这个美丽的传说一直萦绕着我脑际,我决定走进神秘的歙东群山深处去寻觅那些渐行渐远的故事……

穿越在去黄村绵延重叠的群山之间,犹如画中行,近岭葱郁,远山影绰,缥缈的云烟忽远忽近,若即若离,这般秘境,虽非仙人居,却是仙人地。沿路美景让人忘却了路途漫漫,不知觉中,黄村在望。

进村,先寻至那棵久仰的“千年白果”下,是他,就是他,历经百千年,依旧遒劲葱郁,气势雄伟地挺立在水口旁,走近他,抚摸他虬曲的躯干,就如亲触历史记忆。风吹过,叶沙沙,似沧桑之喉在诉说古老的故事……仰望,枝叶间结满了青黄的果子,累累不可计数,村民说,因辈辈相传,吃了白果一年无病灾,待到金秋果落时,全村人昼夜不眠,集聚树下,争相候捡。可以想象,那是怎样一番壮观盛景。千年白果树已升华成黄村村民心中的一种信仰。

顾名思义,黄村本是黄姓氏族聚居地,可是岁月有更迭,世事多变化,黄姓历代人丁凋零,如今已无几户,倒是迁居至此吴姓繁衍成如今黄村的主姓。查阅吴氏族谱,从一世祖“添关公”迁居至黄村,已近两千年,可见黄村历史有多久远。黄村虽历经变迁,已无法还原古村貌,但从交错巷陌不难发现,历史上的黄村也算是徽州的一个大村落了,令人扼叹的是如今黄村已难觅古祠大宅,唯有从仅剩的残巷老房中寻找一些黄村的历史脉迹。

关于美丽传说中的“见踪公”，在黄村竟无几人知晓，更无资料可证，从吴氏族谱中也不见其影。传说终究是传说罢了，但大山深处的黄村在久远封闭的年代，户户男丁是猎人却是不争的事实。时代变迁，狩猎的生活方式已是尘封的历史，村民家满屋的蔬果证明黄村早已告别了墙上挂满兽皮的狩猎时代。

在村里且行且叹，光阴荏苒，时光的齿轮不可逆转，不必去无济于事地牵挂。放下纠结，这些古巷石阶就是留给我们的一首隽永的诗，还能去品味那份悠远。沉浸在瓜蔓爬满墙头的巷陌里，满心惬意，真想这样的巷陌没有尽头，一直走走停停，远离那纷杂浊世，情愿做一个“不知有汉，无论魏晋”的隐世翁。

许是慰藉我没有寻觅到美丽传说中“见踪公”的那份失落，我在黄村得以幸逢当代传奇的另一个吴氏“观志公”。在年已87岁，曾在村里当了27年村支书的吴观志老人处查阅吴氏族谱时，意外得知吴老竟是抗美援朝战场上的志愿兵。了解完他的经历，当我要给他拍照时，他要求穿上中山装，说要整整齐齐的，不能给志愿军丢脸。听到老英雄这话，我心里有一种酸楚的感动。

吴观志老人年轻时是威名赫赫的68军202师一名步机枪手，在朝鲜战场九死一生，历经朝鲜战场几次重要战役，从其中一本功勋证的立功事迹记录中发现，在金城川战役中，吴老一人就歼敌九人，吴老的脚板上那在战场上曾被炮弹弹片从脚背到脚底贯穿留下的伤痕，可以想象出当年战场上的激烈残酷。在我再三请求下，吴老从箱底翻出当年中朝两国颁发给他的功勋证章，就这样一位功勋，战争结束后就退役回乡，在大山里默默地度过一辈子，从未向政府提过要求。临别时，吴老还告诉我一个令人惊讶的事情，当年黄村与他一起入伍奔赴朝鲜战场竟有10多人，如今只有他一个存留人世。

告别吴老，心中感慨良多，澎湃的情绪就如黄村村口的瀑布那般汹涌。立于村口瀑布下观瀑听涛，任山风轻拂，细雨飘淋。良久，方将自己从朝鲜战场拉回现实，沿瀑布下游静幽处行走，去往唯美布射河。穿村而过的布射河很是唯美绝伦，山脚下那一段流域，一半是清澈见底的河，一半似蔚蓝深邃的海。我想，如不是深藏大山，不知有多少文人墨客为她作画赋诗。又想，还是这样静好，别让俗尘污浊了她的清灵。

洪 璟

历史上最早进入华阳镇并由皇家赐予封地的族裔是龙川胡氏，占据华阳镇绝对优势的族裔也是龙川胡氏。唐宋以降，龙川胡氏族裔，人才辈出……

这是洪少锋著《龙川》一书中对龙川的概括，也是龙川的真实写照。

龙川，又称坑口，距绩溪县城约10千米，由于特殊的地理环境和历史文化渊源，形成了其独特的自然和人文景观，现为安徽省历史文化保护区。

龙川是东晋散骑常侍胡焱的皇家封地，这里山环水绕，东耸龙须山，紧依登源河，南有龙川汇集，西偎凤冠秀峰，北峙崇山峻岭，景色秀丽。从高处俯瞰龙川，犹如一艘即将靠岸的大船，旧志上这样描述："村如靠岸之舟，扬帆待发。"故龙川又称"船型村"。龙川胡氏始迁祖胡焱选择这里作为家族的永久居住，看重的也许就是这里得天独厚的地理环境。

龙川村东面的障山和它往南延伸的七姑山、龙须山、石京山形成了一个长长簸箕形的小盆地，发源于天目山主峰清凉峰的登源河弯弯曲曲，在七姑山脚下与平银河、卓源河融合，直流南下，投入新安江的怀抱，相拥着奔向远方。用堪舆学的观点来说，龙川可谓"风水宝地"。信也好，不信也罢，龙川确实是山清水秀，风景宜人，环境十分优美。

我去龙川是一个有点寒意的早春，不期而至的倒春寒让人觉得冬天又回来了。天下着雨，雨中的龙川比往日多了几分神秘，远处的山，近处的水，烟雨朦胧中的村落、民居、小桥、古祠、游人，氤氲成一幅灵动的水墨画。

在老徽州的版图上，绩溪龙川算是个小有名气的古村落。我没有打听最近几年有多少人来过龙川，但看着一拨拨寒风冷雨中前来的游人，我相信来这里的人一定不少。来自省内外及全国各地的游人并没有因天气寒冷而少了游兴，他们裹着厚重的冬衣，打着雨伞虔诚地漫步在龙川的每一处景点，他们中有寻根祭祖的，抑或是慕名而至，抑或纯粹是周末旅游？兴许都有。

村中穿村而过的小溪，被称为“龙川”。雨中的龙川河比往日多了几分野性。将一条流经胡氏祠堂的小溪称之为“川”，其间另有故事，书中这样叙述：胡氏祠堂现在的排衙水流，即龙川水，明显有过朝东北的人为痕迹，引导龙川“朝高”向龙须山，进入登源干流。以小川河沟称“龙”川，就是借助排衙水流以正压邪的手法……有史料记载：龙川世祖胡之纲（念五公）曾就龙川风水接受过形家高人赖文正面授机宜。我想当年建议将龙川水引入登源河的人应该就是形家高人赖文正。龙川河潺潺流过村落，经胡氏宗祠即与自北而来的登源河汇合。登源河纳龙川之水后，曲曲折折，流入临溪与北来的扬之河之水相汇，经练江流入新安江。与龙川隔水相望的是越国公汪华的原住地繁衍而成的汪村。

经过400多年的风雨洗礼，矗立于龙川河南岸的奕世户部尚书坊并不寂寞，这里是游人必到之处，也是龙川胡氏曾经的荣耀。奕世尚书坊建于明嘉靖十一年（1532），旌表的是龙川宗族的显赫人物胡富、胡宗宪。胡富是明成化十四年（1478）进士，官至户部尚书，加少保衔，胡富为官清廉，两袖清风，当年曾用自己的俸禄为民修路建桥，他的事迹被族人传为美谈。胡宗宪是明嘉靖十七年（1538）进士，官至兵部尚书，加太保衔，当年胡宗宪为抗击倭寇，治理内乱立下汗马功劳，被后人称之为抗倭英雄，他一生大起大落，可歌可泣。

与龙川河相依相伴，经历了近500年风雨沧桑的胡氏宗祠，在寒风冷雨中显得更加古老而沧桑。游人熙熙攘攘的脚步声打破了古祠堂的宁静，昔日胡氏家族显赫的历史浓缩为导游小姐声情并茂的解说。议事厅的摆设仍保留着当年的原样，身临其境，人们仿佛穿越了时空隧道，来到了遥远的年代。胡氏宗祠始建于宋，明嘉靖年间胡宗宪主持进行扩建，清光绪二十四年（1898）再度大修。胡氏宗祠曾得到嘉靖帝的叔叔、光泽王手书“宗祠”匾额。据说，有“江南第一祠”之誉的龙川胡氏宗祠是目前国内保存最完美的古祠堂，其完美精湛的木雕艺术被人称为木雕艺术殿堂。祠堂房屋的墙基和阶墀、栏杆，全是清一色的花岗石砌成，门楼后面是宽敞的天井，也是用花岗岩铺成。越过天井就是中进，这是祠堂正厅，是宗族后裔举行祭典的地方。正厅两侧、正厅上首各为十扇高达丈余的落地窗门，花鸟虫鱼、飞禽走兽雕刻其间，形态逼真、栩栩如生，可谓巧夺天工，匠心独具，充分显现出当年设计者的卓越智慧。祠堂内饱经百年风雨沧桑的宗祠牌匾、铁铸大钟、禁山碑文、层层叠叠的先祖牌位无不记录着胡氏宗族厚重的宗族文化和龙川胡氏显赫的历史……

龙川胡氏家族的传奇历史已成为过去，但胡氏家族在徽州社会发展史上留下了浓墨重彩的一笔，值得人们永远去回味并勾起人们久远的追思。

陈云明

蓝蓝的天空，淡淡的云雾，凉凉的空气，宛若玉带清澈秀丽的文闪河，薄雾缭绕、郁郁葱葱的生态林，一幢幢粉墙黛瓦的古民居，一巷巷古色古香的村间小道，形成一幅“水绕古村庄，铜锣聚万两”的优美画卷……一切都是那么的美丽迷人，这里就是被称为“中国古戏台之乡”及“皖南根艺第一村”的祁门县闪里镇坑口村。

清晨，沐浴在温暖怡人的阳光下，享受着大自然赐予的温情与抚爱，我早已深深陶醉，漫步在坑口村悠悠古道上，仿佛成了一个婉约的江南女子。四周秀美的竹林，清澈的河水，让我感觉这里就是真正的人间仙境。

从远处望去，群山环抱中的坑口村城楼骑鹿阁显得威武而气派。城楼是南宋抗金名将岳飞题词的。宋靖康年间，金人南犯、北宋灭亡、南宋偏安，国家发生了一系列重大变化。传说皇帝有天做了一个梦，与一骑鹿仙翁下棋、聊天，并与仙翁一道骑鹿南巡，在经过闪里镇坑口时，被这里良好的自然生态景观所陶醉，而当时岳飞正打仗安营在坑口村，于是便下圣旨叫岳飞建造一个城楼，并题词为“骑鹿阁”。因为是皇帝下旨建造的，古时的文武百官经过这里都要下轿下马。

我漫步在河边青石板上，站在河边，一排排古民居倒影在水中，不时有野鸭穿水而过，两边有白鹭飞过，一幅古朴优美的画面呈现在我面前。

我来到坑口陈氏宗祠，此祠建于宋，由陈氏十五世祖万八公召集陈氏弟子共同建造，于明万历二年重修，至今有四百多年历史。宗祠依山傍水，坐北朝南，工艺精湛，气势宏伟。祠前广场是古时的水码头。文闪河汇上游诸水直通江西省景德镇，于祠前成一泓清潭。我站在水码头上，面前碧波荡漾，绿水如翠，仿佛眼前又浮现出古时“日捎百船，夜宿百客”的繁华情景。

“陈氏宗祠”为祁西派陈氏总祠，徽州三宝即砖雕、木雕、石雕随处可见。古祠分三进,首进徽青石护栏,石鼓一一对立阶梯两边,门头“陈氏宗祠”匾为进士浩魁所书。二进为议事大厅,凡清明年节,族人集众于此议族中大事。祠中石柱分红、青两种,实不多见,为祠中一大特色。三进为寝堂,供着陈姓宗族列祖列宗牌位,旧时烛火常明,香烟缭绕,为陈姓祭祖之地。

从坑口村西行约3000米,便到了磻村。磻村古名磻溪,这里风光绮丽且文化底蕴深厚,山道弯弯,树木葱茏,文闪河绕村而过,舒缓而恬静,给人以远离尘嚣之感。坑口村是个千年古村,水运的熙熙攘攘造就了这里祠堂戏台文化的繁荣,这里完整保存有敦典堂、嘉会堂两座古戏台。近年来这里恢复了坑口戏剧团,农闲时村民们在这里唱起古戏、打起锣鼓、拉起胡琴,使这个古村落又仿佛回到古时热闹的场景。

我来到敦典堂古戏台,这是村中陈氏宗祠敦典堂的一部分。近年来,黄山市加大了百村千幢的保护力度,古戏台作为全国重点文物保护单位也不例外。戏台上方“一曲升平”四个字赫然入目,戏台正中顶部设有穹形藻井,后台两侧各设一厢室,为乐队伴奏区域。明间额枋上刻有“五福捧寿”及其它装饰,柱头、斜撑、雀替、梁驼、平盘斗、柱础浮雕极尽雕刻之能事。我来的时候恰逢有摄制组在古戏台拍摄节目,由此也过足了一次黄梅戏瘾,戏台上人物粉墨登场,一招一式一颦一笑,举手投足间韵味无穷……

磻村还有一个嘉会堂古戏台,戏台坐北朝南,共三进三开间。祠堂建于清同治年间,现存前进古戏台及后进寝堂部分。祠堂占地面积为505平方米,由门厅、戏台、边廊楼上厢房、前天井、耳门、享堂、后天井、寝殿、楼上堂等组成。该祠属于徽州传统的祠堂与戏台相结合的范例之一。

另外坑口村还有众多农家体验项目,而坑口的乡村旅游工作也在有条不紊地发展,摘得全国传统村落、中国历史文化名村等殊荣。外来游客可以在古戏台赏古戏,也可以进行铜锣湾古瓷制作体验、皖南根艺制作体验、徽派食品制作体验、农耕体验,或在文闪河生态漂流,体会“人行图画中,鸟渡屏风里”的诗情画意。临别坑口,耳畔似乎还有那黄梅戏在耳边环绕。坑口,让我做了回婉约江南女子!

汪少飞

清悠悠的双溪河令人难忘。

十多年前我在《安徽日报》副刊上看到了一篇《永远的双溪梦》的文章，是上海的一个名叫张文妹的女知青写的。文章忆念的是自己下放在双溪那段青春岁月，多处描述了波光粼粼的双溪河，情真意切，十分感人。黄山九龙峰、翠微峰和黄山光明顶下有两条河流奔腾而下黄山西大门焦村盆地，一条叫前溪河，一条名后溪河，两河在焦村盆地的永济桥汇合，其汇合处就是双溪。双溪村由此得名。

《永远的双溪梦》的作者至今没有忘记这些好听且有趣的名字：杜鹃滩、石壁潭、蛤蟆石、马鞍山……马鞍山地处双溪村北面的城山观后，呈马鞍形迤逦向西数里；蛤蟆石至水旱方现，其水灌溉焦村盆地数百亩农田；杜鹃滩风光旖旎，水色清碧，浪急飞歌，石斑鱼游弋其间……

清悠悠的双溪河水孕育了黄坎上这个千年古村落。从双溪街到黄坎上有一条一里多长的古道，一米多宽，清一色的石板铺就，弯弯地夹在田畈间，掩映在油菜花丛中。我想，昔日的那个名叫张文妹的女孩，这条古道一定来回走过无数次了。进入村中，新房旧屋错落，布局虽不甚整齐，但九曲十弯，流水潺潺，从中不难看出古时的黄坎上是一个街巷纵横的名村落。古时村东建有飞翠馆。登楼东望，黄山西门美景尽收眼底。说起飞翠馆，不得不提一下"春宇保鹿"。双溪人焦春宇小时就在这飞翠馆读书，后入赘泾县厚岸村，考中清代会元后，任敦煌知县数十载。焦春宇自小心地纯善。在飞翠馆读书时，一只小鹿偶进学堂，一猎人破门而入。小春宇见小鹿躲避于学堂一角，便说未见。猎人走开，小鹿获救。黄坎上人们都说，小春宇是保护了野生动物而金榜题名的。

走到枫林头，便见拱岳楼遗址。拱岳楼又名文星楼，俗称六角楼。清乾隆己亥年焦三同建，进士张碧涯题楼联："世阀千秋钟地脉，光芒万丈压天都。"钟地脉，可见双溪黄坎上的山水之佳，风水之好；压天都，又见双溪黄坎上的人气之旺。可惜这座古楼毁于"文革"。

从颓圮的焦氏宗祠绕进去，拐一弯，有一古屋默立着。古屋不大，小四合院型，但有两处却甚特别。一是大门楣上的石雕，共有六处。紧邻大门楣的石雕最有气势，两边是浪里飞龙，中间是双狮吐珠。构图精巧，栩栩如生，在古墙上抖落历史的灰尘，使劲眨一眨昏睡的双眼，惊奇地蹦跳在二十一世纪的黄坎上。第二个特别处是屋前的青石板。这黄坎上的街街巷巷，都是由大小相同的石块整齐铺筑的，唯该屋门前铺的是一色的长条青石板。这青石是质地最好的那种，青中透翠，光泽极好。问了很多老人，皆不知该古屋始建于何时。

对于我这个书生来说，城山观是该去看看的。可我却没去。焦朝举老人是黄山西大门的老秀才。他告诉我，城山观位于双溪汇合处的永济桥南，宋嘉定、宝庆间(1208—1227)由宋司户焦源建，原名黄山堂，后由同乡人焦颐重修。为纪念解元焦颐两子中文武状元，而改名城山书院，清更名为城山观。祀玉虚真人题门联曰："山川可隐神仙迹，草木犹馨文武名。"

双溪河水以其清澈、纯净的水质，做出了悠长热闹的双溪街。古时的双溪街近两华里长，青石铺面，古屋俨然，店铺林立，旗幡招展，民国二三十年间，焦祖尧的"同升"、吴海水的"仁和"、仙源的"裕同和"等多家糟坊，在焦村街形成了竞争势态。双溪街的白酒往南运过汤岭关，售给黄山源一带的居民消费。《黄山指南·风俗》载：黄山源居民好酒又不产酒，仰给太平焦村双溪镇，谓之溪酒，故汤岭酒担每不绝。而今，双溪街和焦村新街在双溪汇合处连接，成为黄山西大门的商业贸易中心。

"我终于离开了双溪河，离开了双溪岸边的小村子……我倏地感到心中留着一个梦，一个情结，一个'双溪情结'。"这是《永远的双溪梦》中的一段话。我想，如果作者现在有机会回双溪村看看，是会发现这里有了很大变化的，但永远不变的是清悠悠的双溪河。

程　兵

杞梓里是地处歙县南乡一个偏远的古镇。村中显要位置的王茂荫故居,早于清同治初年被太平军焚为灰烬。在这片废墟上续建起来的徽派民居,如今也已宛若面目沧桑的老人,正默默地向后人唠叨着岁月的苦旅。从有关史料中,我知道,清同治二年,刚被调任吏部右侍郎的王茂荫,由京师千里迢迢赶回故里,为继母奔丧。面对满目疮痍的故里家园,他是欲哭无泪,欲喊无声。安葬了继母后,便举家迁往新安江畔的义成村。完成家人的迁徙以后不久,68岁的王茂荫便因不堪乱世的重创,病逝于义成……

驻足于杞梓里王茂荫故居原址的老屋前,看老屋凄凄,迎巷风凛凛。多少风华瞬息过,大浪淘沙英杰留。杞梓里,已经找不到有关王茂荫的任何一点遗痕了,留在一代代杞梓里百姓心里的,只剩下王茂荫的大名。但即便是一名之存,不是也使杞梓里这个小小的古镇名传遐迩,秀色倍增了么?

清嘉庆三年(1798)三月十一日,王茂荫出生在杞梓里一个徽商世家中。其祖父槐康公、父亲应矩公,都是当时小有名气的茶商。王茂荫4岁那年,生母洪氏病故,父亲又常年经商在外,他是在祖母的养育下长大的。史料记载:王茂荫"髫龄入私塾,晨入暮归,学业极为用功",曾在县城古紫阳书院深造,得到时任紫阳书院主讲钱伯瑜先生的精心栽培。后来王茂荫有意投身宦海,但无奈在科举考场连连落第。道光十年(1830),仕途无望的王茂荫北上潞河,打算弃儒经商。适逢翌年北闱恩科取士,他便以监生的资格应京兆试,不意中举。次年会试,又高中进士,并备官户部。捷报传到家乡,整个杞梓里一时欢声雷动,年近耄耋的老祖母也是喜泪满面……当年九月,王茂荫乞假归省故里,老祖母面对功成名就的小孙子,给予了许多的告诫……对老祖母的谆谆告诫,他是终生未曾忘却。在当时清政府那种黑暗和腐败的统治时期，王茂荫能够亭亭净植，出污泥而不染，实在难能可贵。他在京师为官三十多年，不携眷属，不建府第，一直独宿于玄武门外的歙县会馆中。这在当时，就是一种洁身自好、高风亮节的奇迹。“渴不饮盗泉之水，热不息恶木之阴”，王茂荫是这么说的，也是这么做的。他的一生光明磊落，甘守清贫，为后人树立了高洁的榜样。

在仕宦途中，王茂荫也并非一帆风顺。他高中进士后长达15年的时期内，仅在户部任“主事”“行走”之类的虚职闲官。直至“知天命”之年才被升补为户部贵州司员外郎，清道光二十九年(1849)，清廷准备晋升他为御史，不料该年三月，他父亲王敬庵病故而不得不回故里奔丧。办完父亲丧事返回京城，又恰逢道光皇帝驾崩，咸丰皇帝继位，太平天国革命席卷半个中国……在那多事之秋，中华民族遭受着内忧外患，清政府的财政危机日益加剧。咸丰元年(1851)九月，时任陕西道监察御史的王茂荫力呈《条议钞法折》，向咸丰皇帝提出了他的改革币制、缓和危机的主张：有限制地发行可兑换的钞币，并做到“先求无累于民，而后求有益于国”。为此，他还具体地提出了三条切实可行的“防弊措施”……得到了咸丰皇帝的赞同。因而，他于咸丰三年(1853)十一月被擢升为户部右侍郎兼管钱法堂事务，成为清廷主管财政货币的要员之一。然而遗憾的是，现实中他的行钞主张根本未能通行。因为他的货币改革方案所强调的防止通货膨胀，与清政府搜刮民财的方针根本相悖。清政府于咸丰三年五月发行的“户部官票”和同年底发行的“大清宝钞”均为不能兑现的纸币。由此，当时的京城内，物价飞涨，民怨沸鼎，一时场面混乱，难以收拾……面对如此局面，王茂荫心急如焚，在歙县会馆内秉烛挥毫，拟就了关于改革货币、缓和危机的第二方案。咸丰四年三月初五日，在王茂荫的人生里程中是一个阴霾满天的日子。这天天刚蒙蒙亮，王茂荫便早早起床，朝着窗外渐渐淡去的星斗重重地伸了个懒腰，便夹着辛苦一夜赶就而成的奏本，匆匆上朝了。面圣之时，他顾不得咸丰皇帝满脸阴沉，用夹杂着浓重歙南口音的“官腔官调”，奏上了《再议钞法折》：坚持主张将不兑现的官票、宝钞改为可兑现的钞票，以此刹住继续增发不能兑现的纸币的势头，制止通货膨胀，挽回纸币信用……不料，咸丰皇帝未等王茂荫陈述完毕，便大发雷霆，下令对王茂荫“严行申饬”……在币制改革上，王茂荫从此被剥夺了发言权……这件事由当时驻京的俄国使节写进了《帝俄驻北京使馆关于中国的著述》一书；1858年，该书又被德国人卡·阿伯尔和弗·阿·梅克伦堡译成德文版发行，为正在撰写《资本论》的马克思所关注。在《资本论》第一卷第一编第三章的一个附注中，马克思这样写道：“清朝户部右侍郎王茂荫向天子上了一个奏折。”《1857—1858年经济学手稿》中曾有这样的论述：“如果纸币以金银命名，这就说明它应该能换成它所代表的金银数量，不管它在法律上是否可以兑现。一旦纸币不再这样，它就会贬值。只要纸币以某种金属本位命名，纸币的兑现就成为经济规律……”可见，马克思对王茂荫的货币观点是持赞同态度的。

从大量的史料中，我们可以知道，王茂荫的一生中最为引人注目的是其货币观点及行钞主张，但他的关于人才的思想和品行行谊也同样让后人高山仰止。在杞梓里，凡是知道这位古之乡贤的人，都能说出许多有关王茂荫的事迹。在他们的心目中，他是一个识量宏远，敢作敢为的人。他的一生“处事以虚心，必求洞悉原委；办事以实心，不肯稍事因循”，“居庙堂之高则忧其民；处江湖之远则忧其君”，无愧于清穆宗恰如其分的评价：“廉静寡营，遇事敢言，忠爱出于至性。”他还是一个扶危济贫、乐施好善的人。淳安王子香先生曾是他的启蒙老师，后来家道衰败，度日艰难。王茂荫知道后，曾给予多方关照，并提携他的儿子。……同僚中有受苦遭难的，他都给予资助。每逢家乡修葺祠堂、铺路造桥之类的义举，他无不慷慨解囊。他曾为杞梓里“承庆祠”撰写过这样一副长联：“一脉本同源，强毋凌弱，众毋暴寡，贾毋忘贱，但人人痛痒相关，急难相扶，即是敬宗尊祖；四民虽异业，仕必登名，农必积粟，工必作巧，商必盈资，苟日日侈游不事，匪癖不由，便为孝子孝孙。”可惜的是，“承庆祠”早已成为岁月所湮没的辉煌，仅在百姓心中留下了这幅长长的楹联……

茂荫故里之行，我实实在在地感受到了一代财政学家在杞梓里的深远影响。在这里，我们看到了纯厚古朴的民风；在这里，我们看到了真挚深切的乡情；在这里，我们看到了很多很多的其它地方看不到的东西……“我以书籍传子孙，胜过良田百万；我以德名留后人，胜过黄金万镒。自己不要什么，两袖清风足矣。”一百多年前王茂荫的这段话语，至今读来，仍是如此振聋发聩。

江红波

说秀才村，很多人或许不知，其实它就是有“歙南第一乡”之美誉的昌溪乡周邦头村。

周邦头历史并不长，前些年周氏宗祠重修，悬挂一副楹联：“六百六十年艰苦创业，四百四十人开拓进取。”楹联言简意赅，周邦头村已经走过了660年不同寻常的岁月。就是这样的一个村庄，在古代崇尚耕读，从明永乐到清末几百年，出过9位进士，24位贡生和114位秀才，也就有了“秀才村”的历史记载。

过昌溪大桥左转，顺着沿河而修的石板路蜿蜒而下两百米，就可见古旧典雅的村口古亭，两边分别镶嵌“岐山衍派”“昌水开基”石碑。周邦头群山环绕，风景秀丽，清澈的昌源河在村前浅吟低唱。进村便是水埠头，光滑的青石板石级依着河塝，呈一扇形延伸到河里。浣衣洗菜的村姑，耕田回家的汉子，戏水的孩童，在这水埠头日复一日地演绎着古村的欢声笑语。

最早进入双眸的是周氏宗祠，始建于明世宗嘉靖年间，建筑面积达747平方米。族人取“六六大顺”之意，周氏宗祠故而又名“六顺堂”。祠前辟有高低错落的两个大坦，全以鹅卵石铺就，可以容纳近千人。

祠堂正门上高悬“周氏宗祠”“钦点主政”“恩赐进士”“四世二品”等匾额，带给人们以心灵的震撼。步入宗祠，首先映入眼帘的便是宽阔的天井，两边走廊宽敞明亮，十根黑色“黟县青”方石柱环抱四周，呈现古朴庄重之感，抬头仰望正厅可见“六顺堂”大匾额。正厅左右大梁之上悬挂的“进士”“文魁”“少廷尉”“吏部尚书”等匾额，昭示着古村曾经的显赫功名。

飞檐迎风的“百秀亭”宛如一衣袂飘飘的秀才，静静伫立祠堂前下的平坦上，与周氏宗祠相看两不厌，相依相守几百年。百秀，乃集万物灵秀之气，生气勃勃，蒸蒸日上;百秀,更是铭记该村历史上出了一百多个秀才。

祠堂左右两侧都是半圆的门洞,曲径通幽,石板路四方四正地引导着通向每一户人家。祠堂左侧是一丛碧绿的翠竹,陪伴着端庄古朴的祠堂,河风吹来,她摇曳着柔美袅娜的身姿,诗情画意的感觉油然而生。狭窄的巷弄里,每一处看似简单的老房子,都可能出现过当年村童诵读诗书摇头晃脑的身影。

书香门第总是有着自己的名号,村内有豫顺堂、爱敬堂、敦裕堂等。豫顺堂保存尤其完好,其先人就是父子进士。父进士周茂洋于道光八年(1828)秋江南乡试中举,次年春赴京会试中进士,遗憾的是刚过而立之年不幸病故,其妻抚养子周孚裕,含辛茹苦时刻叮嘱,于同治十年考取进士,成为一段佳话。周孚裕做官清廉公正,清末诗人龚自珍流落京城,曾得到周孚裕的关心和支持。

"豫顺堂"横匾挂在堂前,两侧的匾额是"文魁",天井对面是块古旧的"父子进士"匾,边上映衬的是"文元"。堂前两侧的圆柱上,是半圆形的竖匾,昭示家族的当年的荣耀:"父进士统管钱粮道光朝中户部理财手,子进士一代廉吏同治年间直隶周青天。"而在前门背后的墙壁上,还有一段清晰的题字,记录着咸丰年间的一个家族励志故事:豫顺堂第八代孙周基(乳名叙五),少时父母双亡,跟着兄嫂过活。因他年少无知,整日游手好闲,不务正业,兄嫂为激其学志,将他赶出家门。叙五气极,临行题诗一首,远走他乡,发愤苦读,以优贡任聘为国子监教授,方知当年兄嫂之良苦用心。遂接其兄嫂入京赡养,一时传为美谈,也成为今人教育子女的励志故事。

行走在仄仄的石板路上,看着两侧保存完好的明清民居,一份历史的厚重感、自豪感蓦然而生。在村头空坦处,一棵古老的苦槠树,遮天蔽日,距今已有四五百年的树龄了。树虽老朽,但每年果实仍盈实丰满,挂满枝头,秋末冬初,满树果实,晒干碾成粉后可制成"苦槠豆腐",豆腐呈暗红色。

穿过古街,是周氏下村口古亭。它倚村口千年老樟树而建,造型奇特,与樟树的奇特形状搭配协调一致,可见当年古人之匠心独具。斜依美人靠,赏风光旖旎,览昌河秀色,真是不错。

出了村是澄清坝,它是周邦头的水口坝,坝下的水碓是当年村里加工粮食的唯一水动力资源。时至今日,逢年过节的,村人依然喜欢到水碓舂米磨粉,享受着先人的智慧带来的幸福生活。

姚顺涞　程云芬

“荫馀堂”漂洋过海去美国,她向全世界展现了徽州古老建筑的魅力,让东方文化在异域以一种原生态的本真呈现。更重要的是她展示了古老的徽州人在“荫馀堂”里存续期间的生活形态,正是这种生活形态让“荫馀堂”更加充满活力和生机。她不仅仅是建筑的搬迁,它是文化的搬迁。人类文明是没有边界的,它属于全人类。

——题记

2004年正月,美国波士顿碧波地埃塞克斯博物馆(以下简称PEM),在博物馆中国馆一座叫作“荫馀堂”的徽州老房子里,迎来了一位容貌端庄的中国女性。

她叫黄秋华,时年34岁,来自“荫馀堂”的故乡,中国安徽省黄山市休宁县黄村,她是“荫馀堂”的第36代后人之一。这次她被美国波士顿PEM博物馆邀请来参观已经搬迁至美国的“荫馀堂”,她家的祖屋。

明媚的阳光从天井倾泻而下,脚下的红麻石静默,六扇不同雕花的窗棂一如既往岁月里的栩栩如生,神秘的图腾宛若呼之欲出,八仙桌上摆放着竹篾编制成的菜罩,堂前角落的老竹椅……随着“吱呀”一声打开房门,床上蓝色碎花的棉被,似乎还是刚起床的模样,摇篮,盛夏用的蒲扇……曾经属于老房子里的物件,一一对应在老房子记忆里的位置,温润妥帖,一如她记忆里的童年,从未离开。

优雅的老房子里,舒缓的提琴声飘满老房子的每个角落。

隔着六年的光阴,祖屋情景在异域活灵活现,穿越了时空。黄秋华,这位“荫馀堂”的后人,顷刻泪流……

六年了,荫馀堂还是那样的古朴雅致。一草一木,一砖一瓦,似乎它还是在遥远的徽州。不,不是,“荫馀堂”早已在1997年从休宁县黄村搬迁至美国,从东方那古老的徽州费劲周折辗转迁徙到了西方国家,“荫馀堂”已在异域延续了生命。如今,它的脉搏“扑通扑通”,依然跳动着故乡的频率,它的呼吸依然吐纳着黄村的乡土田园气息。

“荫馀堂”是一座徽州古民居,始建于清朝康熙年间,坐落在休宁县黄村。这幢建于清代时期的老房子,迄今已有两百多年,她是一座典型的徽派民宅建筑。

“荫馀”,祖辈的荫泽馀及后人之意。这是一幢有福的房子。它的主人是典型的徽商,从清代开始,这里先后有8代黄家子孙居住、繁衍,几乎是一部浓缩了的徽州家族史。20世纪80年代中期,黄家子孙迁移,房屋空置。十多年的岁月留白,光阴让老房子蒙尘,老房子里不仅保留了两百多年的痕迹,更保留了20世纪八九十年代的时代气息和元素。

“荫馀堂”得以搬迁至美国,源自一位叫做南希·波琳的美国女士,她热爱徽州文化,一次南希和“荫馀堂”无意相遇,由此促生机缘巧合,“荫馀堂”被整体搬迁去了美国。

彼时,“荫馀堂”正如一个人经历了少年、青年和中年,即将迈入垂垂暮年的老者,随着时间的流逝,她的自然消亡似乎指日可待!“荫馀堂”正面临着被后人拍卖或者拆除构件变卖的命运。正是这些机缘巧合,改变了“荫馀堂”的命运。

时光一直在流逝。2003年6月21日,在美国塞勒姆市的PEM博物馆的中国馆里,“荫馀堂”在异域横空出世了。她不仅向世人展示了一座徽州老房子,在“荫馀堂”里,还有很多的历史细节,有清朝时期黄家来往信件,旧时上海的士林布染料和香烟的招贴画……无疑,这些都是无价的!这一件件小东西无不从一个个细微的角度折射出200多年间徽州的一个家族史。

一座普通的徽州老房子在异国他乡,“荫馀堂”除了展现了古老的徽州文化,更能呈现的是“家”的文化。家,代表了家庭、家宅、家乡,还有永远的乡愁……家庭文化是了解中国文化的一个切入口,而住宅是中国“家文化”的最直接承载体。

美国知名专栏作家尼娜女士刚走进“荫馀堂”的时候,激动地跪地嚎啕大哭,她说,在“荫馀堂”里,找到了“家”的感觉。

在“荫馀堂”里寻家,循迹古老的徽州岁月。家总是令人梦魂萦绕,她是人们永远也走不出的心灵驿站。黄秋华和尼娜的流泪,无论是“家”还是“home”,不论东方还是西方,原来,人们内心的向往在任何国度都是有共性的。

及此,“荫馀堂”离故乡走进美国已有十余年。每年都有不计其数的人走进“荫馀堂”参观,正如南希女士所说:了解中国历史文化,通过“荫馀堂”这个窗口,可以更好地了解徽州家族历史、徽州文化乃至中国文化。

徽州的大地上，古老的建筑灿若繁星。很多的异地搬迁，缺少了与建筑相关的年代生活形态气息，无根的建筑如浮萍，缺乏生机和活力，它仅仅是建筑的搬迁，也终将是“僵尸”搬迁。而“荫馀堂”的搬迁，是充满灵性和智慧的迁徙，她是活态和充满生命力的。

“荫馀堂”，荫求祖荫，馀及后人。三个字里包含了多少世代相传，生生不息的期望。

历史的脚步总是急匆匆的，不会为谁有丝毫的等待。但徽州从未消逝，她只是和流逝的时光在一起。谁言“一生痴绝处，无梦到徽州”？漂洋过海的“荫馀堂”是古老的徽州一个时代的缩影，作为一个中美文化交流项目，她肩负着中美文化的交流传播。其意深远，也必将世代传扬！

“荫馀堂”，无论她在哪里，都是永远的乡愁！

乡约·希望

赵焰

在更大的程度上，徽州就如一个婉约的梦。

梦是奇特的。如果站在高空看徽州，就会明白这个地方梦一般的意境。这里峰峦叠翠，绿水如带。北面是“天下第一奇山”黄山，云蒸霞蔚，如梦如幻；东面是天目山，古木参天，连绵千里；境内还有称为“四大道教名山”之一的齐云山，奇谲秀丽，群峰叠嶂。除此之外，所在之地几乎全都是大大小小、知名不知名的山。群山相拱之中，新安江顺流而下，山水环峙，轻帆斜影。青山绿水之中，古村落星罗棋布，粉墙、黛瓦、马头墙，一切都恬然自得。

雄伟的黄山当然是群山之首。黄山最大的特点是鬼斧神工，在黄山面前，人类只有惊叹。黄山无处不石，无石不松，无松不奇；云来时，波涛滚滚，群峰忽隐忽现；云去时，稍纵即逝，瞬息万变。黄山是名副其实的仙境。仙境是什么呢？人消受不起的东西，就只有神仙来消受了。说黄山是仙境就是这个意思。曾有人这样形容黄山，说很多山都是在山外看起来美，而进山之后发现不过如此，而黄山却不是这样，黄山是在山外看着美，进山之后，人在山中，会发现黄山更美。的确是这样，黄山的美，不仅仅是静止的，而且是运动的、奇妙的，它可以瞬息万变，随着春夏秋冬的交替、晴雨天气的变化、阳光月色的晕染，变幻无穷。纵使你一千次来黄山，你也会有一千次新的感受和发现——初春，云里花开，香漫幽谷；盛夏，层峦叠翠，飞瀑鸣泉；金秋，枫叶似火，层林尽染；严冬，银装素裹，玉砌冰峰。

对于黄山，所有的文字都是一种累赘。黄山就是一个坐标，它是上天用来检测人的创造力，也是用来警示人的创造力的。有谁敢在黄山面前自满自得呢？只有徒叹自己渺小的分量，也徒叹自己创造力的薄弱。黄山当然是属于徽州的，它代表着徽州的钟灵毓秀，同时又将徽州的美推向了一个极致，它是无法被超越的。在黄山

面前,所有的山都自甘寂寞,但却不甘渺小——在徽州,每座山都有每座山的奇特,每座山都有每座山的风景,比如说齐云山的奇谲,清凉峰的神秘,牯牛降的繁杂。甚至,一些微不足道的山也都有着它的诱人之处,也都有着各自的性格和魅力。

从总体上来说,徽州的山是妩媚的,也是灵秀的。它们不是咄咄逼人的美丽,美丽是外相的,是一种虚假的东西,它没有用处,它不会看人,而只能被别人看。徽州的山是会看人的,它们看尽了沧桑,所以归于平淡。它们不属于雄奇的、艰险的和叛逆的,它们是属于小家碧玉型的,懂情、懂理而又无欲则刚,是那种看似寻常而又深藏着智慧的风格。当然,黄山和齐云山是徽州山峦的两极,它们可以说是徽州山峦的一种参照、一种反观,似乎是所有山的平凡才能孕育着它们的离奇和神异。不是说它们是高人一筹的,是出类拔萃的,它们同样是山。黄山是属于文学和诗的,是美和秀的,但黄山太美了,是美丽到极限的那种,它容易让人们惊叹于它的美丽而忘却了其他所有的东西,容易因为美丽而丢失内容,比如文化、宗教等。我们可以把黄山和九华山相比。黄山天生的钟灵毓秀和精美绝伦似乎天生就是让人来观看的、来惊叹的,这样的美丽和脱俗使得它天生地与人世有一种距离感,它散着美的光辉,高高地耸立云端。黄山的美丽绝伦,使得它在这个世界上一直保持着居高临下的姿势,它是俯瞰众生一览众山小的;与此同时,因为美丽至极,它也是简单的,它只是美的,它的美让所有赋予的意义都显得牵强附会。九华山则不同,九华山的大气、智慧、无欲则刚的整体感觉,更接近于佛教的宗旨也因此,九华山承担了更多的文化、宗教意义。在这一点上,齐云山也不同,与众多徽州的山相比,齐云山的特点在于其奇谲和幽微。这是一种更接近于道教真谛的东西。不仅是齐云山,其他的道教名山,诸如四川的青城山、江西的龙虎山、湖北的武当山等,其实都是一种风格,是一种暗合道教精神的感觉。所以从这一点上说,齐云山是"道"的,而且应该是"道"的。

让我们撇开美到极致的黄山以及奇谲的齐云山,来感觉一下单纯而普通的徽州之山。白天的山是普通的,甚至可以说是没有特色的,它们不高也不险,不奇也不谲。它们平常得不能再平常,一点也不引人注目,是彼此之间没有特色也很难辨认的。我们很容易把一座山误认为是另一座山,把一个山坳误认为是另一个山坳,甚至把一个地方误认为是另一个地方。它们叠叠层层,错落散布,就如同迷宫一样。迷宫之所以"迷",那是因为彼此没有可以区别的地方,相似和重复,这就是迷宫的真谛。但这最朴素自然的山是最有生命的,它就像一个最平凡的妇人一样,从不引人注目、从不招摇过市,但它极具生命力。

山是缄默的,也是永恒的。缄默是指它从不对世人表示什么,永恒则在于它比人类的历史更加漫长。当徽州还不叫徽州,或者也不叫其他什么称谓的时候,甚至这一片地方还是蛮荒之地时,它们就已经存在了。它们才不理会人类呢,在它们看来,人类的历史都是过眼烟云。它们的沉静,是因为它们目睹了过多的重复。对于时间,它们是不敏感的,因为时间对于它们没有意义,能让它们燥热难耐的是四季。在四季的更替中,它们往往倾注着热情和愿望。春天,整个山峦是一片水洗过的新绿,纯净而透明,所有的植物都将喜悦挂在脸上。布谷鸟在灌木丛里抑制不住激动,它们上蹿下跳很是欢欣,云雀总是不甘寂寞,在蓝天里划出一道道弧线。夏天,则是一种浓绿,仿佛从天上倒下来无数绿色的颜料,淹没了山野里其他的颜色,即使有一点杂色,也像是水中的一片浪花。秋天呢,那是色彩的盛宴,仿佛所有的颜色都盛装打扮,来参加一个节日的舞会。然后,便是色彩的狂喜,在狂喜中,主色调变成了金黄,变成了一点零星的红。红是山野的枫叶以及乌桕树叶,那样的红灿若云霞,似乎每株树与每株树都不一样,每株树都有着不同的风姿,甚至每片叶子与叶子之间,那样的红色都不一样,都在尽自己的个性进行招摇。秋天是色彩最后的节日了,也许它们是想在最后的生命中,尽情地展示华丽的篇章。很快,冬天来了,寒冷淹没了所有的颜色,这时的主色调变成了最本色的白色。冬天如果下起雪来,便是原驰蜡象般的一片白。这时候的徽州仿佛是一个放大了的盆景,它静止而沉寂,又仿佛动物一样,在寒冷中冬眠了,静心了,但实际上在它的骨子里,却欢喜而热闹,在它的心里头,正孕育着下一季轮回的温暖。

夜暮来临之后,徽州的山总是显得很苍老,冷月无声,清风呜咽,所有的一切空旷和寂寥,黑黢黢的,有点接近虚化,只有轮廓,没有立体感和细节。这时候山与山之间是彼此相连的,不仅仅在空间上相连,连内心都合而为一。它们融合在一起,彼此之间交换着感觉,也交换着对于时空的印象。夜晚的山峦似乎更神秘,更具有一种神性,就像另外一个世界的东西,具有那种缥缈的感觉,也更接近于这个世界的本质。而山风总是不知所来,又不知所踪,这山风很容易让人想起时间、历史、幻想,也容易让人谈起传说或者故事等具体一点的东西。

"天地恒昌"是徽州人从山地中领略到的,而水,则让他们感悟到人生的无常。山的哲学是不知日月,水的哲学则是不舍昼夜。徽州人离不开山水,他们的民居都是依山面水而建,在这样的接触中,人们寻找着与山水的亲近,也得到了内心的安宁。

徽州的水是这块土地上最具灵性的内容。它们是由土地的灵气幻变而生的,也暗藏着这片土地的情感和欲望。曾经有一阶段,它们是天上的云,在天空中飘浮游荡,冷静地感受和观望土地的美丽和沧桑。但这样的清醒状态让它们惶恐而慌乱,它们急切地想重新回归。在天宇之上,它们迫不及待地等待着、孕育着,然后在某一个阳光灿烂的午后,它们倾泻而下,哗,哗,哗……重新皈依土地的温暖和踏实。当它们的双脚一接触到地面,便立即变得欢呼雀跃。它们聚集在一起的时候,就是一

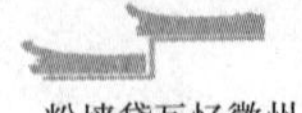

条条溪水或河流了。

徽州的水总是绿的，是一种沁人的绿，也是一种有着别样内容的绿。水是宁静的，但这是表面的，宁静只是它的表面特征，它的内在仍是不安分的，是躁动的。它需要交流，需要运动。它渴望升天，也渴望走出山外。水的躁动与山的敦实构成了截然不同的性格。但这种截然不同不是矛盾的，而是和谐的。山总是容忍，总是包容，所以它负载历史，凝固时间。而水的躁动总是对现实加以冲击，它不满足现状，渴望改变。水的流淌就是活力在流淌，整个徽州就是因为水的流淌而变得丰盈起来。

徽州的水负载了很多的经济和文化意义，但它又毫不把这种负载放在心上，它依然自在，依然轻松。水是清的，也是深的。每一条河流都有无数条由涓涓小溪组成的分支。真是多亏了这些水系，它串起了整个徽州。它给徽州带来了生命、希望。在水边，总是有湿漉漉的青石码头和石拱桥，宅基地浸在吃水线以下的老房子探出个身子；弥漫诗意的雨巷，青灰色的瓦檐永远有一种惆怅的意味。当然，下雨天的时候，总有人撑着油纸伞在等待着什么；也有人挎着竹篮，在桥边沟边摘着马兰头、荠菜以及地衣什么的。徽州人的出行也是从小码头顺流而下的，那往往是黎明或者傍晚，小舟缓缓地撑离了码头，天际有一弯不甚明澈的月亮。几乎没有声音，偶然只是水面小鸟的叫声，再就是船桨击水的声音了。在船尾摇橹的艄公蓑衣竹笠，有一搭无一搭地跟船舱里的那个人说话。潺潺的水声有时会夹着雨点的杂乱声，而那个船舱里的人有一声无一声地回答着，此时此刻，即将离家远行的他已变得失魂落魄了。这时候整个河流乍一听是静寂的，但只要用心去听，似乎会听到一首绵延的、有着巨大感染力的交响曲。这时候船里的人会感到茫茫的水面是一种巨大的生命存在，人在其中，只是一个微不足道的小小音符。

在这片土地之上，最著名的、给徽州影响最大的，就要数新安江了。新安江是从徽州西北方向流过来的，它清澈见底，富有生机，像少女一样天真烂漫。水面上有鱼鹰昂首游弋着，有时候会突然扎入水中，叨出一条鳜鱼来；江中还有水獭，在拐弯处的沼泽地里偷偷溜出，从岸边噙走一只青蛙；那种精灵似的水鸟飞来飞去，像线一样滑过水面……而在更多的时候，它又显得娴静、温顺、包容、智慧，像一个恬静的少妇；开阔处，它水天一色，烟波浩渺，宛若梦中情人；两山相夹中，它更如仙女下凡，一条长长窄窄的飘带，很随和地飘散在起伏绵延的山峦之中。

新安江是徽州的母亲河，也是徽州文明的“月亮河”。说“月亮河”的意思在于，这一条河流能够给徽州一种潜质，并且能给徽州很多观照。它所具有的，是那种月光所具有的潜在的神性。新安江水不仅对徽州文化有巨大的影响，同时在灵魂上也赋予徽州以灵秀的意义。它蜿蜒静谧，就像这片土地内在的魂魄一样，悄无声息地游走。近山滴翠，远山如黛。而更远一点，则是一派清新美丽的自然风光。在山坳密密的树林边，掩映着白墙黛瓦，传来了阵阵鸡鸣犬吠声。

新安江看起来还是忧郁的。这反映在它的颜色上，那是深深浅浅的绿中带一点蓝的颜色，那样的蓝是一般人很难察觉出来的。这样的蓝色，就是新安江的忧郁，也是它内在的情绪。实际上不只是新安江，任何一条河流，从本质上都是忧郁的。那是因为它承载的东西太多，心思也太绵密。这一点就像时间，实际上时间也是无形的河流，我们全是在这样的河流中沉沉浮浮。时间也是忧郁的，虽然它看起来那样理智，充满着冷酷和无情。但时间在骨子里还是忧郁的，它充满了慈悲心，它总是悲悯地看待河流中的任何一个人。看他们无助，也看他们自以为是、得意忘形。这时候，时间总想善意地提醒人们，不过很少有人觉察到，一直到时间放下面孔，冷若冰霜地对待他们时，人们才恍过神来——这些鼠目寸光的人啊！

在大多数时候，新安江总携有一团浓浓淡淡的雾气，即使是在阳光灿烂的时候，看起来也是如此。这使得河流上的木排、船，常常有一种梦幻般的感觉，仿佛它们不是漂浮在水面上，而是飘浮在云彩之上，并且将要去的是一个神秘的天堂之国。船也是不甘心一直寂静的，有时候岸边会传来隐约的箫声。徽州的高人隐士总是很多，他们喜欢独自一人的时候吹起竹箫。那箫声凄清幽静，这样的声音，似乎骨子里就有悲天悯人的成分，它就是用来警醒忙碌而贪婪的世人的。有时候江边还会传来笛声，那笛声在宁静的背景中，更显孤单而悠长，具有撕心裂肺的味道。在江边，古树葳蕤，从很多年前开始，它们就一直伫立在这里，观看着这样的情景。这些老树都是成了精的，知道世情冷暖，但它们一直保持着缄默。它们从不对人情冷暖说些什么，最多是在夜深人静时，悄然发出几声重重的喟叹。

很少有人问，要是徽州的水不是现在这个样子，徽州呈现的面目会改变吗？回答应该是肯定的。很难想象徽州没有水会怎么样，徽州没有新安江又会怎么样。没有流动的水，敦厚而木讷的山会占据主导地位，那将是一个全封闭的、没有生机的世界。时间可能会是缓慢的，一切观照没有了流动感。没有河流，徽州所受影响的不仅仅是历史和文化，影响更大的将是心理上的。人们将失去温柔，失去细腻，失去敏感、体贴、才思以及诗情。

徽州的山水就是这样富有魅力和诗性。也因为这样的山水，潜移默化着徽州人的审美和人生走向。曾有人说，如果你要真正地认识一个地方人们的性格，你必须到那个地方走一走，看看那里的山水，也就会真正地了解那个地方人们的喜怒哀乐。的确是这样，山水的灵性总是在不经意中潜入人的血液。受这样一等美丽的山水影响，必然会产生一流的人物，因为在这样山水之中所成长的人，他的灵魂中必然有着山川之灵气。

新安江，就是在这样的不怨与不嗔中，缓慢而优雅地流动着。“两岸猿声啼不住，轻舟已过万重山。”徽州的历史也是这样，它一直沿着新安江顺流而下，飞溅起万朵浪花。从本质意义上来说，徽州的河流永远有着起点的意义，它既是空间上的起点、时间上的起点，同时也是思想的起点以及才情的起点。

除了绿色之外，黑色应该是徽州的主色调了。这黑色就是徽州民居老房子。徽州的老房子有点像一个精美的黑瓷瓶从空中跌落，破碎了，黑瓷碎片随意地散布在这片土地上。

老房子给人的感觉不是亲切，它似乎总有一种拒人千里的姿态，它几乎没有表情，庄重中带有几分警觉，又带点呆板和悭吝，甚至带有很多颓废的成分。老房子和老房子相连，它们紧紧相倚，彼此之间似乎是利益相依而又相敬如宾。站在村落外面向里看，老房子给人的感觉像是待在一起的有文化的老头。它们是守着很多秘密的，但这秘密经历的时间久了，内部也就镂空了，就像是一本古旧的线装书，由于久不见太阳，再拿出来就烂页了。老房子的格局是少有人情味的，它们几乎全封闭，彼此之间是各自为政，也是相互提防的。

它们属于各自的空间，把各自的生活都消化在自己的空间里。老房子的故事也是这样，很少有血有肉，最多是条条纲纲、缺张少页的。整个基调是暗的，老房子里面更暗。暗是一种立体的黑，是没有颜色坠落成的黑色。门关起来之后，老房子唯一透亮的是天井，天井上的天是长方形或三角形的，有棱有角的，是无意和沉寂托着的。天的广阔是老房子里的人感受不到的。即使是老房子里的钟，都比别的地方走得慢。在这样的地方睡觉，觉也会很沉很沉，像铅一样沉。好在梦没遮拦，老房子里的一切都不能够阻隔它。但梦也是飞不远的，它总是很难飞出天井，只是游魂一样沿着屋檐行走，一不留神，就幻变成悬着的风铃或者木雕。

晚上与白天的界线其实是不太明显的。白天静，但晚上更静，这静是更接近死寂意味的，只有蟋蟀和纺织娘在潮湿的草丛里发出嚓嚓的声音。那不是声音，而是寂寥。灯火是破除不了这种寂寥的，相反，它会使寂寥的意味更加浓烈。闪闪忽忽的灯光中，人的身影像谜一样，一会儿在灯光中露出来，而一个转身，便又消失在黑暗之中。灯光中常常能见到一张张老人的脸，那脸越来越模糊，那是历尽人生沧桑之后的 麻木，也是阅尽千帆之后的智慧，这两者往往有时交织在一起，很难分离，也很难分割。在老房子里，灯光是很难明亮的，仿佛它们使尽所有的气力，也不能使屋子透亮一点。这样的情形总是让灯光觉得困惑，它们不明白，有很多东西，是照不亮的，一使劲，反而凭空添上无限幽秘。老房子还有一种神秘，那就是一到晚上，即使是再活跃的孩子，也会摇身一变，他们会突然变成老人，会变得循规蹈矩、老老实实，空坐于黑暗之中。那种沉静和孤寂，哪里像一个孩子啊，分明就是一个精灵。

每当黄昏降临，在老房子里，所有的人都变得恍恍惚惚，他们一个个端坐堂前，敞开大门，看远山的夕阳如血，一动不动地冥想。而后不久，太阳西沉，他们便会早早地打着哈欠，变得神情迷糊了。老人会有什么心思呢？有时候是什么也没想，但给人的感觉却是绵长而幽远。

当然，在黑黝黝的阁楼里，也有非常好的亮色。那往往在阁楼的侧面，一排不大的窗棂，一些木制的栏椅。这是老房子最自由的地方了，坐在这样的地方，触手可及的，是其他屋舍的马头墙，线条极具美感。再远处，可能会有一片竹林或者树林，这样清新的地方总给人遐想。而更远处，则是烟雨朦胧的远山了，那样的地方会更让人痴迷。坐在这样的地方久了，会感到肋下生风，仿佛会钻出一对小翅膀来，带着身体沿着屋顶滑翔而去。

能飞进老房子的只有春天里的燕子、夏日黄昏的蜻蜓以及夜晚的萤火虫。燕子是唯一能给老房子带来生气的东西。它们大都在堂前的大梁上做巢，从野地里噙来泥巴，然后从天井上空飞下。它们对一个家庭或者一个家族的秘密是异常清楚的，知道他们的温情冷暖、喜怒哀乐，知道那种有形或无形的东西，它们甚至比这个家庭本身看得还多、看得还透，但它们一直守口如瓶，从不泄漏。老房子是很喜欢燕子来栖息的，每次燕子呢喃而来，老房子便会怦然心动：噢，春天又来了。燕子的来临是一个讯号，老房子便开始脱去它沉重的破棉袄了，生活中也有了新的内容，那就是凝视，以黝黑的板壁注视着燕子巢慢慢做好，一对燕子住进了新居，然后小燕子出生，公燕子出门觅食，母燕子在巢里带着唧唧喳喳的孩子。老房子的记忆力并不差，它们往往能记住新出生的小燕子的模样，清楚地记得一代代燕子在老房子里繁衍着。老房子和燕子就这样相互守着秘密，默契地相对，从对方的变化中，感悟到生命的变迁。

红蜻蜓往往是夏日黄昏时飞进老房子的。它真美丽，就像是一个精灵。它们就像是当年建筑老房子的那些工匠，那些默默无闻的工匠。这些工匠将屋舍设计得非常精致，又将木雕、石雕和砖雕刻得非常精美。他们有着鬼斧神工之力，仿佛他们不是来自村落，而是来自自然；仿佛不是有形，而是无形的。然后，房梁在某一天上顶了，工匠们一起爬在半空中，在那里放起了鞭炮。老房子这时候算是有生命了，也从此有了记忆，有了想象，有了苦恼。房子落成之时，工匠们默默地走了，头也不回似的，他们给这房子以生命，自己却如雁过长空。一切都是事如春梦了无痕。老房子知道，这些工匠是忘不了它的，毕竟，它是他们创造的。他们还会来看它的。

他们的确是要来的。这些红蜻蜓就是。它们的到来是有些预兆的，每次它们飞进老房子不久，就会下一场雨。老房子非常喜欢，清凉的雨落在身上，会濯洗它全身的酸痛。最喜欢的是瓢泼大雨，就跟按摩似的，舒筋活脉，神情为之一爽。这些感觉

都是红蜻蜓带来的,老房子感谢红蜻蜓。不过红蜻蜓是调皮的,有时候红蜻蜓一动不动地蹲伏在老房子的某一处,那细细的纤手挠得老房子直痒痒。但老房子仍努力克制着,不动声色,当然,老房子也不敢打喷嚏,要是一不小心打了一个喷嚏,整个破败的四壁便会轰然倒下来。

老房子最捉摸不透的,其实是萤火虫。这真是一个奇怪的精灵,它总是来去无影、倏然无踪,它们像微小的雪花一样,映亮了村前屋后。那种近乎绝望的美就那样在老房子的视野里忽隐忽现,不禁让老房子感叹自己的年轮已去,也感叹这个世界的神奇和诡秘。老房子总是心有余悸地认为萤火虫是来去两个世界之间的游魂,一个是阴间,一个是阳间。它们悄然地潜入,有时候甚至能听到它们发出嘤嘤的哭泣声。它们就像老房子里当年的那些女人们。她们在自己的一生一世中沉默着,她们多孤独啊！不仅仅是孤独,还有自虐般的坚贞,把人生过得悲凉无比。在生前,她们像猫一样小心翼翼地在村落里穿行,然后悄然逝去,凄婉悲切。那些萤火虫还真像是她们,因为留恋,才会归来看一看。其实,有什么值得留恋的呢？而且,再来这样的地方,还要冒很大风险,它们要使劲才能飞过马头墙,才能飞进院落里,一下子身子没力气了,便会落在天井石缝中的杂草或者青石板的缝隙中,然后,它就消失得无影无踪。那是一种彻底的消失,有谁看到过一只萤火虫的尸体吗？不仅尸体寻觅不见,连灵魂都不知道荡到什么地方去了。

稍微生动一点的,是老房子与老房子之间的穿堂风。它是无所在又无所不在的。它之于老房子,就像水之于鱼,空气之于人类。没有风的老房子是静止的、是呆板的、是死的;而有了风,一切都活了起来,就有了灵魂。仔细地倾听,穿堂风是有发源地的,那根是系着黑黢黢的群山的,仿佛是空蒙渺茫的历史在游荡。穿堂风往往是从村口吹拂过来的,在村口,有成群的古树,或者是香樟,或者是椿树,或者是银杏,还有就是枫、柳、槐、榆之类的。这些古树都有上百年的历史,它们一般是从建村时就开始有了,在建村伊始,村里人就种下了它们,并且一直把它们当作村里的一员。村里人从树旁边进进出出,什么事也瞒不过树的眼睛。树知晓这个地方的秘密,也严守着这个地方的秘密。当然,从面相上来看,香樟与银杏是最漂亮的,也是最温和的。

香樟和银杏的所在地,总成为这个村庄最祥和的地方。而柳树或者榆、槐所在的地方,则成为村庄里最诡秘的场所。

与这些老树紧密相依的,还有村口溪水边的风车。那些风车总有一种破落贵族的气质,一副孤芳自赏的神情,看起来无动于衷,自负、冷漠、桀骜不驯。风车给人的感觉总像是村庄的叛逆者,也像是村庄边游荡的野鬼孤魂。当年破落贵族堂吉诃德大战风车,引得全世界都开心一笑。其实,堂吉诃德跟风车应该是同一个东西,具有同样的意义。当然,风车的倨傲是有理由的,因为它们给村庄带来了太多,也目睹了很多,而自己从不索取什么。风车屹立在村边,在它们的身上,隐藏着这个地方的一些元素,这些元素可能在将来的某一个时间会出现,并凝聚、降解、分化,成为某种力量。当然,在更多的时候,风车不是风车本身,它还是乡村孩子们的游玩工具。那些村里的顽劣孩童在黄昏来临时会集中来此,骚扰一番,嬉戏一阵,然后,大笑着离开。每当寂静重新来临,风车便会郁郁寡欢,会在蔓延的夜色中躲藏起来,像遗失的旧梦一般。

与孤傲的风车相比,村边的耕牛以及独轮车似乎更符合村庄的口味。田里耕作的是水牛,山地里犁田的是黄牛。耕牛的历史有上万年了吧,上万年来,它们一直是人类的好朋友,忠心耿耿,绝不背弃。牛眼看天下,是无所谓过去、现在和未来的,也无所谓好与坏、是与非。所有的时间,在它们看来,都是同一个东西,所有的行为也是这样。世界在它们的眼中,也是那样的简单和单纯,没有分别。至于独轮车,它们一直以一种缓慢的节奏连接起各个山村,在这个山村与那个山村之间的石板路上,它们执着的轮子轧出了深深的痕印。这样的车辙让村庄变得踏实,也感到心安。在独轮车面前,村庄会觉得自己还年轻,因为车的岁月更长、年轮更密集,并且它们永不厌倦。那些如活化石般的东西虽然不富有激情,但它坚韧而含蓄。这样的状态,也如同人生——其实人生也一样,最根本的,就是不能厌倦,要能相守,能保持常态。老山村深知这一点。所以它一直努力着,不让自己厌倦,它一直保持着一种节奏,缓慢而悠长,如歌的行板,这节奏千年万年地延续着,一成不变,伴随着植物的气息,还有牛粪的味道,飘荡在乡野里,也飘荡在时光里。

陈　琪

山里人家底事忙，纷纷运石迭新墙。

沿溪纸碓无停息，一片春声撼夕阳。

这是清代诗人赵廷挥的诗，他为我们勾画出一幅勤劳的徽州山区人民从事造纸业的美丽图景。这种古诗里描绘的美丽意境，今天还存在吗？

棉溪·构皮纸

听闻中国科技大学科学传播研究与发展中心主任、手工纸研究所所长汤书昆教授要到歙县寻访手工构皮纸，我不敢相信，甚至有些愕然。除了早已消失的澄心堂纸外，这些年在我的文化田野调查中，从来没有手工造纸的记忆，在徽州的地方志和民间谱牒中也没有发现有关手工造纸的文献记载。甲午初春，汤教授带领他的团队要去一个叫棉溪的乡村时，我陪同他们一同前往。

3月23日，一个细雨纷飞的春日，我们从屯溪驱车直达歙县深渡镇，在镇领导的带领下，我们又驱车溯新安江而上，去寻找山乡里的造纸村。三月的徽州正是油菜花盛开的季节，菜花开在新安江畔，与江水相印，与民居相伴，与青山相拥，船行花移，新安山水画廊真不愧为一幅山水图画。

棉溪村在新安江畔一处拐弯的山湾里，棉溪村水连着新安江，周边山坡是连绵起伏的枇杷树，由于年前冬寒，枇杷幼果全被冻死了，放眼望去，本该硕果累累的山坡，看上去一片青灰色，见不到一点枇杷的影子。

在棉溪村委会找到了今年59岁的村长汪成棋，我们去的时候他正在贴禁笋公告。当我们说要采访造纸业，他脸上洋溢着笑容，指着村前的小溪说，大集体时，棉溪整个村都做手工构皮纸,这小河边一排排都是沤纸浆的水池。当时其它地方不准搞副业,只有棉溪人传统手工构皮纸是可以生产的,因此棉溪村在周围村也是最富的乡村。

现在还有生产吗?有的,去年还生产呢!不过不多了。

他告诉我们说,这里的皮纸主要是生产性用纸,糊茶箱,包雪梨,包糕点,包蚊香,做纸伞,老人去逝用来垫棺材,包石灰。过去还用来写阄书、契约。正因为它的用途平凡而不被人们所重视,没有文献记载,所以在地方志和民间文献当中找不到资料。现在人用得少,有人订货就生产,没有人要也就不生产了,现在村里只有江祖术家会做这种手工纸了,慢慢地棉溪手工构皮纸也被淡出了人们的视线。

其实徽州不是没有名纸,据《徽州府志》记载:黟歙间多良纸,有凝霜、澄心之号,后者长达50尺为幅,自首至尾匀薄如一。传说这种纸原产地为歙县的搁船尖,这山上有一道天然奇观“石门九不锁”,有天下第一心,云溪穿心而过,故名澄心。南唐后主李煜视这种纸为珍宝,赞其为“纸中之王”,并建堂藏之,取名澄心堂纸,供宫中长期使用。

宋代的大文学家、书法家苏东坡,与歙县的制墨、砚和澄心堂纸的潘夙结下了“翰墨因缘”。诗人梅尧臣作诗曰:“澄心纸出新安郡,腊月敲冰滑有余。潘侯不独能致纸,罗纹细砚镌龙尾。”澄心堂纸得到宫廷和名家的喜爱,每逢岁贡,歙地的文房四宝便是岁贡中不可少的艺术珍品。明代诗人傅若金曾作诗称赞:“新安江水清见底,水边作纸明于水。兔白霜残晓月空,皎宫练出秋风起。”

澄心堂纸究竟有多贵?有专家说,南唐灭亡后,宋代皇帝却不喜欢澄心堂纸。因此,澄心堂纸从宫中流传出来,被许多文人雅士收藏。北宋文学家刘敞得到了其中的一百张,兴奋地赋诗赞道:“当年百金售一幅,澄心堂中千万轴。……流落人间万无一,我从故府得百枚。”由此可见,当时的澄心堂纸已是非常珍贵,重金难求。

后来,刘敞又送了十张纸给欧阳修,欧阳修那么有学问的一代文豪,却做了首诗说:“君家虽有澄心纸,有敢下笔知谁哉!”意思是说,虽然有澄心堂纸了,但是谁舍得在这上面下笔书写呢? 欧阳修又将纸转赠梅尧臣,梅尧臣也是欣喜若狂,作《永叔寄澄心堂二幅》:“滑如春冰密如茧,把玩惊喜心徘徊。”可见澄心堂纸的珍贵。

宋代造纸家潘夙曾仿制过澄心堂纸,梅尧臣拿这纸与欧阳修送的“正版”作了比较:“而今制作已轻薄,比于古纸诚堪嗤。古纸精光肉理厚,迩岁好事亦难推。”说的是这种仿制的不如原先的光滑厚实。

乾隆皇帝本身对书画非常爱好,对澄心堂纸非常向往,于是也复制这种纸张,即使是这些仿制品,前些年在拍卖会上,每一张也得拍个3万元人民币。如果现在还有澄心堂纸存在,那价值更别提有多贵了。

听说还有人会做手工纸，我们异常兴奋。执意去看看最后的人工构皮纸人家，汪成棋告诉我们现在还做这种纸的只有江祖术家了，他家老房子原来住在村子里面，现在做了新屋，在河对面的公路旁。我们在一幢典型的徽派民居中见到江祖术，老人今年79岁了，精神状态很好，一口浓浓的方言我们只能依靠翻译才能明白他所说的话。他说自己15岁跟父亲学做手工构皮纸，做了55年。父亲叫江承恩，父亲跟爷爷江荣林学的，以前整个棉溪村80%农户造纸，现在只有一二户人家做了。

江祖术是江氏第三十三世裔，他说棉溪有两汪两江，汪姓来的早一些，先来为主算是原住民，江姓从篁墩迁到北岸到五渡，再从五渡迁到棉溪。江氏二十一世到棉溪时是兄弟三人，俗话说“三个和尚到棉溪”。他告诉我们说江氏在篁墩就开始做纸了，有什么依据呢？他说过去听老人说的。他还说自己年轻时不懂事，把自家保存的一套祖宗谱打了纸浆做了手工构皮纸。后来，他又用自己做的手工构皮纸抄了部分祖谱，但是抄的内容不全，他说现在想想都后悔。

江祖术妻子叫汪寿花，前几年去逝了，她是洪济村人，看中的是江祖术家做纸条件好，19岁嫁过来就帮忙刷纸，生了5个孩子，3个儿子2个女儿。现在在家做手工构皮纸的是小儿子江德成，见到时他和妻子汪立菊干农活回来。江德成今年48岁，他说1981年在村集体做纸，1984年集体解散了自已做。去年还做了几万张，今年有订单还准备做。

妻子汪立菊今年46岁，她说20岁嫁过来做手工构皮纸一直到现在，每年茶叶结束，就开始打皮纸了，特别是8、9、10月份更忙，女人的工作就是把抄好的纸往墙壁上刷，等干了再撕下来，50张一刀，一天要刷5000、6000张，非常累的。棉溪有首民谣：“打皮做纸筋，打折脚肚筋，两年吃了三年粮，三年困了二年觉。”这首歌谣表达的是做手工纸的艰辛与劳累。

不过做手工构皮纸收入在那个年代还是不错的，每年一个家庭做手工构皮纸收入一般在6000元左右，这样的收入在那个年代是很高的了，所以附近村里的大姑娘都愿意嫁到棉溪来。

现在棉溪手工构皮纸用的人少，也卖不出好价格，做纸又苦又累，一些人都不愿意学了，村里做这种纸的人越来越少，过不了几年就会失传。说到这种纸的前途，江祖术不无担心！

汪成棋告诉我们，手工构皮纸的原料就是山上的栗树（歙县方言），因为不懂方言，我们让他带我们上山寻找这种栗树。说是附近到处都是，到现场却一直没有发现，一直爬了一个多小时的山，才在山坡上找到了这种叫栗树的标本。其实这是一种构树，一种附着地面或附着其它植物生的藤构，这种藤构树皮韧性很大，纤维很长，非常适合做手工构皮纸。

江祖术老人说，一般100斤原材料可以做26斤优质的纸张，一般普通纸张可以做30斤纸。以前是100斤皮收购价是20元，现在已经涨到100元了，就这样也没有人专门去做了，只能自己砍树自己剥树皮了。每年四五月采茶季节过后，就开始采树皮了。打好的原料一般会加一些纸张进去，要做好一些的纸加30斤，差的加50斤，最纯的不加纸张。常常用草纸、竹纸、水泥袋加进去。也用毛竹浆加进去，嫩竹发枝杈，砍断放在池中用石灰泡二个月，打成浆好用，往往一池用30斤左右石灰进行沤泡，还要用香叶（山苍籽叶）做纸药，浸泡一个月，增加绵度，控制厚薄，颜色用化工原料。

手工构皮纸程序有二十多道，简单地说就是皮打下来，浸一天，第二天放锅里烧，把壳去掉，再用石灰放在锅里烧，洗干净，去杂质，再浸泡，然后粉碎，用脚臼冲。1984年以后用机器打碎，粉碎后用袋装好放在水里洗踩，洗干净后放纸糟里加香叶，打浆，然后就捞纸。捞好后要用压榨，通常把纸平摊在平整的石头上，用一块木板压着，再利用杠杆原理一头固定，一头不停地增加选择相当重量的石头。半小时候加一块石头，开始水多时就要慢一点，快干了就可以重一些。压快了纸张变形，有裂痕，不好用，只能循序渐进，时间12小时左右。一糟纸浆捞300张，一天捞1000张，工作13小时。手工构皮纸规格有八种，不同规格用不同帘子去捞，根据客户需要去生产不同规格的纸张。

做手工构皮纸是个体力活，没有劲推不动，抄的纸也会厚薄不一。大集体时有个叫汪金付的，他年纪轻身体好有劲头，推过去荡过来有响声，纸浆浪法柔和，荡帘技术好。做的手工构皮纸特别好，纸抄的厚薄均匀，那时候他做的手工构皮纸是大家学习的榜样。

棉溪手工构皮纸什么时候开始已经无法考证，汪江两大姓氏，谁是祖传，谁是客传也不分你我，好在他们并不争论这些手工的传承，和谐的像一张白纸，好写好画。20世纪80年代年棉溪村家家户户“打皮纸”，据统计集体造纸时，纸厂各种工人有120多人，年生产量大约20万张，是深渡周边富裕的一个山村。

江祖术老人有着徽州文化人良好的记录习惯，他至今还保管着一套手工构皮纸记事本，有棉纸生产销售成本，纸客的通讯地址，以及外地来棉溪买纸的订单，特别是订货单记录了棉纸的去向用途。不要看这些普通的记帐簿，它可是研究手工构皮纸生产成本、工序流程、销售地点的重要依据。从中我们可以看到棉溪人工皮纸销售到浙江海宁、金华、兰溪、平湖、绍兴，江苏常州，上海，江西以及本省的祁门、黟县、歙县等地。它的书写绘画功能虽说不大，仅仅是乡村用来写契约阄书，可它的生产生活用途十分广泛。徽州地方主要用来作茶叶出口包装箱贴纸，特别是祁门红茶出口用量较大。

我们在江祖术帐本上就发现有这样一些记录：祁门县茶厂1987年1月5日，到棉溪购买人工皮纸的记载，那一次是购买三尺纸规格的皮纸二万张，付款660元，还上交大队的管理费33元，税金33元，当时的经手人是汪德仁。

1963年2月28日歙县蚊香生产合作社，给棉溪大队开了一张介绍信，说："我社生产蚊香需要用浦市棉纸，按月做出要货计划，4月份要四件，5月份四件，6月份四件，7月份四件，8月份四件，9月份四件，共贰拾肆件，请你大队代运，其运费由我社负担，付款办法货到汇款。请浦市棉纸每件暂定价格160元，计4500张。该浦市棉规格长1.5尺，阔2.15尺。"

当然，我们还在江祖术的记帐簿中知道，歙县老竹铺人订纸包装大方茶叶，祁门芝溪人订纸包雪梨，金华市仙桥人订纸做酱油封泥纸，浙江绍兴人订纸做日用油纸伞，兰溪人订纸做日用蚊香，黟县渔亭人来订纸包食用糕点，本县更多的是桑户用来给蚕宝宝产卵，还有一些南货店铺订购代销，包装各种日常用品那用途就更加广泛。

江祖术的记帐习惯体现了徽州民间优良的文化传统，他不仅为我们研究徽州手工构皮纸展现了一个全方位立体信息，而且还为我们研究徽州民间家族史、人类社会学等提供了丰富的资料。

江德成告诉我们，浙江省金华兰溪的舒根有、傅汝贵今年又来要求订货，虽然量不大，我们还是接了这单生意，准备茶季后再生产。江祖术老人说找过来的都是老纸客，别人冲着这手工构皮纸来的，不能不做，几十年的声誉不能丢，几百年的手艺不能忘。说着这些，面对渐行渐远的徽州手工构皮纸，老人表露出一脸的兴奋，又好似一脸的无奈。兴奋的是纸客的联络没有断，无奈的是做纸的手艺人越看越少了。

听说江祖术老人收藏了一些手工构皮纸，我们想让他拿出来看看，只见他小心翼翼从橱柜中搬出保存较好的各种颜色的几刀手工构皮纸。面对这徽州手工构皮纸，汤书昆教授想买回去做些标本，老人吞吞吐吐地说只能出让三刀。他女婿说：老人年纪大了，这是他留着自己"老"了用的。做了一辈子纸的人，何尝不想与自己做的纸为伴呢？尽管十分珍惜，我们还是理解江祖术老人的心情。我们还见到了村里一位百岁做纸老人，他叫汪叙茂，2009年1月还被中国老年人协会、中华全国妇女联合会授予第7届全国健康老人称号，原来在大集体时生产手工皮纸时，他身体强壮做原料加工。老人现在身体很好，只是耳朵已经听不见了，当年做纸的那些美好记忆也只能埋在他的心中，再也不被人们所了解。

我们在村子寻找到了江祖术的老房子，这 栋建在山坡上的古民居，门牌号为"深渡镇棉溪村030"。近百年的老房子一直见证着江祖术一家的变迁，也一直见证着棉溪村手工构皮纸的兴衰。当年抄纸用的石糟还在，榨压皮纸的杆杠和条石还在，捞纸用的竹篓也还在，这些在专家眼里被当做文物的工具，在乡村的荒地里却无人问津，只有那老房子的墙角旁，做纸原料的构树长得枝繁叶茂。

对这项即将消失的民间手工艺，村长汪成棋说，棉溪村现在还有一些会做手工构皮纸的老人，也还保存一些古代手工构皮纸的生产工具。一方面我们可以恢复这项传统的手工艺，让棉溪的手工皮纸继续传承发展，力争能申报非物质文化遗产；一方面可以做为一项旅游项目，融入到我们的新安江山水画廊。

青峰·竹纸

青峰村这个地名经多方打探才得来的，依稀记得一篇博文，介绍歙县某村做竹纸。当时并没在意，见到专做中国手工纸调查研究的汤书昆教授，却怎么也想不起那篇博文，也不记得那个地名，凭着感觉是个叫竹岭的地方，于是，微信求证，可人微圈小，没有结果。再电话歙县文化局求救，第二天一早，电话打过来，地方和人都找到了，只是有很多年不做竹纸了。地点在歙县石门乡竹岭村，一个叫青峰的高山自然村，造竹纸的老人叫程忠余。

在去青峰村之前，我想说说造纸奇人贡斌。经汤书昆介绍前晚在酒桌上见面，他递过的名片是他自己制造的一张薄薄的仿古宣，太艺术了，接在手上都不知道搁在哪，只好掏出笔记本，小心翼翼地夹在中间。

贡斌在圈内有一个外号，人称“贡疯子”。疯子在这并无恶意，而是说他做事能做到极致，京城名气很大。朋友说贡斌造纸之前，他是个舞者，跳过民族舞、霹雳舞、劲舞、现代舞，也做过唱片。那时候贡斌一边和沙宝亮、杨坤等后来鹊起的歌星赶场子，一边和“魔岩三杰”、罗琦等摇滚圈的人喝酒、茬架。纯真的贡斌告诉我，那时候大家都是穿着军大衣，什么时候都夹着酒瓶。一次帮朋友打架被扎后，贡斌跟着陈爱莲艺术团去了东莞，随后奔袭大江南北演出。

跳了十几年的舞蹈，贡斌又跑到贵州大山深处做公益项目。三年时间教孩子们当地的民间技艺，有蜡染、刺绣、雕版印刷以及手工造纸。也正是在这个过程中，他开始接触并学习当地一些民间的造纸工艺。没想到的是，造纸成为他日后生活的重心所在。

几年的努力和坚持，贡斌做的纸越来越精，得到了文物修复机构和专家的认可。三年前国图修复古籍，要元朝以前的传统纸张，顺着传说找到贡斌，他用了一年半时间，完成了国图定制桑皮纸课题。从入门到顶峰，贡斌用了七年功夫，你说他疯不疯？如今贡斌有了自已的文化公司，他既造纸又研究纸，不断恢复古法造纸，把古代纸业做到了极致，他的作品也成了一些博物馆图书馆修复古籍的专供纸。

贡斌纸做到了极致，人也做到了实诚极致，三杯二盏下去，就好似十年八年的故友,不知不觉中大家都喝高了。第二天去青峰村访纸,早晨依然酒气熏天,只是露天停车的车窗结满了冰霜,像是怨恨我昨晚把它遗弃在路旁。酒是醒了气却没消,车是万万不能开了,好在同行的李宪奇先生是位老司机。

通往石门乡的小路比平日更为热闹,返乡过年的车子也多了起来,车到竹岭脚再问青峰村,村民遥指远处的高山,青峰在云端。再往上,山更高路更窄,考虑到李老山道走的少,而且路况不熟,开这种路还是我这个“山里佬”的强项。我下车问好路线,按着村民说的宁左毋右的的原则,车“徘徊”在壁陡的山道上,山环水绕,迎面豁然开阔,青峰村欣然坐落在高山坪地。青峰村座落在一个丫字山地,四周皆山,村子里的民居也随地形而建,古树葱郁,放眼四望,竹海茫茫。

车停在村里小学的“操场”上,说是操场也不过篮球场的三分之一大小,合村并校后校舍闲置,恰巧程忠余父子借了两间房子做买卖,得知我们专程而来,父子丢下生意,领着我们去了他家。程忠余今年71岁,身体瘦小精干,在山村属于能说会道的人。儿子程雪清没有像其他年轻人一样外出打工,而是和妻子在乡村做小本买卖。

程忠余的房子是1979年建的,地处村口的山坡上,在深山沟里要整出一个平坦的宅基地,必须开山取土。他说选择山坡上做房子就是为了少取土石,当年挖出来的泥土要堆到小溪里,等待下场大雨将泥土冲走,再堆,先后三次,才整出一块宅基地来,后来塌方还把将厨房压了,由此可见山区建房的艰辛。

站在门前的场地上,细心的你会发现程忠余家的大门向右凹进去大约30多公分,我们走到门口正面向前看,门正对着的是长满毛竹的山峰,这往右偏一点就避开了山的锋芒,对着了大山的马鞍形,应该是出路无阻了。为了证实这个问题,我问程忠余,你家门向为什么特意向右偏一点,他说当年做房子时,本匠师傅说,门对外山的山尖不好才改了门向的。

青峰村以程姓为主体,属徽州篁墩程氏后裔,据村内程氏祖谱载:“始祖有大经济之才,而性爱幽雅,厌城之喧嚣,喜山林之静寂,见此地为骆驼形,有骆驼献宝之吉祥风水,便由忠溪迁居此地。”青峰村原名宋家坑,明代以前就有宋姓人氏居住,程氏迁入后,宋氏渐没落与消失。

青峰村民居基本是沿着山谷内的溪水两岸而建,这里远离喧嚣,仍保持着原汁原味的自然生态环境,整个村落充满了神秘的味道。程忠余指着连绵起伏的群山,依次告诉我们是外山、威峰山、元宝山。

他告诉青峰村有200多户,900多人,主要生产资料就是山场,经济收入是茶叶、毛竹和笋子。毛竹是个宝,用途也很广,除了卖原竹,还加工竹凉席和建筑竹篱笆,竹梢桠扎扫把,笋子是一年四季都有,吃不了就加工笋干笋衣。

安徽省林业厅命名石门乡为“安徽毛竹之乡”，全乡竹林15000亩，而青峰村就占了5000多亩。站在程忠余家的门前，环顾村落四周的绵延大山，望去都是茫茫竹海。

说起青峰村造竹纸的事，程忠余说历史并不很长，也就是20世纪40年代，时间不确切。只记得是温州人朱同和兄弟躲抓壮丁，躲进了这深山老林。他们刚来时侯东家一天西家一天混日子，大山里的人也不嫌弃他们，有什么吃什么。后来分田到户实行责任制时，也分给他们生产资料，比如山场菜地等等，他们不仅在青峰落了户，还结婚生子，成家立业。

青峰山水待朱同和兄弟不薄，朱同和兄弟也回报青峰村民，他们利用在温州老家掌握的造纸技术，带领青峰村人做手工竹纸。他们利用本地产的毛竹作原料，每年在早春竹笋掉壳，长到五六盘枝丫时侯砍伐，太早没形成纤维，太迟木质化了。竹子扛下山用半月型剥皮刀，将青皮铲去，再砍成三尺左右长度。再用硬木劈成三角形状的木刀，将竹子劈成小片，捆成50斤左右的小捆，放进池泡再解开，待到七月半时就可以开始做纸了。程忠余告诉我们，青峰竹生产主要的工序有泡料、煮料、洗料、晒白、打料、捞纸、榨干、焙（晒）纸。

程忠余说青峰村主要生产生产用纸、卫生用纸、祭祀用纸和文化用纸等四大类。他们当年的造的纸专门送县里土产公司与文化用品商店。也有一些供销社上门订货，那时歙县王村订的五色纸最多，四邻八乡的都到那里批发。用五色纸包麻酥糖这是徽州一款著名糕点，它用炒熟的面粉、芝麻加上白糖磨细，以糯米饴糖揉合，定型切块，再用五色竹纸包成小包。一般以红纸为多，主要喜庆吉利，逢年过节，老人派给麻酥糖称为“红包”。

据中国第一历史档案馆“清宫秘档”记载，乾隆皇帝六下江南，“两淮八大总商”之首江春大接驾，御用茶品中，就有徽州传统极品茶点顶级麻酥糖。“扬州八怪”之一的金农，亦曾写信给岩寺人方辅：“徽州麻酥糖并蜜枣，是珂里方物，秋冬间大驾倘来，乞带数斤，以慰老馋，当作笔墨奉答也。”由此可见，当年用五色竹纸包装的徽州糕点是多有名气。

说到做手工竹纸程忠余喜形于色，他拿出家中捞纸的帘子，说这是从江西省赣州买的，帘子上还印着东家“汪炳汉”字样；他拿出半月型弯刀，告诉我们这是刮竹皮的刀；他拿出没有用掉的颜料，从杭州买的五色纸的配料。青峰竹纸有10年没有生产了，可原来那些做的竹纸仍然在买卖，家里还有保留着陈年的竹纸。

程忠余说刚开始时，温州师傅很保守，关健工序抄纸技术是不轻易教人的。他每天不是砍毛竹就是烘纸，不是刮竹皮就是泡料。

有一天师傅病了，师母娘说自己可以烘纸，让他上山去砍竹子。走在山道上，村民说师傅病了，你怎么不可以抄纸呀。他想想也是，天天看着师傅抄纸，那些动作技术他记得清楚。他下山跟师傅说想抄纸,得到师傅的允许,他第一次用帘子荡起纸浆,第一天他就抄了700张纸,渐渐地他适应了抄纸动作,第二天就抄了800张纸,差不多每天增加100张纸,不几天就赶上了师傅的数量,而且纸张厚薄均匀,得到了师傅和村民的好评。

青峰村造纸多时全村四个组都做手工竹纸,一起有8个纸槽,其中二组就有4个纸槽。一令纸一千张,一年可生产1200令。那时造纸是记工分的,每天抄1000张记十分工,还奖励2元钱。到了年底全村根据总收入,再摊全年工分值,一般一个工可分九毛多钱。而程忠余每天基本保持在1700张纸,因此,他的年收入也是全村最多的。

做手工竹用纸要加明矾和松香,一般一槽纸的分别加2—3斤,抄纸的纸浆也要加"纸药",那"纸药"就是山上那种山苍子树叶。五色纸是将烘干的纸一面刷上颜料,不刷的一面作为里子包麻酥糖。

可惜那些五色纸如今已没有样品了,不过他找出了两本红纸礼单,可以看出五色纸的样子。当然我们从这两本礼单中可以看出山村的民俗,村民的活动范围以及当时山村的经济状况。

程雪清是程忠余的儿子,今天46岁了,他18岁就跟父亲学做手工竹纸了,前些年父亲做不动了,基本都是程雪清做的,老爷子只动动嘴,指挥一下就可以了。

青峰村现在还剩下一个纸槽,是程忠余堂弟家的。纸槽在村口的小溪旁,说是纸槽就是一座抄竹纸的作坊,作坊临溪近水,房子结构是砖木的。作坊外面是沤竹的水塘,门口有煮山苍子树叶(纸药)的铁锅。

尽管多年没有做纸了,作坊中那些工具依然存在。纸槽按放在房子中间,上宽下窄,人工操作的这边往从上往下向里面倾斜,压纸的榨床紧挨着纸槽,左边一头是压纸的木板,工人靠在纸槽旁抄起纸帘,转向左边,便将纸掀在木板上,木板两端有固定的栏杆,拦杆上有根活动的标尺,当捞起的湿纸达到标尺度,就知道纸张的数量。而底板的四周刻有深凹的沟槽,两端引流到地沟,不致于溅到身上或下面鞋子。一切设计得那样巧妙,那样细心,体现了一种人文关怀。

榨床主要构件均是用山上的硬木而制,两头两根榨脚,两边是榨梁,用的是檀木或栎树,这此硬木不易腐烂而且坚固耐用。榨床左边一头靠着砖墙,捞好的竹纸堆在木板上,另一头是活动的转轴,转轴上有孔,便于撬动。这样用一根长杠杆,左边固定在靠墙的横档上,捞好的纸压上木块,上面垫上一块木"元宝",这样通过杠杆原理,用绳子绑在长杆上,再撬动转轴压榨竹纸,这种榨纸动作先慢后紧,防止过快纸张挤破。竹帘、木桶、杠杆、扫篙、指笊,一切都在。程忠余父子俩就像当年造纸一样,给我们一招一式地示范着。惹得贡斌先生也跃跃欲试。

没有事前招呼,程忠余让我们在他家吃准备过年的粽子,老人想让我们喝点白

酒，想着下山那逼窄的山道我们以谢作答。程忠余说他每天都要喝一点，中晚两顿，二三两酒，从不间断，看着他那硬朗的身体，我们无不佩服。

正午的冬阳照在青峰山村，也晒着程忠余那安逸的脸上，他惬意地抽着香烟，看着那烟圈袅袅升腾的样子，让我道想起宋代诗人唐庚的《醉眠》中句子："山静似太古，日长如小年。"青峰村群山环抱，一片寂静。在这远离尘嚣的地方，一切仿佛都已凝固，没有名利的诱惑，没有人事的搅扰，一天就好似一年。

做竹纸的纸房还在，还有那些沤浸毛竹的池子，抄纸的竹帘，榨纸的杠杆，染色的颜料……那些已经成了山村的古物，山村人也只有在茶余饭后去提起那些做手工竹纸的人与事了。

庄坑·桑皮纸

有关歙州造纸的历史，《新唐书》中是这样记载的：上供纸七色纸，岁百四十四万八千六百三十二张。七色者，常样、降样、大抄、京运、三抄、连运、小抄，自三抄以下折买奏纸，是为七。外有年额，折钱纸用以折买大抄。皆以上下限起发，赴左库藏。又有学士院纸、右漕纸、监抄茶引纸之属，不在其数中。始大中祥符四年六月，上以歙州岁贡大纸数多颇劳民，思有以宽之。知枢密院王钦若奏："本院诸房所请歙州表纸，自元年后置历拘管，今支使外剩十一万八千三百张，望下三司住支一年及于本州减造。"从《新唐书》中我们可以看出歙州进贡朝廷用纸的年份、数量、品种以及不计其数的其他用纸，可见仅纸一项就知歙州苛捐的沉重，当然也说明了徽州造纸的历史。

近年来，我们在歙县采访了两种手工造纸，一种是构树皮纸，一种是毛竹造的竹纸，还有没有其他原料造纸呢？我想过去肯定有，至少歙县古代就是蚕桑基地，桑皮纸肯定是有的，是不是没找到，还是消失了呢？我让歙县文化局的朋友留意查访，果然不出意料，剑奇那天告诉我，唐里有生产桑皮纸的，至今还生产。我喜出望外，至少歙县已找到有3种原料造纸的村落，我约了中国科大教授、中国传统手工纸调查主持人汤书昆一起采访，汤教授说《中国手工纸·安徽卷》下卷正已杀青，如果补上这条就更加丰富了。

春分后五日，久雨放晴，风和日丽，徽州处处是花的海洋，樱花刚刚谢去，桃花就迫不及待地展现自己美丽的容颜，李花雪白地怒放着，与成片的油菜花相映成趣，还有那些山苍籽的枝条上也绽放出金黄色的花蕾。徽州三月是个色彩斑斓的世界。

我们从歙县出发经南源口，沿着老徽杭公路向三阳方向行驶，在杞梓里镇一个叫苏村的地方右拐进山，沿着昌源而下，隔河的高山就是著名的百佳摄影点坡山村。远远望去，高低起伏的山峦，就你一块金黄色的腊染，飘在蓝天白云之下。在大山的褶皱处，菜花在阳光照射下如同镶嵌了一道金边。

世人说山不转水转，我沿着昌源河随着坡山而转，坡山不断变换着自己的身姿，展现给每个进山的游人。刚出壳的“水葫芦”在春水上逐流，一遇动静就冷不丁地钻入水中。

在唐里村左转，不远处就是我们要寻访的庄里村了。庄里村不大，小溪穿村而过，将庄里分为上下两段。狭长的河谷中央田陌相间，田里、山坡、房前屋后全是桑树。虽说是早春，叶芽却刚刚萌动，一些嫩绿的桑葚也挤满了枝头。

庄里造纸始于哪年人们说不清，也没有人去关心。笼统的说法就是有400多年的历史。不过今年45岁的郑金旺保存一本《郑氏祭祀簿》，祭祀簿是他爷爷按着老簿誊抄过来的，到了郑金旺已是第119世了，我想无论如何400年的历史是足足有余的。庄坑的造纸也是传儿不女，在大集体年代家家户户都造纸，后来生产队又把造纸统一起来，把各家所有的造纸工具都收归了集体，统一安排，统一生产，统一收购，统一销售，评定工分，年终结算。

我想这样丰富的桑树，为制做手工纸提供了不可多得的原材料。在村中今年52岁的郑金旺告诉我们，过去靠村边有条水渠，粉碎、踩料、打浆都在水渠旁边进行。一些舂树皮的石臼散落在村边或砌入民居的墙脚，郑火土告诉我们村中的郑氏宗祠原来有二排十几个抄纸的石槽，可惜祠堂拆掉了，那些石槽也被当作石板流失了。只有当年祠堂前那样硕大的古柏树还顽强地活着，默默地见证了庄里繁荣与纸业的兴衰。

让人不惑的是这里并不都是用桑树皮做纸，大部分用的是构树皮。当地人叫栎（音）树，其实就是落叶灌木构树，因其果实成熟后为红色，香甜如草莓，常被乌鸦等鸟类采食，当地人又叫老鸦皮。故此，歙南一带常常说收老鸦皮，或叫老鸦皮绵纸。

为什么不全部用桑树皮呢？我们看着这房前屋后的桑树不解地问道，66岁的郑火土说桑树皮出纸率低，纸的质量也不及构树皮做的纸好，只有构树皮不足的时候才用桑树皮。栎树皮的内料肉较厚，取料率在30%—35%，桑树皮出料率只有15%—20%。庄里造纸很有名，歙县南乡一带都砍构树皮卖给他们。今年86岁的郑利生说，构树皮收购价在20世纪60年代是八分钱一斤，70年代是三毛二分钱一斤，80年代就涨到八毛钱一斤。

原料买来要放到沤池里浸泡24小时，再下锅煮24小时，将熟透的栎树皮扛到溪流的浅水滩上，牵耕牛在上面踩踏，使之脱壳，再人工踩皮。起堆掺石灰处理一周，再煮24小时，然后浸泡到水中，去杂质，晾干待用。当需用时用黄豆箕灰或硝碱按比例第三次进锅煮，以达到漂白去污的目的。捞出晾干的原料，还要揉皮、捡枝、捡皮壳。每一槽纸浆用三四斤原料，掺5斤左右的药胶，可捞100—120张。

我们在郑火土家的院子里看到，我们看到一台简易的破碎机，他告诉我们这机器是他自己动手制做的，插上电源就可以破碎原料了。在靠山的一方墙边就是他的捞纸槽和榨干器，不过他这抄纸槽不是石板做的，而是用砖和水泥砌的，顶上用四柱撑起个棚，晴天雨天也不耽误抄纸，一些半成品的纸料堆的到处都是。不过村中唯一年年造纸的只有郑火土一家了，捞纸的帘子上个世纪八十年在浙江东阳买的，根据大小价钱在130—160元之间，新帘子正常可捞4万张纸。

郑火土告诉我们，他一天可以捞1100多张纸，要起早摸晚，捞不完就晚上点马灯或松明子加班。当天捞的纸当天压榨，先慢后快，前面十分钟左右加一块石头，到三五个小时后，就可以一次性多加一点，第二天就可以上墙晒纸了。捞纸晒纸都是技术活，各人都有特长，往往他们就相互换工。

庄里造纸技术最好的是上一辈的郑庚丁，他打的纸浆均匀，捞纸省力，纸张厚薄平实。现在造纸技术好的还有郑仁义、郑仁山、郑仁善、郑利生。庄里造纸高峰的时候年生产量在230万张，主要通过县土产公司往外销售，远的卖到山东、福建，近的卖到宁国、泾县和徽州“一府六县”，有些直接上门订货，如渔梁茶厂以前每年40万张，蚕种大好在4000多张，用途包茶叶、菊花、中药、纸伞、蚕种、爆竹等等。本县金川、三阳、汊口、唐里、官川一些村每年都要直接进村，买200—300张正月糊孔明灯。

我们在村中的小溪亲边发现一个用石头垒起的土墩，村民说那是煮纸料用的大锅，锅原来在村口的古树林中，上个世纪八十年代抬到这里。土锅如同我们农户的灶台，四周用石头垒成2米多的高台，一方做成石头台阶便于煮料操作，锅口直径一米左右，深大概也有一米二十。土锅灶临溪是为了取水方便，如今这锅灶也成了村中一物，只是多年不用，长满了青苔、灌木，锅的中心还长出了三五枝雷竹，就连造纸用的构树也长在石头缝中。当年作为原料被煮，如今却生长在锅灶台上，这倒让我突然想起“煮豆燃豆萁，豆在釜中泣”来。

捞纸前要掺入纸药，有的地方用山苍籽，而这里除了山苍籽以外，用的却是猕猴桃藤和青桐树皮，不过他们根据季节的变化用不同的纸药，如春冬两季用的是猕猴桃藤，而夏秋两季用的是青桐。这青桐山里人又叫“橹皮”，它的真纤维柔软性很好，童年时我们常常把桐皮砍成长短适中的一段，剥下皮来，再刮去表皮，而真皮就用来搓绳子，或者捶软用来编织草鞋，用这种“橹皮”不论是搓绳索，还是编草鞋都非常牢固。如果这两种原料不足的话，才用山苍籽做纸药，不过山苍籽要叶要泡二个月才能用。

做好的纸要挑到苏村，再上车拉到县土产公司，挑纸用一特殊铁丝筐，上下用木板固定，一头5000张，一个人挑一万张纸。土产公司的老宋非常吃香，纸农都巴结他，往往送些火腿等土特产，望他能早点收纸，卖个好价钱。

那时候的庄里村造纸有钱，凭着生产队的证明，可以在粮站购粮，在医院看病，在生产队支钱也可以用第二年工抵扣。在大集体年代，像庄里这样的乡村是令人羡慕的，四乡八邻的姑娘都想嫁到小小的庄里。村中郑圣禄有一个石纸槽就是她母亲的当年结婚的陪嫁，他母亲方嫚娣是官川村的人，为了选择女儿的嫁妆，她父母是经过一番考虑的。他们精选了号称“千年不碎不裂”的歙县最好的王家店石料，特制了一幅规格大约长1.2米、宽1米的抄纸石槽，让人抬到了庄里。120多年了，现在依然在村中巷道旁边。

行走在庄坑村中的古巷，我们发现两旁的民居墙上，凡是有门有窗的地方都会贴上一张巴掌大小的土纸，纸上写有“佛”字。这有什么讲究吗？村民说“老”了人出丧时，灵魂会到处游荡，为避邪他们在有洞孔的地方贴上“佛”的纸符，可以避免邪魅侵入，同时也是为了亡魂早日找到归处。

此时的季节已近清明，而绵皮纸正是纸扎的最好原料，郑火土也会用自已造的纸做冥钱，他告诉我们，手扎手艺是在屯溪学的，两个月花了几千元学费。现在不仅能扎各种纸屋，还可扎汽车、麻将等日常用品。在他的房间里我们就看到一个硕大的木头墩子，就是用来打钱的，横排钻七个孔，竖行钻十个孔。其实我对这些东西真心不懂，而长期做中国手工纸调查的汤书混教授说，一般做冥钱是有讲究的，上面的孔大多为单数，而这里用双数是第一次看到。

他拿出已经做好的专门送葬用的纸扎珍珠伞展示给我们看。他在院子里放上一张板凳，将珍珠伞的竹竿捓在板凳脚上，把剪好的纸伞一头固定在竹竿顶头，再用一根破好的篾丝从纸伞条中间穿过，圈定个圆环固定好。这样再把剪好的纸伞一张张撕开，一把五彩缤纷的珍珠伞便做好了。出丧时由死者亲属扛在前面，如同招魄幡旗，行进在青山绿水之间。

关于徽州的纸扎民俗我没有做过研究，但这一行当是有很多禁忌的，郑火土却没那么讲究。他实话实说这事过年是不做的，图个吉利。一般到了年腊月三十就不做了，正月也要到十八以后才做。卖冥币吊钱这一类的东西，不能太黑，有钱赚就可以了，暴利是要遭报应的。比如“打”长纸钱是要几个工的，6万6的有九尺八寸长才卖130元一幅，9万6的有一丈二尺八也才卖167元，其实就是收个工钱和纸钱。

庄坑的绵纸薄而轻，是徽州山区褙扎孔明灯的好原料。古歙有正月十五放孔明灯的习俗，山里人放孔明灯有个讲究，孔明灯扎的要大小适中，灯要放得出去，飞得越高越远，福气越好越吉利，如果孔明灯没有飞走，落了下来是不吉利的，因此，必须重新褙扎，重新放飞，直到飞得看不见才好。因此，放孔明灯应该在无风的日子，而且在地势开阔的山地，而庄坑做的手工棉纸轻，飞得高，受到人们的好评，歙县大部分的乡镇都到这里来购买。

说到传承,郑火土说庄里村80多户人家都造过纸,三十岁以上的男了几乎个个都会造纸技艺,只是现在销路不好,没人去做了。现在唯一还做的也只有郑火土一人,他说现在每年还做4000张到6000张,主要是用于纸扎、蚕种和扎孔明灯,不在于赚钱多少,而是农村一种需求。在我们看来这不仅仅技艺的传承,而是对自己传统手工文化的一种守望,更是一种渐行渐远的农耕文化的淡淡的“乡愁”。

汤书昆教授主持“中国手工造纸基因库”的项目,用了8年多时间以田野调查方式,与他的团队考察了近200个造纸村庄,走了中国34个省、市、区的手工纸作坊。散落于中国大地的手工纸丰富程度令他始料未及,他认为徽州手工纸的存在是中国手工纸一个重要的节点,它为研究中国造纸业的分布、手工纸的原料和生产工艺提供了重要的实物及活态标本,应当加以保护与发展。离开庄里村,汤书昆不无感慨地说,没想到歙县民间还保留这么多的手工纸制作技艺,这些技艺不仅让我们感受到徽州历史文化的厚重,更重要的是这些即将消亡的民间技艺急亟抢救。

张大文

土隘民丛谷不支，辟山垦堑苦何悲。
风雨夜行山坞道，秋不成丰犹餐草。
猛虎毒蛇日为伍，东方未明早辟户。
一岁茹米十近三，穄块杂粮苦作甘。
深山峻岭茅屋潜，竟年罕食浙海盐。

这是一首写于明朝初年的诗。此前虽然已有中原士族三次大规模迁徙来此，但此时的徽州依然是这首诗中写道的一副川谷崎岖、荆棘初开模样。公元1575年汪道昆从京城辞官返回故里歙县，途经新安江畔水陆码头屯溪，眼前“经秋夹岸芙蓉老，落日孤村薜荔深”。此后又一百年，从祖父那辈起就寓居扬州的盐商程庭遵父命返原籍歙县岑山渡省亲，无边的春光里，故乡沿途景观令这位游子既新奇又欣喜：“乡村如星列棋布，凡五里十里，遥望粉墙矗矗，鸳瓦鳞鳞，棹楔峥嵘，鸱吻耸拔，宛如城郭，殊足观也。”又过了一百五十年，屯溪已经实现了从一个僻静的水陆码头向一个商业重镇华丽转身：“皖南巨镇首屯溪，万户居民本富庶。商贾辐辏阛阓繁，茶客年年竞来去。”清朝光绪年间一个叫戴启文的人这样描绘他那个时代的屯溪。

明朝以前那些“竟年罕食浙海盐”的徽州先民们，压根想不到自己的子孙会与海盐打上三四百年的交道，成为神州大地上食盐贸易不二的操纵者。尽管早在宋朝以降，徽州人逐步以商人的身份走进人们的视野，但以经营茶、木、漆等山林特产居多，在商界大致处于无足轻重的地位。明弘治年间，徽州人一举抓住盐法变革的契机，逐步击溃在盐业领域经营多年的山西商帮，确立盐业经营的霸主地位。民国时期许承尧主编的《歙县志》里有些洋洋自得地写道，康乾时期仅在扬州的歙县籍盐商，就有“江村之江，丰溪、澄塘之吴，潭渡之黄，岑山之程，稠墅、潜口之汪，傅溪之徐，郑村之郑，唐模之许，雄村之曹，上丰之宋，棠樾之鲍，蓝田之叶皆是也，彼时盐业集中淮扬，全国金融几可操纵。致富较易，故多以此起家”。

徽州作为朱熹的家乡，这里的人们自幼饱受理学的浸淫，把宗法伦理当作不可违拗的“天理”，把自己的升迁得失与整个家族的兴衰荣辱紧密联系一起，无论命运如风吹浮萍般使自己漂流到何处，徽州永远是自己魂牵梦萦的“父母之邦”。他们抱着“宁发徽州，不发当地”的心态，“捐输故里”成为他们商业利润的重要流向。明清两代，“鱼盐所得”就像维持人体血液与细胞之间的渗透平衡与正常水盐代谢的盐一样，把那些峰峦掩映中的徽州村落滋养得根繁叶茂、神采飞扬。

一

盐使得徽州村落拥有丰富的精神内涵和强健的骨骼。行走在今天徽州的任何一座村落，祠堂总是其间最为引人关注的建筑物。它们有的近年刚经历过整修，在鳞鳞黑瓦的民居中气宇轩昂，但大多村落里的祠堂经不住岁月的凄风苦雨，眼前只有密布蛛网里那些半朽的梁柱，或是萋萋荒草里的断壁残垣，但依旧顽强地显示着当年的堂皇闳丽。在古徽州人眼里，祠堂是祖先灵魂的栖息之地，是维系血脉源远流长的精神殿堂，是一个家族兴旺发达的重要标志。明朝中期，徽州望族歙县西溪南吴姓在他们的族谱里开宗明义地阐明建造宗祠的重大意义：“创建宗祠，上以祭祀祖宗，报本追远；下以联属亲疏，惇叙礼让。”修建家族祠堂“为吾门治祠事”成为一代代徽州人尤其是商人们毕生的宏愿。“举宗大事，莫最于祠。无祠则无宗，无宗则无祖，是尚得为大家乎？”清初有个叫王中梅的人，幼时家贫，无力读书。稍长外出做生意，日渐宽裕之后，亲属们劝他营造华宅以显富贵，中梅却认为家族的祠堂还没有兴建，祖先的魂灵露宿在野外，这时候只顾建造自己的住房，即便祖宗不责备，自己也会心怀愧疚、寝食难安。“今祠宇未兴，祖宗露处，而广营私第，纵祖宗不责我，独不愧于心乎？”徽州祠堂大多规模宏大，耗资甚巨，往往独力难支，但因事关家族荣耀，往往振臂一呼，应者如云，鸠工庀材，共襄盛举。呈坎村的罗姓子弟，历经嘉靖、隆庆、万历三朝，数代人筚路蓝缕建成的罗东舒先生祠，五百年后的今天仍然如一个精神矍铄的老者，每日里矜持平静地接受着来自世界各地的朝觐者们惊叹的目光。到了清朝末年，祠堂遍布徽州城乡，仅歙县棠樾村里，就有先达祠、慎余堂等十五座之多，可谓“祠堂连云，远近相望”。

祠堂使得这里的人们心情宁静。祠堂后进的寝堂上，按照昭穆秩序供奉着列祖列宗们的牌位，岁岁安享着孝子贤孙们的供奉与祭拜。清明或是中元，祠堂里祭祀的香烟袅袅升腾，堂下跪拜着子孙们似乎觉得的那些早已逝去的祖先并没有在时空里渐行渐远，而是在正前方一如既往地以慈祥的目光注视着自己，使自己或因羞愧难当而痛改前非，或因欣慰坦然更加砥砺前行。祠堂的正堂上正在宣讲《圣谕六言》，这里是灌输伦理道德，弘扬家法族规的场所。徽州人固执地认为“大凡家法不立，则条事难成，义方不训，则子女罔淑”。因此，对“关于风化者”，诸如职业当勤，崇尚节俭，济贫救灾，抚孤恤寡，保护林木等，“分列条规宗，俾通族子孙有所持循，庶几祖宗之流风永存也”。那时的徽州人坚信，因为拥有祠堂，他们能够安稳地生活在一种秩序之中，心境平和，脚步坚定。

二

徽州商人尤其是盐商们获取的丰厚的商业利润，使得这些村落里的人们亲如父子、温情脉脉。经商是这块土地上人们的衣食之源，作为徽商在文化界的代言人汪道昆对徽州人的经商行为这样诠释：“贾为厚利，儒为名高……一弛一张，迭相为用。”意思是说，经商与业儒，只是人生不同的生存方式，本身并无高低之分，无需厚此薄彼。但事实上，在封建社会的主流意识里，经商为“四业之末”，是一种低贱行业。大多具有中原官宦缙绅基因的徽州人，被山多田少、地狭人稠的自然环境所逼，踏上外出经商道路的那一刻起，内心一直处于纠结状态。一但经商致囊丰箧盈，“读书入仕”的念头便整日在脑海里翻腾，而这在客观上已成为不能，于是他们广交文雅之士，竟日手不释卷，人称“儒商”则心中窃喜。更多的人把蟾宫折桂的那份念想托付给了后人，“子孙读书能成”成为商贾们最大的心愿。歙县雄村人曹堇饴是这方面的典型代表。

清朝初年曹姓家族在扬州已业盐多年，曹堇饴在积累雄厚家产的同时，也饱尝了权力拥有者在金钱面前的故作矜持，为攫取而又极尽盘剥勒索手段背后的贪婪嘴脸，也深谙只有权力才能为家族带来真正的荣光。临终辗转病榻之时，将两个儿子翰屏、暎青唤至床边，嘱咐他们在家乡“竹溪之畔建书院”。曹姓兄弟不敢懈怠，历时十年，在雄村水口桃花坝右侧建成集讲堂和园林为一体的“竹山书院”。园林东面仅筑矮墙分隔内外，墙外青山逶迤，白鹭蹁跹，新安江上粼粼波光和古渡小舟，尽收眼底。书院门前是遍植桃树和紫荆的桃花坝。一百多年前歙县名儒许承尧游历雄村，桃花坝上仍美不胜收：“酣嬉不厌，一天之红雨模糊，旖旎多情，万顷之绛云缭绕。”曹姓家族还重金延聘沈德潜、袁枚、金榜等耆宿名家来书院讲学。绝佳风景陶冶学子性情，名师熏陶激发学子文思。曹姓子弟不负所望，从明朝成化到清朝同治三百年间高中进士者54人。曹姓俗例，中进士者可在书院清旷轩中植桂树一株。如今进士们的生平大多已湮灭不可考，而每年金秋时从清旷轩里飘出的桂花的甜香，使整个雄村沉浸在逝去的梦里久久不肯醒来。

当然，修建书院是名门望族才能做到的事情，但小户人家对子弟教育也是孜孜

追求，许多家族在族规中规定，对于家族中器宇不凡、资禀聪慧，却因家境贫寒无力从师的子弟，“当收而教之，或附之家塾，或助以膏火”；对于登科及第的，“建竖旗匾”予以褒扬。“一族之中，文教大兴，便是兴旺气象。”读书有成，带来的不仅是个人命运的改变，而是“党族之望，实祖宗之光”。在这种意识的推动下，古徽州 “十户之村，不废诵读”，“群居讲学，究经看史，学者云集”，故而“俗益向文雅”，为徽州文化之花绚丽开放提供不竭的营养。

村落里的脉脉温情还体现在对贫穷孤寡的的体恤周济上。人们依山麓建起层层梯田，云蒸霞蔚，气象万千，但这些梯田层累而上十余级尚不足一亩。山高引水难，顺治年间编纂的《歙县志》里说：“十日不雨，则仰天而呼；一骤雨过，山涨暴出，则粪壤之苗又荡然空矣。”恶劣的自然条件使得这里丰年甚少，正常年成收入不足口粮的十分之一。那些无力外出谋生者，冻馁之患在所难免。徽州人家的族规里这样要求族人：“凡处宗族，当以义为重，盖枝派虽远，但根蒂相同。”因此，“贾有余财”和“禄有余资”者，对“族中茕苦者，计月给粟”，每月给予救济粮，“矜寡废疾者倍之”；对衣不蔽体者，“岁终给衣絮”；对身患疾病者，“施医药以治病人”，可谓亲密无间、相濡以沫。为使这些周济族人的义举能够“垂之久远”，做到常态化和长效化，徽州人纷纷仿效宋朝名臣范仲淹利用俸禄购买良田，以养济群族之人的做法，设立“义田”制度。嘉庆年间在扬州业盐的歙县棠樾村人鲍启运捐出平生积蓄，为鲍姓宗族设置义田1200亩，并独创“常平仓法”，以使对族中的鳏寡独孤的救济更加周到细致，当朝吏部尚书朱珪、大学士刘墉、两江总督陈大文纷纷撰文予以褒扬，称“常平仓法”揆诸历史“绝无仅有，拟之古人，殆又过之”。村落里的脉脉温情，使千百年来徽州一直成为文人士大夫神往的世外桃源，“每逾一岭，进一溪，其中烟火万家，鸡犬相闻者，皆巨族大家所居也”。这里的人们，“千百年犹一日之亲，千百里犹一父之子”。

三

徽州商人们将丰厚的商业利润用在对家乡居住环境的整治上，使得徽州村落里的人们有着诗一般的栖居环境。

明朝“开国文臣之首”宋濂在为歙县新建的县学作记时，称歙县境内“紫阳、问政二山矗起东南，势力若翔凤；飞瀑、紫荆诸峰，又腾翥于后先”。这里群峰攒立，拥蔽周回，山多涧谷，水贯其间，断岩绝壑，间出通道。猿声鸟啼，依约在耳。这样的环境虽不利耕作，但稍做“入奥疏源，就低凿水，搜土开其穴麓，培山以接房廊”等人工处理，便可尽拥“阶前自扫云，岭上谁锄月，千峦环翠，万壑流青”的自然之美。

近年以建筑特色鲜明益发引起世人关注的徽州水口园林，因事关一个村落的地位和福祉，历来是居于村落里的人们着笔墨最多的响亮开篇。嘉庆初年的一个清明节，已在扬州担任两淮盐总商多年的鲍志道返故里歙县棠樾村扫墓祭祖，看见绵密的春雨里那座远祖尚书鲍象贤建于明朝隆庆年间的万四公支祠破败不堪，不禁黯然神伤。决定倾其所有，由赋闲在家的太学生、族弟鲍琮督建，在村前水口一带建祠堂，修社庙，竖牌坊，复古迹。棠樾鲍氏大兴土木之时，把正在徽州游历的号称“国朝第一”的篆刻家邓石如延为上宾，邓石如在棠樾盘桓数月，每日里挥动如椽之笔纵横恣肆，留下了大量的匾额、楹联、篆额，为村落增添了浓厚的文化气息。棠樾村西向3千米的唐模村，为徽州望族之一许姓世居之地。村前水口檀干园是徽州水口园林中的典范之作。据说清朝初年村中盐商许某之母欲游西湖却困于交通不便，为供母娱老，许某便在村口仿西湖风景挖塘垒坝，建楼造亭，遍植檀花、紫荆，其间“有池亭花木之胜，并宋、明、清人书法石刻极精”。数百年来檀干园屡废屡修。如今在院内徜徉，风吹湖面涟漪阵阵，八角亭上铁马铮铮，眼前景致一如园内镜亭中镌刻着的楹联：“喜桃露春浓，荷云夏净，桂风秋馥，梅雪冬妍，地僻历俱忘，四季且凭花事告；看紫霞西耸，飞布东横，天马南驰，灵金北倚，山深人不觉，全村同在画中居。”

在常年旅外的商人们眼里，家乡村前的溪流是生动的，它活泼泼地带走村落一日里或欣喜或悲伤的故事。村中巷弄是沉郁的，它与白云蓝天一起见证着村落的斗转星移。乾隆时期，客居扬州的“两淮八大总商”之首江春日渐老去，家乡歙北江村的景致却在昏花的老眼里一日日清晰起来，他向子孙们絮叨着村中八景：一曰洪相晓钟，每日晨曦微露，林扉初开，村外相山上禅钟传来，袅袅不绝；二曰王陵暮鼓，村后越国公汪华的陵墓旁宿有军营，暮鼓初挝，响彻空山；三曰松鸣樵歌，村北坞古松参天，苍翠欲滴，村民樵木其间，歌声应答。四曰绿溪渔唱，夕阳西下，村前绿溪之上有人驾舟撒网，桨声欸乃；五曰云朗岚光，六曰飞蓬月色，七曰白石晴云，八曰紫金雪霁……其实徽州大多村落都有这样的八景、十景，村落里的人们以诗歌的形式，将村里的人文景观和自然景观进行点染、生发，对家乡予以夸饰和颂扬。对于世居生息之地，这里的人们总有一种发自内心的惬意和满足：“美哉居乎，乐斯地矣。”

“鱼盐所得”的滋润，使徽州村落五百年间安宁富足。1830年，时任两江总督的陶澍实行盐政改革，徽州人顿然失去盐业经营上的优势地位，稍后爆发的太平天国运动，使这块承平日久，从未遭受过劫掠的土地哀鸿遍野，村落处处残垣断壁。这些失去了滋养的村落一度委顿苍老。经过一百多年的修养生息，尤其是进入新世纪以来，这里的人们逐步读懂村落曾经拥有的辉煌和在历史长河中的独特地位，学会理解并认同村落里厚重的历史文化，于是古旧的祠堂内新换了梁柱，疏浚后的水圳溪流日夜欢唱，水口林里新植的树苗枝干挺拔，依旧曲折有致的巷弄里旗幡飘扬。尽管农耕时代渐行渐远，但这里的人们仍然坚定地致力于村落的复苏和振兴，努力把它们打造成寄寓华夏子孙共同乡愁的精神家园。

郑建新

中国红茶之乡——祁门，红茶王国老大，人称高香之霸、国礼之霸、市场之霸、学术之霸。高香出在山头，国礼来自北京，市场源于商家。学术呢？诞生于老房子，用今人话说，叫古建筑。

有关祁红的古建目前存世不少，诸如胡元龙故居、桃源古茶村、渚口贞一堂等，或茶祖老宅，或茶商古村，或茶号旧地。然均属地方土豪。换句话说：民窑。国有古建有吗？答案是肯定的，且不止一处。具体说，一在平里，一在祁城。套用古玩行话：绝对官窑。

平里为祁门改良场原址，前临阊江，面对梅南公园，背靠青山，占地数十亩。大门内开八字，穿廊入，迎面操场，操场后为办公楼，右立高大烟囱，旁为厂房，均二层，且多栋毗连。其中不乏奇葩，二楼栅栏围就，里外隐约透亮。懂行人知道，是为摊放生叶所用。至于车间，内空尤其大，萎凋揉捻发酵干燥工序，一应俱全。其中揉捻车间，庞大茶机至今仍可使用。问房屋由来，说是1915年，北洋政府农商部选此创办中国最早的茶业实业机构，房屋逐渐崛起，一立百余年。今产权归属华茗园公司，茶韵仍幽然；祁城为改良场二代场址，1936年建成，名改良场总部，遥控平里、历口等分场。规模特大，占地一山坞，名曰燕窝里。当年布局：东为办公楼，中为小洋楼，西为车间和宿舍等，疏朗宏阔，气派非凡，阵仗比平里更高。环境也幽雅，周围皆茶，山道蜿蜒，大树林立，山风林荫，屋舍掩映，那氛围就是一个字：爽！昔日总部今已成祁门县委大院，原貌基本依旧。环绕茶园现叫茶山公园，山脚竖采茶女塑像，背立照壁，上书邓小平赞语：你们祁红世界有名！成为祁城地标景观，吸引人来此休闲娱乐。

两片古建穿越时空而来，至今基本未改民国范，木门窗，白砖墙，坡屋顶，两层高，虽无精雕细刻，朴实无华，然满满的茶叶加工科研范，属典型民族工业遗风，不啻为茶事古建标本，价值连城。更可喜，建筑写历史，房屋生故事，两地还是中国茶业人才摇篮。撇开创始者陆漻等先驱不说，仅20世纪30年代，这里走出的大师比比皆是，影响深远，满世界都知道。方家说，这里是中国茶界黄埔军校。

先说当代茶圣吴觉农。1932年，吴先生辞去上海商检局工作，一袭布衣，一只皮箱，来到平里，任务是奉行政院农村复兴委员会之命，救祁门改良场场子。到任后，他带领团队，整老茶棵，辟新茶园，搞机械制茶，办运销合作社，撰写《祁红复兴计划书》等论文，动作频频，效果非凡，愣是让已降为省级的祁门改良场，复归国家队，人称其起死回生掌门人。新中国成立，其任农业部副部长兼中国茶叶公司总经理。

再说大师胡浩川。1934年10月接任场长，果断将总部迁县城，建厂房，买设备，并大力培训人才，有口皆碑。抗战爆发，以个人不离场，工厂不荒废，茶园不生荒自励，以茶养场，度过漫长黑夜。抗战胜利，率复兴茶园工作队，深入各地，以工代赈，业绩卓越。其在祁一呆15年，人称漫长黑夜坚守者，留下《浙皖新安江流域之茶业》《天下红茶数祁门》等著作，十分珍贵。新中国成立，其任中国茶叶公司总技师。

还有机械制茶之父冯绍裘。1935年来祁，首创夏茶开采，再改手工制茶为机器制茶，大获成功，名闻遐迩。同时订全国分级标准，贡献颇大。抗战爆发，去云南，创红茶成功，又称滇红之父。

还有茶树栽培之父庄晚芳，26岁大学毕业来祁，专攻茶树栽培，不出两年成技术权威。总部迁城，实施桃峰山新茶园项目（今茶山公园），出色完成任务，在中国茶史留下条播密植、等高梯形、之字山路三大创举，被今人奉为经典。先生对祁红感受至深：我的业茶生涯从祁门起步，在优美山区，绿色树木，悦情山歌，健美人群，引起我终生对茶工作的兴趣。

此外，还有刘淦芝、陈观沧、钱梁、汪瑞琦等显赫名家，不胜枚举。乃至其时日本、英国、苏联等专家学者，也不断来学习考察。正如后人所云：现代著名茶学专家，不少人是先到祁红茶区而后走向全国的。全国不少茶厂的早期工人和管理人员，也都到祁红茶区受过培训。祁红茶区可以说是茶叶学校，桃李满天下，为中国茶史留下光辉一页。

小小山区茶县，走出业界大佬如此之多，颜值爆表，茶史留名。

问缘由，两片古建是源头，论历史文化均厚重，论名人成就均高端，论现状环境基本好，全国罕见。鉴此，冠以省保国保文物单位如何？我看可以有，而且应该有。以此赋予珍稀茶文化遗产应有地位，使其跻身黄山文化旅游行列，吸眼吸人吸金，再立新功。

黄永强

天很冷，寒风吹进农舍，让人觉得冬天是如此的漫长。可是当打开那两只接近腐烂的木箱子，现出几十本灰尘满面的族谱时，就觉得冬天再长，也长不过这个村庄的年岁。

这套族谱全名《清河张氏族谱》，可以算是右龙村的生命密码和文化命脉。现在，它们全部摊放在二楼粗糙的水泥地面上，看上去虽苍老而虚弱，但岁月的气息似乎依旧沉稳，不动声色却又凛然正气，让人心生敬畏。

这个阴冷的冬日，我们驱车两个小时，就是为了一睹它们的容颜，只是想不到，它们竟然落魄到如此境地。安徽中国徽州文化博物馆馆长蹲在地上，小心翼翼地整理着族谱，掸灰、抚平、分类，这位长期醉心于田野调查的徽学专家，丝毫不理会外面吹进的冷风，怀着如见故人的兴奋，专注地做着整理工作。他小心翼翼地打开尘封的书页，沿着木刻的汉字，慢慢地深入了乡村的往昔……

唐僖宗乾符年间，张氏先人由浙江富阳迁徙至此，见此地林木茂盛，风清气朗，山间那条涓涓溪流居然就是著名的新安江源头，遂起意定居于此，这一住就是一千多年。

族谱上说，右龙原名蟠溪，明弘治年间改名右龙。

老实讲，徽州的乡村尽然很美，但有雷同之处的地方却太多，地形、风貌、植被，甚至建筑和布局，都有似曾相识之感。但右龙确是卓尔不群的，村庄如其名，真的像一条巨龙静静地蛰伏在两道巍峨的青山之间。村口的水口林遮天蔽日，四围的山上是品质极好的茶园，毛竹、油茶、香榧树点缀其间，这大块的绿色生机勃勃而又层次分明，像是画家在画布上的匠心布局。走进村子，窄窄的街巷曲直有度，迷宫一般，暗自思忖，住在里面的人该都是心有分寸的吧。

族谱上记载的张氏祠堂依然在村子的中心，祠堂外貌看上去并没有威严感，内部也无有精雕细刻的呈现，青石和黑土咬合成结实的地面，梁柱的纹理粗粝有力，像一个关节粗大、饱经风霜的成年人。很多年前，曾到祠堂的楼上采访过一个会议，那是一个关于开发有机茶的村民动员大会。当时，“有机茶”这三个字是第一次听闻，好像天外来客一样，新鲜而诱人，每个人都感觉有一场革命要来似的。干部侃侃而谈，眼里放射着热切的光芒；村民也被调动起来，质朴的脸庞冒出一层淡淡的红晕……会议进行当中，天空开始飘雪，祠堂的天井里拥满了白色的雪花，它们好像争着上车的乘客，灵巧地旋转着身子，只为一头扎进古老的天井，而不愿意停留在屋顶的瓦片之上。现在，这些急促促的雪花闪现在记忆里，恍若隔世。

果不其然，若干年后“有机茶”真的为右龙带来了全新的变化，这个偏僻的村落忽然就名声大振起来。茶季里，村庄沉浸在浓浓的茶香里，家家户户手工制作有机茶，那一套功夫也不简单，铁锅杀青、竹扁揉捻、竹笼烘制、手工整形，哪一个环节都马虎不得。制茶手目光炯炯，抿着嘴，绷着劲，翻炒、揉捻、理条，全凭手掌的把控，在和茶叶上千次的接触中，他们会清楚什么时候是它最饱满、最有生命力的形态，同时又揉搓出诱人的身姿……这样的茶叶自然最好，“新安源有机茶”着实香醇，有一天居然就成了人民大会堂的特供茶，这份荣耀让右龙人很骄傲。其实右龙的茶叶自古有名，村里大凡有点文化的人都知道白居易那首著名的《琵琶行》里的两句诗：“商人重利轻别离，前月浮梁买茶去。”可能说的就是右龙的茶叶输出到邻近的贸易重镇浮梁，然后月明之夜，琵琶声碎，引出多情诗人的千古诗篇吧。

当然，这一切，族谱上都没有。族谱上记载的是村中有一条道，这条道也了得，名字就叫徽州大道。因为右龙地处皖赣交界，古时从江西浮梁、瑶里进入徽州的第一站就是这里，同时，大量徽商外出闯荡世界，也要经此入赣，然后经水路到鄱阳湖，走向更广阔的天地。村人历来对这条古道珍爱有加，村里有民俗，每年农历七月十五，全村人都要撂下各自的营生，自动地汇聚到这条古道上，清理杂草灌木，修补损坏的台阶，所以，右龙的徽州大道至今仍是一条品相完好的道路。从虎头岗下来，古道就匍匐在密密的树林中，遇上好天气，阳光从茂密的枝叶间俏皮地探进来，将古道勾勒得斑驳迷离。正当在行进中沉醉于森林静谧的温馨时，突然间，眼前豁然开朗，树林退在了身后，眼前是大片广袤的茶园，油油的茶树精装挺拔，像一队队准备接受检阅的战士。古道在茶园里盘桓而下，远远的，有数棵高大的香榧树相迎，树那边就是右龙的家园了。有一次，陪同一位北京来的老人走这条古道，他一路走走停停，表情凝重，后来得知，他父亲当年是这条古道的常客，作为“挑担客”的一员，无数次在这条路上洒下汗水。父亲生前曾和他详细说了这条古道的一切，包括在虎头岗掬一口清泉水，在茶园的某处有一次歇肩……现在，儿子在古道上轻而易举地找到了这些标志，清晰看到了父亲浸润着血汗的足迹，这样的寻访沉重而深邃。

在右龙村，还有一样拿得出手的东西，便是远近闻名的板凳龙。板凳龙起源于明代，至今已有五百多年的历史。据说是当时的人们为了驱赶邪恶，祭祖祈平安，由张夏六公始创设计。所谓“板凳龙”就是以一条条木板为道具，辅以竹篾、彩纸、腊烛等材料，制作出独具一格的木质龙灯。右龙板凳龙由掌灯人、龙头、龙身、龙尾、锣鼓队五部分组成，舞动时，龙头龙尾两个乐队击打锣鼓，吹奏唢呐，燃放鞭炮。由于受木板限制，舞动时不好做翻滚之势，基本动作为上下冲浪式和神龙盘柱式，这样不花哨的舞动愈见其大气。这些年来，板凳龙制作技艺被列入非物质文化遗产名录，不仅每年节庆在村里演出，而且数次参加省、市、县各类重大节庆活动，还被邀去邻近的江西省参加友好表演，成了乡村文化民俗的形象大使。

其实，舞板凳龙的主角就是村民，这是一项全员化的文化朝圣活动，元宵节那天，从村中祠堂里抬出龙头、龙尾，龙身则是各家各户日常的板凳。黄昏时分，劳作归来的村民洗净身上的尘土，换上压在箱底的彩色服装，扎上黄色的头巾和腰带，立马就成了威风凛凛的舞龙手角色。他们扛着一面面龙身木凳，在村口大庙集中拼接完毕，点亮蜡烛，燃烧纸钱，向天祈祷，然后顺村中河流方向起舞表演。板凳龙在锣鼓声、吹奏乐、鞭炮声和叫好声中腾挪游动。而最精彩的盘龙阵是在村口的操场上完成的，所有的人兴奋地聚拢而来，屏息以待，板凳龙队先是绕场盘成大圈，然后快速地一圈一圈向中心盘进，当龙头到达场中心点时，围观群众齐声发出阵阵呐喊，板凳龙头高高擎起，向围观百姓叩首致意，与大家一同祈愿右龙村世世代代岁月平安，五谷丰登。这样丝丝入扣的人性化收尾，使得人们在浓烈醇厚的欢愉氛围中终能品咂出既庄重又温暖的乡情来。

吴 炯

江面上的雾袅袅地蒸腾起来,氤氲着江畔鳞次栉比的白墙黛瓦,巨大的樟树被薄纱轻笼,野鸭点点,白鹭翩翩。此刻的你,已经摇曳入梦。直到瑟瑟的雨落在江心,幻出一朵朵涟漪,才让你从梦中醒来,灵秀、静谧、豁达,三江口的美早已升华到另一种境界。

不错,这里是三江口,地理意义上的新安江到这里才真正开始。三江口逆练江而上大约5千米,横亘河上的是万年桥,一座建于明万历年间的精美石桥。桥下,河水时而清丽或而翻滚。这条河名为杨之河,发源于绩溪,又在歙县县城境内融入练江。河,对于一座城,不仅仅是作为水的一种价值存在,更加孕育着灵气与智慧。歙县境内新安江水系河流众多,主要有练江、杨之河、徽州区流入的丰乐河,还有东北乡的富资河、华源河、昌源河等。

三江口,顾名思义,三江汇聚之地。练江从歙县县城行经河西桥,从渔梁古埠跌落至紫阳桥,直至雄村乡浦口村。另外一支水,也如同它一样生生不息、浩浩汤汤奔着三江口而去。渐江,现今皆认可源出自休宁县六股尖,其源头海拔1千余米,大源河纳小源河后称率水。率水在屯溪纳横江,从屯溪的率口往下,行经花山谜窟,到歙县雄村乡的浦口村。在这里,渐江与练江交汇,终成新安江。

新安江因何得名?应该是源于新安郡,晋太康元年(280),晋灭吴,新都郡更名为新安郡,因郡西有新安山(在今祁门县境内)。浙江建德段,依然名为新安江,入桐庐县后名富春江,到了杭州闻家堰,为之江,也就是钱塘江,最后汇入东海。

唐代诗人孟浩然曾有诗云:“湖经洞庭阔,江入新安清。”新安江是我们的母亲河,新安江水是全国水质最好的河流之一。黄山市内新安江全长300余千米,流域面积5500平方千米,歙县新安江流域面积2000平方千米。对于徽州,新安江如母亲般可贵可敬可爱。

一日，秋雨如丝，从浦口村摆渡返回朱村。见一名老者在江边垂钓，江上雾影迷蒙，颇有“一人独钓一江秋”的意境。现在，雄村乡已经没有渔民了，即便有人独坐江边垂钓，也不过打发孤独，或者祭奠过往岁月吧。水是没有记忆的，它只是承载了人们给予它的回忆罢了。我与他对话，他说，那时的三江口是何等的热闹与喧嚣，吆喝声、划拳声、号子声不绝于耳，各色货物在这里中转，各色人群在这里穿梭，甚至有“小上海”之称。

新安江是古徽州联结外地的主要通道，而浦口是练江、渐江、新安江的汇合地，又距徽州府仅5千米，成了水上重要交通枢纽。徽州府府台在上任前都按惯例亲临浦口视察一番，喝一口三江水。意在喝了一府六县的水，能知晓全府的来龙去脉。浦口族人就根据喝一口的“口”字和水边之意的“浦”字，取村名为浦口。

与浦口两两对望的是朱村，可谓三江口的另一种诠释。朱村的街道总是顺着山势慢慢地往上，路上铺着青石板，有的人家屋前，席地铺满了鹅卵石。临街店铺林立，当然，那是昨日的样子。浦口是货物的集散地，因为那是徽州人出发的地方；而这里，是他们回家歇脚接地气的地方。那些被岁月熏黑的墙、板壁的阁楼与窗户，述说着往日的烟火与服务业的兴旺。

静默在这里，百年前的人儿仿佛穿身而过，他们说着温婉的水乡话儿，鲜活得如同新安江里的鱼，落下孤零零的灵魂在那里定格。水边的人们，靠水养活着自己；然而，历史的发展不会因为你们的流连而放下脚步。在这里，你依稀能看见肉铺、包子铺、铁匠铺，能看见一下埠头抬头便望见的剃头铺。也许，清代才是见证这里繁华的最好时候。当铺、酱铺、酒肆、医馆、药铺在朱村的老街上存在过。新婚的妻子在埠头上望着四通八达的水面，一站也许会是一生；衰老的母亲兴许就在那剃头铺子里找到了等了大半生的儿子。祠堂里香火不断，学堂里书声朗朗；豌豆花、凤仙花，犬吠、鸡鸣、猫儿呢喃，货郎的拨浪鼓声当当当……

当然，这只是我的断想，是老人们话语中拼凑起来的历史；当然，这不是我的幻想，在年轮的车辙里，它们真实存在过。

新中国成立前，徽州的木材大多从上游扎成木筏，经渐江和练江两大水系运至浦口，由本地及浙江的木商收购并转手销售，或从新安江直接运往外地。抗战期间，水乡人纷纷从长三角地区返回家中务农、捕鱼，开始工具很简陋，只是用卡钩滚钩和一只鱼盆进行捕鱼，捕鱼量很少，一天最多也只20　30斤。新中国成立以后，捕鱼工具稍有改进，采用了单层丝网、小船、鸬鹚等，捕鱼量有明显提高。

为建设新安江水库，保护新安江水资源，水乡人民付出了巨大牺牲。1959年新安江水电站建成后，海拔108米以下皆为水域，歙县有3.6万移民放弃家园就地后

靠。加上十年回水线，目前歙县新安江沿岸尚有8.9万后靠移民，分散居住在库区、深山区。后靠移民中有很多人靠水为生，从事水上运输，放木排，运粮、运煤、运茶叶等山区农特产。皖赣铁路通车后，水运工失业改以捕鱼为生。

20世纪60年代，雄村当地政府积极引导水面养殖，推广库区网箱养鱼，政府安排专项资金予以鼓励。经过多年的发展，有了较稳定的收入。江上捕鱼户增多，捕鱼工具又向前迈了一大步，采用三层丝网、高网、长网捕鱼，捕鱼量大幅度上升。到70年代，几乎家家捕鱼，并逐步走向专业户，捕鱼水域西至渐江的雄村、航步，北到练江的渔梁，东去新安江的妹滩、瀹潭、棉潭，在峰期一户日捕量可达600斤，甚至上千斤。

20世纪90年代后，由于徽城镇南源口修建的妹滩大坝开始储水，新安江下游的鱼类不能在汛期到上游产卵孵化、繁殖，妹滩上游的新安江、渐江、练江鱼类产量大幅度下降，导致捕鱼户越来越少，被迫另找出路，现今专业捕鱼户已无。

历史是一条河！

今年清明的时日，遥远的人们从各地来到这里，在浦口与朱村的渡船上啧啧不已。油菜花儿黄了一地，碧绿的江面翡翠般温软，天空蔚蓝且通透。老渔民喋喋地向徒步游客们说着他爷辈们的故事。一条河因为人而生动。同样，河边的人们，也对这条河倾注了太多、太多的情感。曾经的桨声帆影，曾经的繁华似锦，却也未能经得住时光磨砺。

2011年，新安江流域生态补偿正式启动的元年，这也是我国第一个跨流域生态补偿试点。

毁掉一条河，容易；恢复一条河，难！

英国的泰晤士河是英国的母亲河。19世纪之前，泰晤士河河水清澈，但工业革命使泰晤士河迅速变得污浊不堪，水质严重恶化。20世纪60年代初，当地政府下决心全面治理泰晤士河。这一治理，花了近30年，泰晤士河是回来了，只是代价是惨痛也是巨大的。从纯技术的角度看，用十几年时间去恢复一条河的水质，已经很不容易。何况，30年？

三江口，虽说再现当年的桨声帆影已是奢望，毕竟大河东流去，沧海成桑田，但有这份对母亲河的敬意与呵护在，就已令人为之欣慰，为之安定了。一条河的前世今生如同一个梦境显现着，她穿起多少故事、传说与诗篇，她又牵扯了多少人、多少年的苦涩乡情。有这样一条有故事的河守在身边，真是一件幸福的事情。

我无法在前生里生在这片水的前生，我只能在今生里，守望这支水的今生。

许若齐

20世纪30年代的一个春夜，一位文人夜泊屯溪的新安江上。暮色茫茫，雨落船篷。他如睡如梦，于辗转中吟诗一首：新安江水碧悠悠，两岸人家散若舟。几夜屯溪桥下梦，断肠春色似扬州。扬州曾是徽商的大本营，徽商的财富造就了那里的灯红酒绿、纸醉金迷。而此时的屯溪，被土匪朱老虎的一把大火烧过，一片萧条与冷落。没有玉人，遑论箫声，这位“青衫憔悴的才子”，居然也能从夜泊的桥下，想到了扬州“二十四桥明月夜”的诗情画境。

桥名为“镇海桥”，屯溪人俗称为“老大桥”。谓之“老”，也是名副其实的。它始建于明嘉靖十五年(1536)，已近五百年矣。老大桥发达和兴旺了屯溪，别看老街现在风光十足，什么“活动着的清明上河图”，老大桥可是它铁板钉钉的老前辈！桥为六墩七孔拱圈，用的是褐红麻条石；栏杆则是浙江淳安的“茶园青石”。逆水的一面，有六个分水头尖尖地翘起。春夏时节新安江发大水，它们还很有些劈波斩浪的样子。清人戴启文曾吟道：长虹侧影卧波间，两岸人家接市阛。夜雨增高三尺滩，暮云补出一层山。等我们几十年后再走过桥时，已没了此等意境，但立在桥头东张西望，风景还是挺赏心悦目的：绿树葱茏的华山岭，上面错落有致地布局西洋式的建筑；沿江高高低低、蜿蜒而行的街巷；江对面青青的阳湖滩上，三三两两悠闲着吃草的黄牛，牧童大概钻进桑树林玩耍去了……过了桥，两条青石板路弯弯曲曲地分道扬镳，总让人漾出些思古的幽情。

当然，情调最足的还是夏天的傍晚。悬在西天的夕阳把它最后的残红泼进江里，碧清的水变成了金黄，碎金一般地泛着粼粼的波光。收工的渔排泊在桥下，几只鸬鹚很安静地立在排头，形成一个漂亮的剪影。一帮帮孩子在岸边的浅水里嬉戏；桥墩下的水深不可测，凉冰冰的，没有人敢去涉足。有人在桥上扯起了鱼竿，长长的线拖着诱饵,等待着愿者上钩。钓者很有静气,全然不屑桥上正乱哄哄地来往着的人流。待到月亮悄悄地爬上来时,凉爽的风开始从江面上微微吹起。三五成群的男人便在河里开始夜浴,感觉就像一条鱼般地快活。主妇们则在浅水占了一块块平平的大青石洗汏,这一过程要持续到夜半时分。棒槌声、说笑声此起彼落,响彻半江。老大桥的拱圈倒映在水中,连接起来是一个大圆圈。月亮变得像又大又圆的银盘子落在其中,一动不动,绝对能让人产生"水中捞月"的遐想。

今天的老大桥依然如故,默默地坚守着它的古朴,只是它的周边已面目全非。桥那端的牛底壑,20世纪80年代建了个不中不西的饭店,在老桥与古镇之间打进了一个大楔子;这头的华山岭,本应与老街、老桥"三足鼎立",倚着新安江,推出一片绝佳风景,可近年在岭下又翻建了一个颇为洋气的大饭店,浅色的墙,蓝蓝的大玻璃面,无所顾忌地遮拦了岭上的那一片郁郁葱葱。老大桥真像一个穿青布长衫的"遗老",混杂在西装革履的"洋少"之中,越发显得孤独。

初春的黄昏,水盈满了老大桥下的河床。春江水暖,却没有"先知"的鸭子活泼泼地游弋而来,也见不到河底大小不一的鹅卵石和四处觅食的小鱼。桥端的临水处,新立了一块青石大碑,上刻"屯溪夜泊",书写着那四句诗,作者则于20世纪40年代消失在异国他乡的苏门答腊。倘若老大桥再能活上五百年,后来者到此一游,碑老,桥更老了。心中装着千年的往事,可会"独怆然而涕下"?

韩加宁

一

在徽州区忠堂村，唯一能见到的这幢老屋，也已坍圮了一半，用竹子搭成的脚手架绕着外墙一圈，不是为了保护、修缮，只是怕老屋倒塌砸了行人。

老屋建于清代中期，位于村中心，坐东朝西。

这是一幢三开间的老屋。前两厅已经无法分辨出模样，只是一片废墟一块宅基地而已。前厅地坪上找不见一块石板，只有坚硬的泥地。当然，我们还是能在这块地上看到半陷土中的几个石础。这些石础是用来撑白果柱子的，村里人叫它白果厅。

前两厅没了，最后一厅没有彻底倒下去。

光溜溜的三块茶园石搭建成的门框，左右上下空无一物，孤独而顽强地守护着诗书诵读之所。内厅两厢房板壁、窗棂自是破败，断裂可见，硕大的黑魆魆的冬瓜梁把两侧的立柱抓着、拽着，一点不松。就这样，几根梁柱撑起了两层楼房。杉木制成的呈赭褐色的雕花窗格、门框、护栏，连同一根断了的枋梁，不失沉静中的苍凉之气。

虽是断壁残垣，可我总感觉到这儿有一股力量。

前厅地坪上栽种的南瓜，也在这废墟上长得蓬蓬勃勃。瓜叶碧绿，上面的绒毛细密如霜。叶片密密匝匝，层层叠叠，撑张开来，嫩嫩的南瓜藤头努力斜横地抬举着，已经靠着内、外厅分界的门楣上了，它还要向上走。黄黄的南瓜花，涂抹着暖暖秋阳。几株柔弱的植物，竟令老屋生动起来。

二

屋有其主。老屋主人谁？

屋主方氏。不是一个人,而是一个家族。

出老屋大门往左向西不足十五米,有一座单间一楼两柱冲天式明代牌坊。坊为旌表明代进士方贵文。他是忠堂村第一位进士,中进士那年为明正统元年——1436年。坊额镌刻“绣衣”二字。在明代,“绣衣”是监察御史的别称。

经“绣衣坊”下花岗岩石板道,缓步上坡。两山夹一坞。山,西东走向,不高。南山名“日头山”,北山称“来龙山”。

在这风水宝地处,有一明代民宅遗迹,断垣残壁,占地三四百平方米。这里就是老屋方氏的祖辈方良曙居所。

方良曙的名望比他的前贤方贵文大。明嘉靖三十二年(1553)中进士,授南京刑部主事。历任湖广按察使、布政使、云南布政使、应天府尹等职。

史载:方良曙于万历初任云南左布政使。为人厚道严谨,施政宽仁,明察秋毫,凡职责内工作均能高效率完成。时遇战乱,为朝廷军队提供后勤保障,从无拖延,为平定叛乱贡献颇著。

此外,方良曙与其同僚用历年库存余金,亲率夫役治理滇池水患,事毕,所剩工程款,锱铢归库。

方良曙为官清正,被称作“清白吏”。

旌表方良曙的牌坊就在忠堂村北入口处。

三

还是回到那幢清代老屋吧。说说方良曙的后人。

先说生于1876年的方乾九。

乾九先生20岁时拜苏北名医苏成斋为师,24岁返里应诊。擅治内科杂病,尤精调治肺痨咯血,人称“忠堂肺科”。长子方建光,14岁随父习医,后考入杭州省立医专,23岁返里行医。精治肺疾、臌胀,与其父同被称为“忠堂先生”。

方乾九父子及其传人长期在忠堂行医,名旺声扬。方圆数百里的百姓一遇疑难重病,便用竹床竹椅将病人抬至忠堂。白果厅往往挤满了病人。久而久之,当地遂形成一口头语“抬忠堂”。足见人们对“忠堂先生”仁术济世的笃信。

忠堂先生对于穷苦病人从不收受诊费,还垫资赠药。

方乾九先生卒于1961年。

如果他多活上五六年,运命如何?

我们只知道方建光在“文革”期间,被造反派从外地揪回了忠堂村。不要你望闻问切,只要你每天竹畚箕一个,钉耙一把,拾牲畜粪。

不去?！霸占了方氏老屋的几个造反派，把方建光的双手扭在背后，强压着他跪在松木柴禾上，然后，用点着的火柴烧他那并不长的胡须……

即使受尽凌辱，方建光还会避开造反派去为需要救治的病人诊疗。

再来说说方咏涛先生吧。他20岁时从二叔乾九先生学医，得其真传。由于天性聪颖又精于研修，终成名医。

他于1932年在屯溪开业应诊，擅内、妇、儿科。

抗日战争期间，在日寇飞机不断对屯溪狂轰滥炸的日子里，方咏涛的医寓没一天停诊，经他救治的难民无数，诊费全免并得其生活资助的患者众多。

“文革”期间，唉，又要谈“文革”。但，绕得过么?!

“文化大革命”，要你中医院何用！停诊！

病人怎么办？方咏涛只得在家诊治病人。方子开了一沓又一沓，病家姓名写了一行又一行，诊费收了一毛又一毛，及至中医院大门复开，方咏涛将数百名病人的挂号费、诊费分文不少地交给了单位。

造反派可以忘记病人，却不会忘记你方咏涛。造反派五次三番地找到方家，威逼方咏涛揭发同事的“反动罪行”。方咏涛不为所动，始终就一句话，我只知道济世救人，不会暗箭伤人！

方良曙的后裔们的所作所为，给了我们什么样的启迪？老屋是否就是忠堂村的精神坐标？

其实，世上没有不老的人，没有不倒的屋！可怕的是没有魂魄。一个人，一个家族乃至一个国家，是不能没有魂魄的。善良、刚正、高贵、忠义、坚毅……这是方氏家族的魂魄，忠堂村的魂魄，徽州人的魂魄……百年、千年、万年，不会倒！

余治淮

"南湖书院"在古徽州众多的书院中似乎没什么名气， 然而书院所处环境的优美却是首屈一指的，其所面对的南湖，风光旖旎，四时景之不同，让人感到其乐也无穷。而古村中能与此湖光山色相匹配的，也只有早年这书院中那朗朗的读书声了。

每次来南湖书院，我都为宏村汪氏祖先能把村中最美的环境用来构筑书院而惊叹。这使我想起宋朝良相范仲淹的一则故事，说是有人发现了一块风水宝地，在那儿盖房可使后代个个成才，范仲淹听了后，马上集资在那儿盖起了学校， 使家乡人才辈出。又有人告诉他，某地方风水极坏，谁葬在那儿，子孙后代灾祸不断，范仲淹怕别人受害，就让家人在自己死后把骨殖葬在那儿，据说下葬时，天崩地裂，万笏朝天，上天为之动容，范家子孙反而多出高官。

宏村的古人，不知是否看过这位"先天下之忧而忧，后天下之乐而乐"的范仲淹这则故事，但他们的作为应该说是和范仲淹一样高尚和明智，需要补充的一点是，宏村古人建起学校后，又集资购买了一批义田，用田租补助学校中那些因家庭生活困难无力求学的孩子，并在族规中写上："子孙笃志好学，发愤芸窗，家贫不能自振，族众当竭力赈给，以励上进。"今人常说的"再穷不能穷教育，再苦不能苦孩子"的话，宏村汪氏祖先几百年前就以实际行动作了完美的诠释。大门上方"南湖书院"牌匾后还有"以文家塾"四个字，是因为"南湖书院"又名"以文家塾"，是以创立时主事汪以文的名字命名的。

相传汪以文从小饱读诗书，然而却命运不济，屡试不第，只得随族人汪授甲在杭州学习经商，虽是当伙计站柜台，却每日手不释卷。汪授甲知其不是经商的料，通过关系，举荐他到杭州知府家里作个帐房先生，专事银钱往来。汪以文为人厚道，办事严谨，深得知府信任，他也因此也结识了不少浙江官场朋友。

知府五十大寿时，杭州富商大贾纷纷送上厚礼。汪授甲原本不想送什么重礼，打算随便送点薄礼应付一下，可一打听别人的礼都送的很重，他作为杭州城屈指可数的大老板礼物送的那么轻，以后肯定没好果子吃。在与汪以文商量后，只当花钱消灾，于是别出心裁送上两坛寿酒，其实坛里装的全是银元宝，知府心知肚明，着汪以文将酒坛收进库房。不料天有不测风云，知府因贪赃受贿被朝廷查办。汪以文立刻想到，汪授甲送的两坛银元宝还原封不动放在库房中，一旦被钦差查出，定然会受牵连。为此，他赶在钦差查封库房之前，将两坛银元宝换成两坛清水，水上漂着一木牌，上书“君子之交淡如水”。钦差查封库房时，见汪授甲送的寿礼竟是两坛清水，认定汪授甲是一正直商人，上奏朝廷给予嘉奖，而杭州城里其他商人却因行贿知府而受到重罚。

知府被查办后，汪授甲一直提心吊胆，没想到杭州城里大小商人都受罚，他却莫名其妙地受到嘉奖。后来，看到酒坛里的木牌，认出那是汪以文的笔迹时，他才恍然大悟，是汪以文救了自己，而其时，汪以文早已回到家乡宏村。

汪授甲赶回宏村，原本打算邀汪以文重回杭州共同经商，不想汪以文对经商毫无兴趣。时值江浙闽道学政使罗文聘来宏村拜访汪以文，在南湖游玩时，建议汪以文出面集资将南湖畔六所私塾合并建成一书院，此言一出，汪授甲立即赞同，捐出巨资，但有一点要求，即书院建成后，必须定名为“以文家塾”。

汪以文也想到，要想培养一批大有作为的官宦和商人以光宗耀祖，仅凭几所私塾的启蒙教育是无法企及的，汪氏宗族必须有一所像模像样的学府，吸纳四方博学之士来宏村授业解惑，出于对宗族未来事业的责任感，从此，汪以文便留在家乡教书授业。

其实，黟县鼎盛时期的6所书院，如今也只保存下两所，但即便是一些遗址，也值得后人去凭吊，因为黟县历史上的繁荣是从这儿起步的。

胡时滨

陶渊明的梦里有一个桃花源。如果在中国大地中搜寻这个梦境的投影，黟县南屏，或许就是一个可以让陶渊明的灵魂皈依的地方。

这个静美如画卷、纯朴如牧歌一样的村庄，是陶渊明的后人陶庚四于元初战乱之时，携全家老小避难的地方。陶庚四在诗中记录下了自己怡然的生活：

卜宅南山下，依然气象新。

地钟淋沥秀，俗爱古风淳。

他遵循的就是《桃花源记》中描绘的意境。

比陶庚四来得更早的人是三国时期孙权的部下贺齐。

建安十三年，孙权遣威武中郎将贺齐率部平定南屏淋沥山山越族的骚乱，之后包括黟县在内的六县被立为新都郡，这就是古徽州的前身。淋沥山下的南屏终于从蛮荒走入了文明时代。

但南屏真正的繁盛，却源于另一个人的到来。

元朝末年，祁门县人叶伯禧以赘婿的身份，走进了众姓杂居的南屏。没有人想到，叶伯禧这颗自外乡飘荡而来的种子，一朝扎进南屏的沃土，就衍生出了庞大的叶氏宗族，以及形成了后来叶、程、李三大宗族分治南屏的格局。

而最能印证这些宗族历史的，则是村前横店街上的八座祠堂。

“邑俗旧重宗法，姓各有祠，支分派别，复为支祠。”全村各姓氏有30多座祠堂，这些祠堂，向我们洞开了探寻礼制的大门。宗祠、支祠、家祠，不同名称的祠堂构建出相似的礼法秩序，平衡规范着南屏人的生活。

每间祠堂都上演着各自的故事，但相似的一幕却总是出现在共同的节日——清明祭祖。所有参与者怀着崇敬聆听祭文对祖先的赞颂。

每一个宗族，由聚居的祠堂开始，逐渐衍生，向外荡漾开去，然后彼此交错、相融，逐渐形成了310幢明清古民居，72巷弄，36眼水井。相衬着园林亭阁、寺庙神坛、溪水石桥，共同构筑了南屏村桃源一样的世界。

有人说，南屏狭窄的古巷纵横交错宛若"迷宫"，是因商人远行妇人守家，为迷惑歹人而设。其实人们更愿意相信，这是千年古村历史中"上村叶程李，下村十三姓"世代相融的结果。

"长房弄"是村中颇有特色的一条，弄堂尽头有23级台阶，一级高过一级，村人叫它"步步高升巷"。

如今站在村后山坡，我们可以望见构成眼前"迷宫"的，是错落有致的白墙黑瓦古民居。覆着黑瓦的白色马头墙，像一级级升高的台阶，昂扬直上，如同南屏人的梦想一样飞扬。

那么，南屏人的梦想是什么呢？我们或许能够从民居中得到答案。

民居大门上形似商字的装饰，也可以理解为元宝。对于商人，它寓示着招财进宝；对于读书人，它翘起的檐头象征出人头地。

踏入门内的天井，一方苍穹筛下满院阳光，阳光来自广阔无垠的世界，子弟们须牢记先辈的教诲：莫做井中之蛙，当心系天下。适逢雨天，四周斜坡屋顶泻下浓密的水帘汇聚于天井之中，四水归于明堂。

天井，接天通地，藏风聚气，昭显着家族的凝聚力。而家族，则是南屏人奋斗的源泉。兴衰，荣辱，甘苦，所有的一切都在这方天地中共生共存。

南薰别墅，是一座中西合璧的建筑，内里却是南屏人的朴素梦想。太师壁正中挂着写有"忠孝传家永，诗书处世长"的金底黑字楹联。条案上摆放着东瓶西镜和自鸣钟，取其谐音"终身平静"。在儒家文化的浸润下，忠孝传家，诗书处世，平静安恬，始终是南屏人的生活期望。

这种期望，在清明的扫墓中会彰显得淋漓尽致。各姓、各房、各支的男女老幼一齐出发，连新生婴儿也会被大人背缚着前往。队伍浩荡，足有上百人之多。人们会带上自制的挂钱和清明馃，公堂还会举办俗称"吃会"的聚餐，满载人们对亲族聚会的渴望。"五都清明九都社"的俗谚彰显了对南屏清明盛况的赞誉。在这个家族仪式中，每个族人都承担着共襄盛举的义务。

去郊外扫墓的人们，会从村口横卧武陵溪的三孔石桥上走过，因桥旁原有万松林，这座桥便名为万松桥。它的建造，集合了南屏人的共同夙愿。

这里原有的木桥在一次洪水过后被毁。村中商贾出资，合力建造了这座石桥。南屏人的凝聚力与智慧在与自然的搏斗中胜出，有感于乡民的仁心义举，来此访友讲学的桐城派大师姚鼐作《万松桥记》记载了这件事。并亲书"万松桥"三字，将自己与南屏人永远联在了一起。

这个不同寻常的万松桥，也在南屏人心头构筑了一道桥梁，它联结了南屏诸姓家族的长久情谊。而它更深一层的含义是，因地处南屏水口，可以锁住蛟水，聚拢财气。十数棵百年樟树、枫树构成的一片古树林默默守在桥畔，迎风送雨，遮天蔽日，与万松桥共同构筑了一道关锁，守护着南屏人生活安泰的梦想。

姚鼐与南屏的缘分不止于此，村西的西园，在姚鼐心中，更有一份不同的重量。西园是由叶姓商人修建的江南园林式书院，意使子弟们在此读书养性。只是岁月的烟尘抹去了西园的繁华盛景，只有断壁残垣还提醒着后来者这里曾经有过的美丽。姚鼐送给南屏人一篇《西园记》，留下了对南屏崇儒之风的赞叹。随着他远去的足音，西园的声名也传播四方。

除了园林式样的书院，古私塾在南屏也比比皆是。书院与私塾是南屏人刻意营造的风景。俗谚说“五都本是翰林村”，村中子弟的成就，除了尊儒之风濡染，也是因为南屏商人心头的遗憾。

忠孝传家，诗书处世，平静安恬，是南屏人的梦想，而追寻梦想的路程却充满艰辛，对于南屏人来说，有两种选择：从贾与业儒。

徽州多山地，人多田地稀。离家从商或许是面对生存的明智选择。作为中国商界中的一支劲旅，徽商曾活跃于大江南北，但徽商的灵魂深处，仍旧向往着另一种功名：读书入仕。所以他们富庶后回归到人生的起点兴建书院私塾，把“业儒”的梦想放在了后辈的身上，也让后辈站在自己的肩头。

他们以这种方式，将两条道路合二为一。对于南屏商人来说，钱之去处，莫过于惠及乡里，尊孔奉儒，以报家国。而这种种形式，都是为完成一个夙愿：在两极选择之中，得到内心世界的平衡。

山水画卷一样的村落恬淡而悠远，传承千年的礼仪秩序凝聚着不散的亲情乡音。在自然风景与人工雕琢和谐相融的古村中，南屏人用祠堂的宗法礼仪构建了和谐的途径，用迷宫深巷延展出和谐的人际，在业儒与从贾的矛盾中重构了和谐的心境。

将入世的精神融于出世的山水田园，南屏，更演绎出了中国士大夫的生存理想。

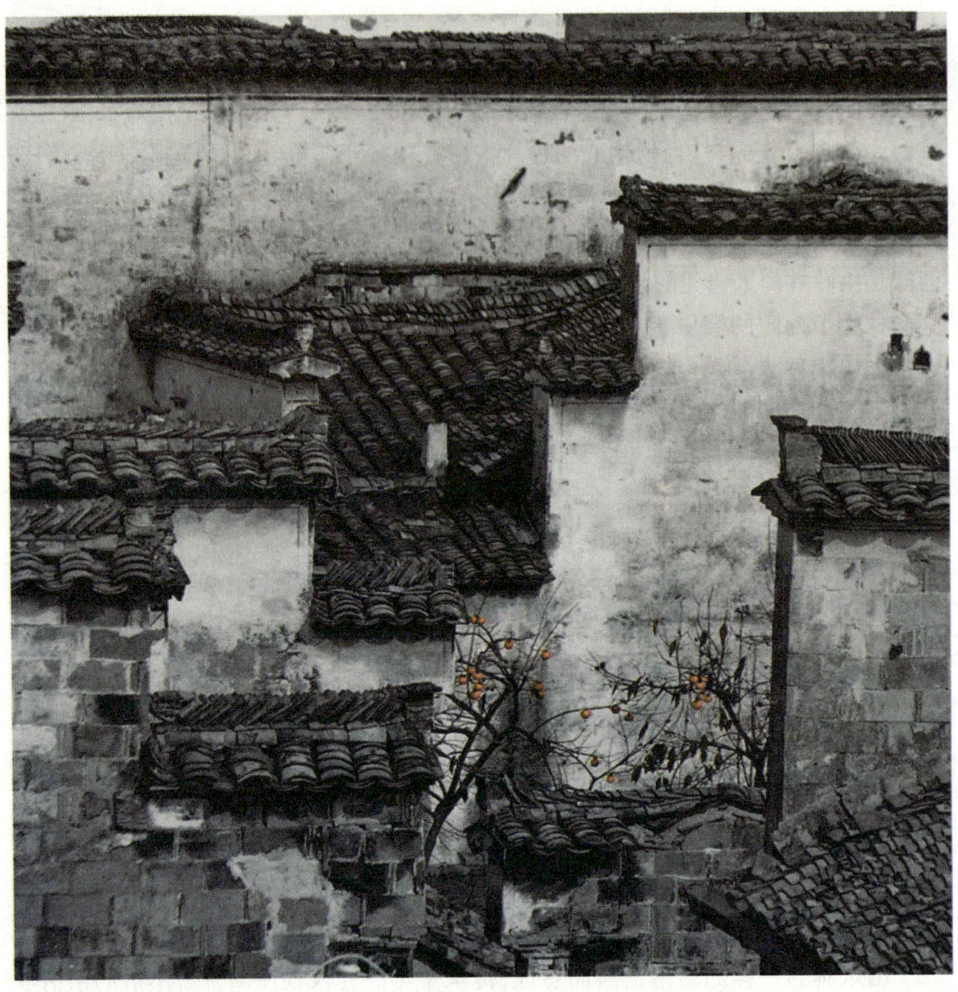

凌 亮

坑口古戏台

如果把时光倒回到一百年前的某个春天，我们去坑口，会源堂里一定会传来咿咿呀呀的清唱和锣鼓的铿锵。也许是一段黄梅，也许是一折目连。春节刚过，菜花未开，农事不忙，村里村外的老百姓难得享受一年中的清闲，正聚集在会源堂里津津有味地看本地和外地的戏班子在演戏。十天或半月，就这么温柔地在故乡陶醉消遣。想象一下彼时的坑口，锣鼓声里看大戏，人气何其旺盛？

而此次去坑口，是《时尚祁门》编辑部组织我们作者来此采风。春光明媚，鸟语花香，一群人暂时离开钢筋水泥的樊笼徜徉于乡间，你说，能不有一番快意吗？

坑口的古祠、古戏台，让我们再一次见证了"徽州是一块神奇的土地"。徽州大地之上的民居、祠堂、牌坊、戏台、园林、书院等古建筑不仅凝聚了徽州人的智慧，还见证了中国历史的发展。戏台，这个演绎人生、给人以娱乐的地方，在明清时代的徽州，曾经慰藉了多少人的灵魂？又让多少人在他人的戏里读懂了生活的哲学？赵焰先生说："戏台不单单是作为演出的场所，有着娱乐的功能，在更大的程度上，它们承担着宗族教化的功能，以一种潜移默化的方式，来维系着宗族血缘关系与宗法地位。"徽州古戏台和其他徽州建筑一样，它并不仅仅只是一个建筑符号，可以说它的每一个部件在一个建筑整体里都有着严格的作用和不同的意义表达。徽州的建筑既气势壮观，又肃穆庄严。它们凭着时空的气场数百年来影响着生于斯长于斯的人们。即便是戏台一样的场所，也有着严格的规范。

闪里镇坑口村的会源堂古戏台，是目前黄山市尚存的近20座古戏台中保存较好的一座。始建于明万历十五年(1587)，后由陈枝山兄弟于民国十一年(1922)重建，戏台坐南朝北，由戏台、享堂、寝堂三部分组成，建筑总面积达600多平方米。中间的天井场院据说可容纳400余人，两廊楼上还有雕刻精美的类似今天的包厢雅座，想必也是那些有名望、有地位的人家的太太、小姐、公子们看戏的地方吧。整个戏台主体建筑相当考究且有特色，以木雕为主的装饰，繁丽工整，气势壮观，极尽当时一批能工巧匠的才华。遥想当年，这里是喧闹与宁静共存的地方，是尊卑与贵贱相互博弈的地方，是吸纳知识与释放才情的地方，同样也是一个凝集人气、教化人的地方。

如今，岁月的风尘已让戏台尽显沧桑。当年的繁华与人气一去不复返矣。我们的短暂造访是一次精神之旅——对历史的触摸和对现实的追问。而通常这样的寻访表面上看是热闹，实际上是无言的寂寞和伤感。在这里，我们与门楣上的“木本”“水源”“竹源古里”“颍川世族”极简而意蕴深厚的文字作默然对视；以自已不多的学识揣摩台柱上的“看我非我我看我也非我，装谁像谁谁装谁就像谁”“不大地方可国可家可天下，平常人物为将为相为名臣”的对联所蕴含的戏里戏外人生。

戏台，就是人生的舞台。人生如戏，戏如人生，一个人来到世上，最难的是演好真正的自己。

桃源古祠堂

关于祠堂，对于土生土长的徽州人来说是再熟悉不过了。因为曾经的徽州，差不多是一村一祠。我的村庄也有一座祠堂，至今耸立在村庄上首。具体建于何年，我翻遍了家谱，也无从稽考。不过从一副对联上看，大约建于明末清初。少时，对于村庄里这样一个“庞然大物”，我的记忆里盛满了恐惧。因为村中逝去的本姓长者要在此装殓，一些人家的棺材常年停放在寝堂之上。还有，母亲常对我说起一个人若不孝敬长辈，在过去是要被拉进祠堂进行家法处置的。祠堂在我的意识里等同于宗法制度，它的存在，是特定时期维护宗族文化的一个重要载体。如今，随着时代的嬗变，祠堂走进了历史，成了人们研究和观光的一个标本。

当我在这个春天来到相传因陶渊明的《桃花源记》而得名的闪里镇桃源村的时候，我惊讶不已，一个并不算大的村庄居然有7座祠堂。

那天，当地政府安排一个叫陈敦和的老人作为我们的向导。据他介绍，陈氏来桃源时为父子二人，后来生了5个孙子，随着家族繁衍，分为5门，先后兴建了7座祠堂，它们分别是叙五祠、大经堂、持敬堂、保极堂、慎微堂、思正堂，大本堂，号称“五门七祠”。后来由于战火、动乱诸原因，一些祠堂、庙宇、牌坊遭到破坏和毁灭，目前村子里尚存保极堂、大经堂、慎微堂、持敬堂和叙五堂。

村口的大经堂是一座风水祠，这在徽州并不多见。为何建它？相传是因为桃源虽有廊桥、古树把守水口，但水口距村庄较远，财气锁住了，可抵挡不了山风。常言道："北风吹得人丁灭。"于是，在外经商的陈继科出银10万两，在村旁建造一座祠堂，以庇护桃源村基，族内支丁纷纷出工献料，并从闪里楠木坦打造了24根石柱，这样，大经堂便由陈继科独资建成了。一句话，让陈继科掏10万两白银在家乡建起一座几乎要横贯村口的大祠堂，可见当年徽商的财力和气魄可想而知。从中我们也不难看出祠堂在村民心目中的重要地位。

我们跟着陈敦和老人在狭窄的古巷里边走边看，不时就看见一座古祠或古民居。他告诉我们，今年正月初七，安徽电视台公共频道对在这里举行的"徽州祠祭"活动进行了现场直播。他把我们带到村庄中央的保极堂，有声有色地描绘当时的热闹场面。

保极堂确实气派。从大门进入祠堂的前进，与左右两厢合围成一个宽大的天井场院，天井中间是一道石板大道通向厅前月台。平时遇有重大节日或庆典，便在前进搭台唱戏。

中进是享堂，厅堂上方高悬"保极堂"三个鎏金大字的匾额。题者为清代闪里竹源坞人陈浩魁进士。享堂的柱子上书有"父进士子进士父子三进士，兄中贡弟中贡兄弟三中贡"的对联，可见这里是出过不少人才的。难得的是我们在这里看到了许多用毛笔书写书艺不错、格调高雅的对联，红纸黑字，贴在大门两侧或柱子上，不仅显得庄重，也让人感受到这里一直保留着淳朴的民风。

后进是寝堂，祖先的牌位就供奉在这里。当时祠祭的大部分祭品和饰物还没有撤走。可以想象徽州祭祀祖先的场面不仅隆重壮观，而且繁琐庄严。我想，这庄严里有信仰，有规矩，有顺从，有反叛，同时也有着不少的教条和令人压抑的东西。这些在当时都是为了维护家族尊严和家族繁衍的需要，通过一代代人教化总结形成并传承下来的的一整套家族制度。我不知道当时人们为什么要选择这样一个或多个耗费巨资建造起来的"庞然大物"来"管理"大家？或许只是当时的一种需要吧。

说心里话，这样的建筑，我一直害怕走进去，哪怕你把它装扮得再好，我总觉得走进去一转身便有一股冷气悄然袭来。这冷气来自哪里？是那高大庄严的祠堂本身，还是在祠堂里曾经游走的的魂灵？也许，两者都有。

余济海

又一次去棠樾牌坊群,选在一个游人未至的清晨,且此番不是往日被动的陪同,而是一种主动的独步,兴之所至,信马由缰。

眼前一溜七座牌坊矗立在清晨的旷野之中,仿佛是一群智者,躬身而立,头顶着天空,静静地俯视着从他们脚下走过的我,而我此刻也正仰着头看着他们的眼睛,就在这一俯一仰的对视中,我在心中默颂他们久久传唱的故事。

在我的印象中从古徽州这块土地上走出去的清官良吏不在少数,而能像棠樾尚书坊所旌表的鲍象贤那样的鞠躬尽瘁死而后已的官宦却屈指可数。鲍象贤以文入仕,就在他才望日起时,却因正直无私而遭人诬陷,在被贬至蛮荒之地云南建水时,适逢安南一带少数民族发生骚乱,巡抚下令派兵征剿,而鲍象贤却不因自己官小言微,力陈不可剿杀,只可安抚的道理,巡抚听从他的计议,未动一兵一卒而事半功倍。数年后,鲍象贤升迁到两广巡抚时,恰逢当地土匪勾结倭寇,纵横海上,肆意妄为,这回鲍象贤却力排安抚的建议,亲赴前线指挥剿杀,斩杀倭寇及匪徒1600余人,从此广东一带海防与社会俱安定。

外人常评判徽州人多以文入仕,不善带兵打仗,而鲍象贤却是一个文武双全的特例。

最有意思的是鲍象贤晚年因积劳成疾上书辞职回乡,却每辞一回皇帝就下旨升迁他一回,然而耐不住他再三恳求,万岁爷最后只得忍痛同意他的辞职,回到家乡不久他便去世了。鲍象贤一生廉洁奉公,忠君爱民,鞠躬尽瘁,遭人诬陷而不气馁,得以升迁而不气扬。听到这样一位贤臣辞世,明穆宗朱载垕极其悲痛亲书挽联加以褒奖,54年后,鲍氏宗族后人仍以他的品德为荣耀,立起了这座尚书坊。

如果说鲍象贤的牌坊是表彰他的“政绩”,而鲍志道、鲍漱芳父子的牌坊却是得益于他们一生的“善行”。

和大多数十三四岁往外一丢的徽商一样,家道中落的鲍志道九岁辍学,外出学习经商,历尽千辛,终获成功。鲍志道在创业过程中拼搏进取的精神虽值得赞赏,但他功成名就,成为两淮盐务总商后的诸多作为更值得后人深思。首先是他相信勤能补拙,一生保持旺盛的求知欲望,而且不光是自己重视学习,对子孙后代以及所到之处的读书人都表现出极大的人文关怀,对教育事业一掷千金的赞助,连当时被称为南袁北纪两大旷世奇才的袁枚、纪晓岚也为之叹服。而且这种对文化教育的倾情,对于他们一家来说不是浅尝辄止, 而是一代接着一代干,仅以编印《安素轩法帖》一事为例,为使这本集唐、宋、元、明各大书法家的墨宝能留存后世,鲍志道一家历时三十年,父亲未完成,儿子接着干,儿子未完成两个孙子接着干。鲍志道在成为巨富后那种朴素的家风,就非常值得后人学习。就在当年扬州,一些盐商竞相以奢侈为荣时,人们意外地发现比他们富得多的鲍志道家,妻子、儿媳妇还在“躬自洒扫、浆洗炊饪”,鲍志道的儿子鲍漱芳还是穿着一双母亲亲手做的布鞋,有人劝他换双时髦的靴子,他却笑着说:“吾足不耐靴。”鲍志道这种朴素的家风,对当时扬州许多商人起到了一种示范效应,使他们的奢侈之风稍有收敛。鲍志道父子去世多年后,鲍氏宗族为他们立了这块“乐善好施”坊。

随着村庄上空炊烟袅袅升起,早起的村民或挽篮或荷锄从牌坊下匆匆穿过,也许是意外我这么早就来瞻仰他们先祖留下的遗产,从我身边走过时,他们友好地笑着和我点点头,我在那浅浅的一笑中看到了和善,更看到一种自豪。是的,鲍氏宗族确实有着许多值得自豪的遗产,不光是尚书坊、善行坊,更令我深思的是那些节孝坊。因为从牌坊的数量和规格来看鲍氏宗族的先人把节孝看得更重,七个牌坊中有四个节孝坊,其中两个高度达到12.12米,而尚书坊、善行坊均不足12米。我不清楚鲍氏宗族的先人为什么会视节孝高于功名,也不清楚后世的我们为什么常常视这些节孝牌坊为封建礼教的产物。应该说“孝”分明是文明社会最基本的道德,所以时至今日,我们仍推崇和遵循这种德操。至于“贞节”,我们以往恐怕过多地强调了宗法制度对女人的残酷,及其对人性的压抑,此刻,徘徊在这些节孝牌坊下的,我突然觉得, 我们过去的论断是否偏激,是否以偏概全,我们毕竟不了解尘封的历史中那些女人的内心,我们想象她们失去丈夫后一定是一年复一年的青灯独坐,以泪洗面,是否想到可能当初她们的那份执着,表达的是对深爱者的忠贞和对抚儿育女责任的无悔担当。那份坚守是否也会给她们带来些许温暖,让她们永远沉浸在对往昔美好的追忆和对未来成功的期盼中。也许正是这份追忆和期盼,支撑她们勇敢地生活下去,不想让谁来破坏这份美好的记忆,干扰她们完成自身的使命。也许在今人看来,她们应该走出失夫的阴影,然而,对于当初的她们来说,也许不愿冒这个风险,因为谁也无法保证你再婚的幸福，与其将自己交付给未知的命运，还不如守住心底那残存的一丝阳光。都说贞节牌坊是封建礼教对妇女的迫害，但从我所看到的史料中也不完全是这样，“贞节”有时是许多徽州女人主动的追求，这种追求并非封建礼教的逼迫，而是基于对生活的冷静思考。

每一次来牌坊群我都会产生一个疑问，为什么中华大地上那么多牌坊遭到破坏时棠樾牌坊群却能独善其身，这其中既有偶然性，也肯定有必然性。因为它肩负着向后世传递更多的信息，那些信息虽有我们今天可以理解却不必接受的东西，但更多的是一个人乃至一个民族在其成长的过程中必须传承的东西。棠樾牌坊是对历史上那些道德完善者的一种褒扬，这种道德完善来源于他们的信仰，古今中外，没见过那个成功人士心里没有信仰。

牌坊群边的荷塘里水鸟在轻盈地穿飞，一颗颗晶莹的露珠在摇曳的荷叶上曼妙地滚动，那露珠映着天边的朝霞，近处的村舍，还有那立在路上牌坊——一群永远不知疲倦的“历史老人”。

微子晓

在歙县，从徽州古城的城门进入，途经徽州府署、东谯楼阳和门、许国牌坊、陶行知纪念馆，沿中和街一路走上去，越过石鼓响鼎，出德胜门城墙，偏南行进，便会来到一所书声朗朗、古风依依的学府，那就是历史上明清的徽州府学、县学，今天的歙县中学所在地。

校南门墙边有座破损严重的尚宾坊，形制小，部分嵌入墙内，雕刻精美。建于明成化十二年(1476)，白麻石双柱三楼，坊南北向，南额枋镌“京闱乡贡进士江衷之门”，板书“尚宾”，北额枋镌“风云庆会”。

三元坊是歙县中学校门，原名县学甲第牌坊，是为科第坊，也是县学门坊。明清歙县有近600人中进士，清乾隆年间，出现了“连科三殿试，十里四翰林；一门八进士，两朝十举人”的科考奇迹。此甲第牌坊正是建于此时，四柱三间五楼，宽约5.5米，高约6米，朝向是南北偏西15度角(2007年修缮时挪正)。正面楼匾上刻“甲第”二字，额枋上刻“状元”“会元”“解元”字样；背面楼匾上刻“科名”二字，额枋上刻“榜眼”“探花”“传胪”字样。每块额枋空档处，都镌有历代歙县中试者姓名。

步行入内，便是显赫的下马碑，用满、汉两种文字镌刻了“凡满汉官员军民人等至此下马”，学宫入口设下马碑，始于康熙二十九年(1690)，而这一块下马碑，设于乾隆五十五年(1790)，主要目的尊崇圣贤孔子，更有对文化的尊崇和谦恭！

下马碑里侧，便是泮池。按周制，天子之学，曰辟雍，四周环水。诸侯之学，只南边，半边环水。古代学宫多有泮池，位于孔庙大门前或大成殿前，有防火作用。池上有桥，以文德命名。

这所学府，最值得探究的是古紫阳书院和遗存的明伦堂。

近代的学校，由书院转型的，普遍层次较高。历史上，为了纪念朱子和尊崇理学，以“紫阳”命名的书院很多，“紫阳”是理学大师朱熹的号。在众多“紫阳书院”中，杭州、苏州、徽州三地的紫阳书院最为有名。

那么，朱熹是否曾在歙县紫阳书院讲过学呢？

朱熹之父朱松幼年曾随外祖父在歙县渔梁下方的紫阳山读书，朱熹也曾多次归游，在《名堂室记》记述：“紫阳山在徽州城南五里……先君子故家婺源，少而学于郡学，因往游而乐之。既来闽中，思之独不置，故尝以‘紫阳书堂’者刻其印章……然不敢忘先君子之志，敬以印章所刻，榜其所居之听事。”朱熹一生致力于教书育人，倡建了全国各地许多知名书院，却未圆紫阳山麓的书院梦。

翻开一卷卷《歙县志》，我找寻着歙县历史上紫阳书院的历史。

南宋淳祐五年(1245)，郡守韩补奏请朝廷在“郡南门外”兴建书院，纪念朱熹。宋理宗欣然准奏，并题“紫阳书院”四字赐之。据汪佑所撰《紫阳书院建迁源流记》载，此书院，次年建成，位于城南问政山下“文公祠”前，“倚山瞰溪，旁为风泉云壑轩，横入左右斋庑；中为明明德堂。前为书楼，后为宸奎阁，又其上为披云阁，阁前为大成殿……”三十多年后，宋德祐年间，毁于元军战火。

此后二百多年，书院的位置、规模、格局不断变化、调整、拆建。

明正德十四年(1519)，徽州知府张芹在城南紫阳山麓，修建了朱氏父子设想中的另一座紫阳书院，350年后，清咸丰、同治年间，于太平天国的兵火中再毁为废墟……

清乾隆五十五年(1790)，户部尚书歙人曹文埴领衔主持古紫阳书院筹建，官府支持，富贾捐助，终于落成，并留下文采极佳的《古紫阳书院记》和《古紫阳书院续记》。这座书院，就是今天歙县中学校园内的遗存。

古紫阳书院，明清两代有史可查的维修扩建有15次之多，修缮及师生们的各类费用，大多靠江南富贾和盐商的不断捐赠，让我们记住徐士修、项琥、鲍志道、程光国等名字……

1905年，科举制度废除，紫阳书院一度关上了沉重的大门。1906年，翰林院庶吉士、著名新学教育先驱许承尧先生，回归故里继创办新安中学堂后，1907年，借紫阳书院宝地，创办了“紫阳师范学堂”，书院再次书声朗朗，琴韵飞扬……

20世纪六七十年代，紫阳师范学堂停办，再之后，还拆了残破的“求志斋堂”“怀德斋堂”“文会堂”“韦斋祠堂”等，盖了几间平房……古旧县学，除了修复的明伦堂外，最好的文物就是曹文埴老先生题额五个楷体大字的“古紫阳书院”牌坊了。

如今的明伦堂，用作歙县中学校史展览馆，里藏“学达性天”“道脉薪传”两匾，分别为清帝康熙、乾隆御书匾额。远观修旧如旧的明伦堂，硬山顶、马头墙等级并不高；近看开间，一大二小加两个半间，不符合规制。两侧厢房现只剩右厢，结构明显被破坏了。前面的窗、门,都不太像原有的形制,斗拱部位,做得繁复,有些文化符号乱用的感觉。

绕过衰败的文公井,沿石阶而上,抚摩那些断残的碑石,我的心微微颤抖:宋理宗御书的残碑,曹文埴华章的零碎,无法通读的珍贵文字,拼凑不全的文明碎片,苦旅七百年,何处是新生?

是歙县中学,给古歙学宫带来了生机!

省级示范,市县标杆;授业传道,滋兰润蕙。古老的紫阳书院,当然也为歙县中学更添了几分庄严,增加了文气!

古旧与新兴的搭配,自是美雅。主楼之侧,有二百多年树龄的白玉兰一株。校园后侧,有树龄约三百年形似玉伞的古樟一株。

闲日里登后山问政,俯瞰凝望这座学府:三元坊巍然拔地,明伦堂怡然耸峙,古樟兰树掩映,丹桂苍竹层叠……一种别样的情绪便渐渐弥漫上来,浓而不化。

姚顺涞　程云芬

废墟是徽州建筑遗产。建筑和万物一样，是有生命的。建筑从兴旺到消亡，在自然衰老和人为破坏的过程中，见证了每个时期的时代气息和脉络。对废墟加以保护和利用，亦是对徽州建筑的另一种形式的文化传承。

——题记

破败的石柱横亘在长满野草的地上，被风雨侵蚀得面目皆非的木雕石雕凌乱地静卧横陈，秋虫在墙角呢喃……十月晚秋，午后的秋阳温柔地沐浴在她们的身上，安谧静好。

这是公元2015年10月23日，绩溪胡里胡雪岩故居胡氏宗祠。我用平和的目光一一审阅着祠堂里的断壁残垣，一草一木。

这已是第三次来到胡氏宗祠。

我是来寻梦的，梦寻徽州的前世今生。

清晰地记得，2013年那个萧瑟的冬日，我们本是奔胡雪岩故居而去，却在胡里村口小径边意外地遇见了胡氏宗祠。不禁驻足凝望，祠堂正面早已风雨飘摇，岌岌可危的木构件可能随时坠落。待小心翼翼从祠堂侧门入，破碎瓦砾，断残石柱，裸露在苍穹之下，满目荒凉。想起徽州富可敌国的红顶商人胡雪岩，多少的辉煌显赫功名，早已淹没在岁月的长河里。

春秋风雨几度，昔日辉煌今何在？

我在废墟里沉思。徽商的坚韧执着进取，徽州女人的忍辱负重和无尽的守望等待，徽州岁月的无言叙说……我看见了，看见了废墟正徐徐打开徽州的历史辉煌篇章，让我倾心阅读。读罢，久久沉迷其中。

我沦陷了，沦陷在徽州的古老沧桑里！

废墟令我震撼，来年春，我们再去绩溪胡里胡氏祠堂。

当我们再次踏进祠堂废墟，记忆里祠堂的破败依旧。入内却眼前一亮，祠堂里缤纷各异的花草摇曳，当同行者十余人靓丽的笑颜、青春的身影如流动的画卷在祠堂里追逐行走，数只粉蝶儿追逐，在红花绿叶里翩跹起舞……蓦然惊现，原来古老与现代，腐朽和生机早已自然对接。曾经满目疮痍的祠堂正焕发出勃勃生机，希望无限。

有人说废墟残缺，但，残缺又何尝不是一种美？废墟是那么美，美得那么真实，美得不屑掩饰她的任何残缺，美得让你忍不住去挖掘她更多的隐匿。

我痴迷废墟，不论是初冬的肃杀还是春天的声色。我痴迷废墟里一切的符号印记，于是我三去胡里。

看我们在祠堂里寻寻觅觅，村里的一个七旬老人也走进来，指着祠堂里居中的九个台阶和我们说，这是当朝皇帝钦批的九段台阶。徽州祠堂很多，但九段居中上的祠堂，在徽州仅此一座，九段台阶居中上和金銮殿的台阶相同，听来甚是神奇。而祠堂里的四水归堂天井更是奇特，不论干旱或者涨水，终年清澈，且水位不涨不落。见我们讶异，老人捋着长须不由大笑，这祠堂里好风水啊！

老人说，他从小就在这个祠堂里嬉戏长大，对这祠堂有着很深的情结。这个祠堂倒塌至今已近20年，看她一天天破败下去，心里感到非常惋惜。但他坚信，这个胡氏宗祠今后必将得到修护！

老人说，祠堂是一个家族的命脉，它承载了徽州人的精神和信仰。12岁从绩溪胡里村走出去的胡雪岩，他用毕生追求的徽商“诚信”精神必将时代传承，千古流芳。

我曾经在徽州的一个景点里看见一扇旧门，心怀好奇打开，却是一个很破败的祠堂。那裸露的肌肤满是时代的伤痕。那刻，我落荒而逃。那扇破门，就像一块遮羞布遮住了祠堂里的不堪入目。今日想来，我为自己曾经的浅薄而深感羞愧。

五百多年的徽州古建，是徽商崛起后的时代产物，亦是徽州文化的传承，她们所蕴含的民俗宗教文化精神均是无价的。在徽州这块神秘的大地上，如此祠堂建筑有很多，这些建筑倾尽了徽州前辈的心血，意义深远。

保护文化遗产，不仅仅拘泥于重建的传统形式，可以对废墟加以保护和利用，比如做些适当的修整，在做好安全措施的前提下，举行废墟音乐会、油画展、摄影等等，让古代文化和现代文明穿越融合，隔着遥远的时空对话，给废墟注入新的力量和现代元素，在废墟里守望徽州精神，让废墟再放生命的异彩。

风烟俱净的废墟里，我又一遍静静聆听了每一碎片的岁月呓语。那些属于徽州的岁月，不会走远，依然在，永远在！我听见和祠堂一墙之隔的竹林和树叶在“沙沙”

作响,犹如天籁,近在耳边又遥如天际,我想那是岁月细细咀嚼的声音。

三去胡里胡氏宗祠废墟,三度不同心境。

我迷恋废墟,我敬畏废墟,我憧憬废墟。废墟是历史,是现在,是未来!在废墟里守望徽州,让生命从废墟里再次出发,让废墟化腐朽为神奇!我想,那个胡里老人他所期许的,并不是奢望,因为这更是徽州精神的众望所归!

李文山

千年府衙，雄踞于新安山水的扉页。

封面是宋绍熙年间纷乱的大火，州衙毁于祝融。翻阅明初典籍，卫国公邓愈改为行枢密院，洪武三年复为府治。嗣后的内容繁杂，有正统、崇祯倾一抔黄昏渲染落日，亦有清乾隆二年借流霞之姿弹出一城秋色。封底是道光末年的花开花落，二堂合上悄无声息。

五星红旗迎风招展，徽州府衙退出庙堂，但它却未曾完全消隐。在故址之处，南谯楼气势雄伟，仪门、公堂、二堂和知府廨组群彰显徽派建筑的精髓。咿咿呀呀唱着徽戏进京的人抬头看见窗外一尊牌坊，往事如潮，却心思沉寂。

蒙尘的戒石碑旁，野草重新泛绿，无人理会“公生明”的铭文；旧日的花街柳巷，谁曾忆起“清慎勤”高悬的匾额。

一缕阳光射入，尘封经年的徽州府衙等待飞舞。古训的箴言在今日传诵：“尔俸尔禄，民膏民脂，下民易虐，上天难欺。”

重利忘义者戒！寄信误人者戒！酷刑冤杀者戒！根据史实改编而成的情景剧《三戒碑》作为经典剧目每日巡演，以此警示后人。

一只怪兽“獪”跳上了衙署照壁北边墙面。它的四周和脚下遍布金银珠宝，却仍然仰头向上，四蹄踩踏文书案牍，张口要吃太阳，岂不知早已身临万丈深渊。

呈现在我们面前，不仅仅是经典的风景。衙署北墙之所以名曰照壁，原来是一面镜子呵！它时时刻刻在警戒官员要克己奉公，不要贪赃枉法，否则会像獪一样自取灭亡。

其实整座府衙都是一面镜子，看一看“三十六莲峰，此邦大好山水；五十石俸米，吾民多少脂膏”的楹联，想一想“是防官折儿孙福，难得人称父母名”的警句。

三十六莲峰恰好对应三十六位清官？拂去历史尘埃，打开徽州府衙，我似乎瞥见许国、曹文埴等人就在镜子里面抚卷长啸，忽远忽近行走在属于内心的三千里江山。

如同府衙里黑白花瓣一样，镜子里的画面非白即黑，没有一点灰色的过渡与铺陈。

孙会平

徽州园林发展离不开徽州水口园林的兴起，从字面上说，水口是指民居村落进水或出水之处。水口由小桥、庙宇、大树等构成风景点，成为村落文化的象征。诸如世界文化遗产地宏村借自然山水之优势，引用牛形村的规划理念，在村口造势迎水，在湖边栽植大树，点缀石桥水榭，在村落中掘地凿池，引入活水。四通发达的活水渠，如同牛的肠子蠕动不已，整个村子就像一头正在幸福酣睡着的大牛。置身宏村，仰望碧空白云、明月繁星等天象或是远处的山峦叠嶂，更加心旷神怡；低俯南湖或月沼观池鱼游跃，流光倒影；亭、桥、柳、石与古民居相协调，杨柳依依，路径迂环。在造园手法上，宏村还善于利用一年四季或一月之间不同时辰景色的变化——如春天的花草、夏日的树荫、秋天的红叶、冬天的雪景、早晨的朝霞旭日、傍晚的夕阳余晖等等，造就“天时地利人和”之情趣，正所谓“中国画里的乡村”，为徽州水口园林文化注入无穷的魅力，成为古徽州水口园林的代表，已被联合国教科文组织纳入世界自然和文化遗产名录。

位于屯溪区的新安江延伸段综合开发工程，可视为黄山市中心城区一处典型的、现代的徽州水口。开放式布局与天人合一的生态园林理念，营造了十大著名景观，如林廊清影、古树园、徽州照壁等。在造园手法上利用浓厚民族风格的各种建筑物，如亭、台、廊、舫、阁等等，配合自然的水、石、花、木等，表现各种园景画面。亭、阁、廊等不仅造型丰富多彩，而且它在园林中间起着“点景”与“引景”的作用，它在园林中既是引导游览的路线，又起着分割空间、组合景物的作用。新安江延伸段的林廊清影正是由亭和廊组建，总长106米，保留了徽派建筑风格的精致与婉约，人行其中，宛如凌波漫步，使园有界非界，似隔非隔，景中有景，小中见大，变化无穷，为游览园景增添了无限的情趣。置身廊内不仅可以领略新安江畔美丽景色，还可以饱览徽

联古句，用心评味读书、做人、经商、做官等信念。廊亭外新安江延伸段香樟园里迸发着翠绿金光的古香樟树，株株都满一百多岁了，沧桑的身躯如同老人的脸，密密麻麻的树叶浮在顶部，容光焕发，与孙王阁面对面，隔江相望，相映生辉。香樟园阵阵自然的清香沁人心脾。

站在古树园低头俯视，便能看到面积约为4000平方米的下沉式广场，广场上设计了一组照壁，中间主照壁和两侧照壁呈八字张开，总长108米，形似徽州古民居，庄重大方，经典雅致的八字门，形神汇聚，是迄今中国最大的徽派照壁。南面照壁上雕刻着《徽州人文之光》，主要由主照壁的“无徽不成镇”和两侧照壁的“徽州历史人物”所组成，人物栩栩如生，惟妙惟肖。汪华、吴少微、朱熹等一代代政治家、思想家、教育家正是从眼前的这条母亲河，走向全国大地，为徽文化开枝散叶，创下了不朽的功绩。如今，他们又齐聚于徽州新安江畔，深情守望着母亲河。

金学智先生言：“园林中特别是在名园里，可以说处处蕴蓄着诗意，时时荡漾着诗情，事事体现着诗心，营造地道的诗世界。”徽州人认为村口如人的脸面，要给人优雅的印象。造园就如同作诗文，曲折有法，前呼后应，虽为乱石堆砌，却章序有法，形成同中有异、异中有同的观赏价值。如唐模古村落有棵千年古槐，为村落标志，这株千年古树本身也营造了如诗如画的诗境。

徽州园林作为一项艺术追求深深地扎根于徽州大地，形成了城必有园，有园必成趣。适逢盛世，徽州园林博大精深的艺术价值正全面释放。

蒋劲华

如果把博大精深的徽州文化装帧成一本徽州的百科全书，那么徽州的门应是其中的一个重要章节。如同眼睛是心灵的窗户一样，徽州的门作为徽派建筑的有机组成部分，起到画龙点睛的作用。透过徽州的门，可以窥探到古老徽州的风土人情，可以体味到活色生香的徽州社会历史生活。

徽州的门真可谓“五花八门”。你看，沉实厚重的宅院大门，有朱漆实木的，有铁皮铆钉的，有镶嵌水磨砖石的，甚至还有用桐油、糯米粥和石灰搅和物与木门夹合的。有这样大门的一般都为大户人家，高大的门楣，华美的门罩，阔绰的门坊，有的还有气势恢弘的门楼，配以石鼓、石镜，好不气派，似乎在昭示其门第的显赫。虽然无法与深似海的“侯门”相比，但多少也说明了历史上徽商家境的殷实和富足。

这样的宅院大门不仅仅只是用来保护居家安全，它成了一种特定的社会历史文化现象，是徽商心态的直观流露和生动写真。谁不想光宗耀祖、彰显门第？于是在徽商发达荣归故里后，总是要置田产、兴土木、建豪宅的，既然是豪宅，门当然要讲究。至于门闩、门扣和门锁那更是别具一格，别出心裁，这些门上的小饰物，多少也反映出了主人的儒雅气度。

打开沉实厚重的宅院大门，你可以看到精巧别致的“漏花门”，这扇门一般主人在家打开大门时是虚掩着的，这样做既告诉邻里街坊和亲朋好友屋内有人，透过漏花门可以方便内外信息交流，同时也防止了闲杂和陌生人随便进入。这扇门真可谓“功夫”到了家，它集徽州的木雕工艺之大成，有浅浮雕和深浮雕，有圆雕和半圆雕，有剔雕和镂空雕等等。雕刻的内容丰富多彩，整个门的上半部分基本上是镂空的，多为各种花式的图案，门的其他地方或直雕或镶嵌，内容博大，有地方民俗、民间故事，有历史人物传说和小戏曲，有掌故，有祖训，还有发人深思、启迪心智、富含哲理

的组图板块画案。一扇小小的内门竟如此华丽，足以看出徽商及后人高雅的生活情趣。

侧厅门、厢房门、楼道门、后院门、花园门、前后厅堂门等等，或精雕细琢，或朴实无华，或造型奇巧，形态殊异，异彩纷呈。最特别的还是这种“商”字门，门的上方雕刻各式图案的房梁巧妙地组成“立”字，再加上浑然一体的门框，基本上就是“商”字了，只不过还缺一个“口”字。然而妙就妙在这个“口”字上，聪明的徽州商人怕经商被时人看不起，特别用这种机巧造成了“达官贵人屈于商下”的意境，因为当人们进屋从“商”字门经过时，这人的活“口”正好为尚缺“口”的“商”字补全了。

要说气势恢弘的门，当数城门、祠堂门和庙宇门，这些门虽然有单开双开，有门上门、门套门，有密不透风的门，还有栅栏门，但它们都有着一个共同的特点，那就是高大、威严。有一些门的门首还有高高的石阶和其它物件点缀，更显得宏伟和庄重，似乎给人一种“牢不可破”的感觉，令人敬畏。

徽州也还有其它一些十分奇特的门。牌楼、门坊只有类似门框的结构而没有实际意义上的门，再如一些景点内的门，一些民居内通往庭院和花园的门等，都是有名无实。有一些门则没有门框，简简单单，如围墙门、屏风门、篱笆门等，还有仅仅只作为装饰用的门，有的是多扇镂空漏花门形成的间隔，有的是半扇门作为居室的点缀，甚至还有在墙上安装一扇厚实宽大的“假门”，一般这样的门是给人一种假想的空间，使有限的宅居产生“门”外别有天地的感觉。

讲到徽州的门，当然离不开有鲜明徽州地方特色的店铺门。徽州的店铺有一个特点，多半是前店后坊或前店后仓，铺面开间不大，但比较深，门也比较特别。你看店面门，基本上都是能拆卸的木板大排门，每天早上店铺的伙计就要把这些木板大排门卸下并摞叠在一角，顷刻店铺亮堂起来。木板大排门完全卸下后，店铺仿佛没有大门，店内陈设一目了然，方便顾客出入选购。到了晚上打烊时，则把木板大排门装上，有时只留下中间两扇可以灵活关闭的小门，也有的干脆在边上开一个小窗门，方便有人晚上买东西。

徽州的门是看不完写不够的。徽州的门是一扇曾经把外面精彩世界隔绝的门，一扇“十三四岁往外一丢”时念念不舍、无比眷念的门，一扇徽州女人望眼欲穿盼夫归时倚靠的门，一扇守护着徽州丰厚文化殿堂的门，一扇面向新时代通向世界旅游城市的门。这一扇扇门连接昨天、承续今天、通往明天，组成了徽州历史文化的长廊，构成了完整的徽州社会生活的三维空间。

对于徽州的门，徽州人有解不开的情结。小时候门是一个羁绊。刚会行走时门槛是那样的高不可越，外面的精彩世界充满了多少诱惑，一声鸟鸣，一瓣花香，一缕阳光，一点雨滴都随梦揉进了童年，多想长一双翅膀飞出去啊。长大以后门是一种

依靠。小时候曾绊倒自己无数次的门槛成了登高望远的垫脚石,家门的温馨一次次为你抚平伤痛。“出门”以后门则成了无尽的思念。客居他乡,一次次梦魂萦绕的、眼前最清晰浮现的就是家乡的门了,年迈的父母倚门张望、等待邮递员送上门的那一丝慰藉,那门中所溢出的慈祥的目光始终守护着你。而人老了门又是最终的归宿。树高千丈,叶落归根,此时你可以无视一切、淡漠一切,但门你却是不可能忘怀的,不仅忘不掉,反而印象更深刻。就让家乡的门扣上心结,收藏你一生的回忆,收藏你一生的情感。累了困了也可以轻轻地关上这扇门好好休息,因为这里没有人来打搅你。

门总是要打开的,徽州人越是看重家门,就越是要走出家门,并离家越来越远。正是一代又一代的徽州人打开了一扇又一扇的山门,才创造出徽州灿烂的文化和辉煌的历史。现在作为黄山市的古徽州大地,更是大开山门,走出去、请进来,毕竟外面的世界更精彩。

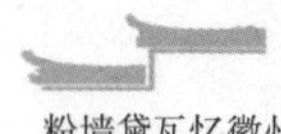

东街社区——古民居　　郑从礼　摄影

朱国平

最近，母亲常在我跟前提起一桩事，说是村里来了一个寻祖团，还特别强调多来自扬州。其实我知道母亲想引起我关注的缘由，因为她就是寻祖团要找的郑氏后裔，而我又恰是扬州人。

我的身世说来并不复杂。我大伯是20世纪50年代末的知青，插队黄山，并落户在徽州的长龄桥村，因大伯和大妈未曾生养，外婆和奶奶撮合，在我六岁时，把我过继给大伯。从那时起，我就生活在长龄桥村。村庄坐落在颍溪河上游，距岩镇3.5千米。村头一座爬满青藤的单拱古石桥的桥拱两侧刻有“长龄桥”三个字，是桥因村而命名，还是村因桥而得名，尚无从考证。据郑氏祖谱记载，村东水口之文昌阁，单柱高四丈有二；文昌阁旁建有一座富丽宏伟的园林，据说，唐模的小西湖就是仿照长龄桥之水口所建。桥南矗立着一根八面八棱的“如来佛”石柱；桥头一座菩萨庙，庙门两侧书有楹联：“水声无昼夜，山色永春秋。”村南面是规模宏大的“郑家女祠”，村东头建有“郑家祠堂”。我家老屋旁有一座“九相公”庙，庙的正对面是前通街、后通河的“五间房”，门口一盏油灯，长年不熄。足见当年郑氏家族之盛。

据村里的郑氏后嗣介绍，长龄桥始建于北宋年间，宗族为郑姓。明万历四年(1576)，长龄桥郑景濂到扬州从事盐业起家。其子郑之彦被众商推为盐荚祭酒，成为盐商领袖。郑氏家族发迹后，曾在扬州广筑名园楼阁，扬州的影园便是郑元勋独资建造，成为徽商在淮扬的重要代表，时有“半个扬州徽州造”之说。乾隆下江南接见的八大盐业巨商，一半是徽州人，而作为徽州人的两淮盐商，郑氏家族占据了半壁江山。乾隆爷感叹：“徽商之富，朕不及也。”长龄桥郑氏家族在繁华的扬州古城留下了浓墨重彩。

郑氏家族富裕后选择了“脱贾入儒”，族中人士多在朝廷谋职。靖难役起，郑氏家族因忠于建文帝而遭到沉重打击，几近灭门，为此，郑氏家族遗戒后人舍读而耕。在府县志的科举记载中，长龄桥郑氏从永乐到隆庆，竟连一名秀才都未出过。不过，长龄桥郑氏家族曾出过一位具有非凡才能的科学家，他就是我国最早的望远镜制造者、中国第一部光学物理专著《镜镜冷痴》的作者、19世纪前期著名的光学专家郑复光。

如今的长龄桥是徽州新农村建设的试点村，除了清一色的白墙灰瓦和马头墙装饰，村子里再也见不到长龄桥曾经辉煌的痕迹。三十年代末，驻扎在古镇的新四军曾在“郑家女祠”开展军政训练，开办农民夜校；村东头的“郑家祠堂”，在国民党修建皖赣铁路时被拆毁，后建成了岩寺林场护林公区。村里原有的几处古祠庙宇都在“文革”时期被破了“四旧”。我家老屋后的那口距今数百年历史的“花园井”和通向村街的一条青石板铺就的百米盈尺小巷算得上是长龄桥目前唯一尚存的古迹。

来村里探访的寻祖团，有来自扬州广陵、无锡五里、北京通州等地的郑氏后裔，他们中有的逾八十高龄。据说，有一个郑氏洪桥分支的后裔居然在村里找到了自己的同宗，论资排辈竟是其堂兄，霎时热泪盈眶，激动之情溢于言表。

寻祖团也正好撞击到了我与长龄桥的渊源和心藏的徽州情结。寻祖之人是因为与徽州一脉相承，而找到寄托；而我的祖辈却是因为心中的一个梦想才与徽州发生了千丝万缕的牵联。

因为父亲落户徽州并领养了我的缘故，奶奶在七十八岁的时候决定来长龄桥安度晚年。不仅如此，她还将她母亲和弟弟的骨灰带到徽州安葬。奶奶常在我面前唠叨，生在扬州，死在徽州，是其一生的梦想，这个梦想她实现了。父亲去世后，我将他的骨灰埋葬在奶奶的边上。我的生身父亲为了能够常来徽州看我，在我过继到长龄桥的第二年，便与村里商谈，在距离我居住的老屋旁两百米的坡地上，开办了一家集体所有制的毛笔厂，生父从扬州请来师傅招收村里的年轻人当学徒，所有生产的产品均由他收购。

在我参加工作后，我哥已从老山前线回到部队并转业安置在地方，他几乎每年都要来长龄桥好几趟，或陪朋友游玩黄山，或亲友组团到徽州观光。有一次，哥对我说，老二啊，你在长龄桥帮我物色一座旧房子吧，我得空便过来住上一阵，咱们兄弟就在徽州这个地方常聚。这句话说了有好些年了，我并没有太在意。今年六月中旬，我哥又来到长龄桥，来之前他就提示过我，说今年是我的本命年，人生能有几个本命年？要不要邀上亲朋友好友聚上一聚，我向来都不把庆生看得很重要，也不会刻意有安排。我和我哥在乡下的家中小酌时，他曾向我透露近期感觉身体不适，所以，从长龄桥回到扬州，他便去了上海检查，结果出来后，他打电话告诉我，情况非常严重，医生说已经到了无法手术的地步，太晚了。这个噩耗瞬间沉重地打击了所有家人,而他自己更是承受着巨大的痛楚。目前,一家人反倒是靠他这个老山前线下来的老兵以坚强的毅力在开导着。

近期,我去过两次扬州,我哥来过两趟徽州。在扬州,他对我说,他现在不能倒下,必须与病魔抗争;来徽州,他告诉我,在他无法抗拒的时候,需要我在徽州为我找一个地方,他不能让家人看着他最后的痛苦状。

老大的话语沉重得令我心痛。徽州与扬州的这条亲情线,未必是因我而连,但是,我的亲人们却都因我而梦寻徽州。

历时一年多，凝聚着大家辛勤汗水的《粉墙黛瓦忆徽州》即将付梓。作为主编，欣慰之余五味杂陈……

几年前，黄山市文化委联合安徽省作家协会、黄山日报社、黄山市作家协会共同开展“梦寻徽州”征文活动。征文期间，大家积极响应，踊跃投稿，写出不少高质量文章。短短几个月，征文组委会收到来自省内外的应征稿件近200篇，《黄山日报》开辟专栏，由编辑高莉莉选发57篇，经安徽省作家协会专家评委认真评审，从中评出一、二、三等奖及优胜奖，征文活动起到很好的社会反响，为进一步弘扬徽州文化，尽了绵薄之力。

之后，我们便冒出这样的念头：何不再接再厉，结集出版？说实话，出一本书不容易，需要严谨科学的态度。为确保本书的质量和可读性，我们邀请潘小平女士、赵焰先生赐稿，并请卢百平先生设计封面、封底。最后，请程勇军先生负责统稿等工作，吴祖霞、方丽玲女士为排版、印刷给予了大力支持，当然，还有一些为此书默默做了大量工作的人们，可谓“千呼万唤始出来”。

本书编辑、出版期间，正赶上我市机构改革，新成立了黄山市文化和旅游局。根据工作需要，我调整到新的工作岗位，至今一年有余。但无论在哪个岗位，做事做人要善始善终。能为此书出版，画上一个圆满的句号，实乃荣幸。

恕不赘述，不足之处，请读者不吝赐教。

胡建斌

2020年2月